作者近照

刘东黎　文化学者

　　著有《月涌大江流》《印象玫瑰》《江河在上》《黄花落 黄花开》等多部作品。

刘东黎 著

往事随风

旧北京的那些人那些事

中央党校出版集团　大有书局

图书在版编目（CIP）数据

往事随风：旧北京的那些人那些事 / 刘东黎著 . —
北京：大有书局，2022.1
　ISBN 978-7-80772-059-1

　Ⅰ . ①往…　Ⅱ . ①刘…　Ⅲ . ①散文集－中国－当代
Ⅳ . ① I267

中国版本图书馆 CIP 数据核字（2021）第 254401 号

书　　　名　往事随风：旧北京的那些人那些事
　　　　　　WANG SHI SUI FENG：JIU BEI JING DE NA XIE REN NA XIE SHI
作　　　者　刘东黎　著

插　　　图　王忠良
责任编辑　叶敏娟
装帧设计　魏　颖
责任校对　许海利
责任印制　袁浩宇
出版发行　大有书局
　　　　　　（北京市海淀区长春桥路 6 号　　100089）
综 合 办　（010）68929273
发 行 部　（010）68922366
经　　　销　新华书店
印　　　刷　北京中科印刷有限公司
版　　　次　2022 年 1 月北京第 1 版
印　　　次　2022 年 1 月北京第 1 次印刷
开　　　本　155 毫米 ×230 毫米　16 开
印　　　张　20.25
字　　　数　210 千字
定　　　价　55.00 元

本书如有印装问题，可联系调换，联系电话：（010）68929022

再版自序
旧京风华如梦
刘东黎

> 城市不会泄露自己的过去，只会把它像手纹一样藏起来。
>
> ——卡尔维诺 《看不见的城市》

近百年间，关乎北京的各种书写形形色色，比如说建筑史，梁思成、林徽因、侯仁之等前辈学者都有相关的著述，写尽了京城地理和空间建筑的风风雨雨。几代帝京，五方杂处，北京是写不尽的。《往事随风：旧北京的那些人那些事》（初版书名《北京的红尘旧梦》）这本关于北京历史人文的书，则是我十几年前一次努力启程的文化寻根之旅。

索斯克在《欧洲思想中的城市观》中说："没有人是孤立隔绝地想到城市，人们对城市的想象，往往是通过由其所继承的文化，并染上的个人经验色彩所构成的感觉来实现。"城市不单是一个拥有街道、建筑等物理意义的空间和社会性呈现。比如说北京，它就好像一座原始森林，处于一种非中心的、多元的和不统一的状态，各种各样的物种似乎漫无目的地发芽、生长，在威严正史的树干上生长着温情血肉的部分。在我看来，北京城正是与中国文人的精神气质、审美趣味以及文化品格最为契合的城市。

作为五四新文化运动的发源地，尤其1928年国民政府迁都南京以后，及至1937年七七事变之前，北平被定位为"文化故都"。这期间中国的政治、经济、外交等中心均已移到江南，北平失去了昔日的消费主体，城市社会发展实际上丧失了原来的发展动力，在经济上来说，总体趋势是日益衰败的。荒凉与萧索，是当时北平传递给外来观察者最直观、最感性的印象。而更为严峻的局面是，日本军国势力阴云浓密，步步紧逼，北平外患日亟的局面变得极为严重。实际上从1933年起，北平就已成国防前线。

但尽管如此，回望那段历史，故都北平绝非"衰落"二字就可以简单概括。辛亥革命推翻封建帝制到首都职能南迁，这样的历史变迁，无不为城市空间的拓展创造了社会前提。以政治权力为核心运行的城市社会体系迅速地消解了。"北平的好处不在处处设备得完全，而在它处处有空儿，可以使人自由地喘气"（老舍《想北平》）；它"古今并容，新旧兼收，极冲突、极矛盾的现象，在他是受之泰然，半点不调和也没有"（《宇宙风》（半月刊）"难认识的北平"）。这个城市仿佛拥有了别样的生命，能够为自己塑造一个前所未有的"美丽新世界"。

正如巴什拉所说，"伟大的形象有其历史和史前史，是记忆与传奇的掺合。每一个伟大的形象，都有难解难测梦一般浩瀚的深度，而个人的体验则为之增光添彩"。自主的和多样化的文化气息，成为那一时空最迷人的光影。历经苦难，北京仍是一座充满伟大力量的城市，庄重而和谐，悠然又自在。

故都北平只剩下明清两代五百多年的宫殿、陵墓和一大群教员、教授、文化人，以及一大群代表封建传统文化的老先生们，现代中国知识分子的精英群体荟萃其中。更不消说北京的教育水准，使故都的文化魅力得到更为有力的彰显。另外就是公园、图书馆、名胜古迹、琉璃厂的书肆与古玩铺等，可以说，"没有一个城市像北平一样的近于理想，注意自然、文化、娇媚和生活的方法"（林语堂语）。

与上海以"声、光、化、电"为代表的都市文明相比，北平很少因其现代性发展程度不足而引发"衰老""缓慢"之类的批评。相反，北京的文化气质甚至连"在北京旅居的外国人，无形中都受了威化；住在商埠口岸踢惯洋车夫的侨商，一到北京，也要装出一点斯文气来；就连在外国读过书、信过教，回国之后喜欢跟在外国人背后走的留学生，面上似乎也常带有三分愧色"（宇文《北京的空气》，《现代评论》1926 年）。历史积蕴濡染而成的一种斯文，再加上前朝遗留下来的壮观建筑和清秀景色，更使其荣膺"西方游客心目中最为向往的中国城市"之美誉。

在西方文化的冲击之下，传统的城市空间结构在故都时期被继续稳固下来，整座城市现代化程度不高的事实得到广泛的宽容，尤其在京沪等地的文化人眼中，白塔、城阙宫院、天坛、古老的松柏、城砖、护城河、旧书摊，这些代表着"旧中国的灵魂。文化和平静"以及"和顺安适的生活"，"文化故都"的城市意象也由此确立。

20世纪初的人口统计表明，外地乡村移民构成了北京人口的主体，且多数为来京求学、谋官或接受培训的男性青年。对于他们而言，北京类似于乡土与都市的连接带，或者是对乡土的拓展。"使文化发展到最美丽、最和谐的顶点，同时含蓄着城市生活及乡村生活的协调"；北京的街巷胡同，就是北京这片叶子的"叶脉"，外乡人在叶脉里穿行，为近代北京留下了多样化的记述，他们就是这座城市翠绿欲滴的"汁液"。

随着政治地位的变化，北京旧有的士大夫讲学之风与中国传统文化随之复兴，实现了文化领域的回归传统。来自湖、广、云、贵各地的读书人，走出"耕读为本"的土地与书斋，来到北京，古朴的城市底色更加符合他们的日常趣味与审美。与上海的魔都气息、斑驳的现代性话语不同，北京在事实上隐喻了乡土中国的文化地位，成为中国文化人久久低回的精神故乡。

浓郁醇和的传统文化，也关联着茶食、市声、四季、年景、娱乐这样的日常细节与事物。正是这一个个"点"撑起一座古城厚重的文化根基，也令后人寻找到一种内心深处苍茫的家园感。晒在身上暖烘烘的太阳，一溜溜灰房，街边的大槐树，边挥汗边喝酸梅汤的洋车夫，提鸟笼逛北海的公寓掌柜，水墨黄昏和暖色灯光，深灰色的墙和暗青色的路，烤白薯老人的叫卖，午夜漏断人初静的梆子，胡同里穿梭往来的笑语，口外来的驼队与独脚推车……斑驳的旧京岁月，细腻生动、内容多元的文人叙述，是融合了集体文化记忆的情感载体。一种作为文化记忆和文化想象的北京形象，经由岁月积淀，越来越清晰地显现出来，并被纳入与历史重合、与前人叠加的生命经历和生命记忆当中，这也成为我这部作品最初的创作动机。

在整个 20 世纪中国文学版图中，北京都与上海作为重要的文学空间双峰并立。在很大程度上可以说，"老北京"的城市意象和"地方感"，正是由京派作家与京味文学的作品建立，并赋予其诗意、唯美、灵动、和谐的审美表现。当然"往事随风"这部作品，并不是一部关于北京的文学研究史，我也无意于以"文学中的北京"进行定位。这部小书，尽管致力于沿袭"文学中的城市""城市想象"的途径，去感知北京历史（主要是近代史）最为敏感的文化神经末梢；但是因为学有不逮、力有不足，还是不能完美呈现北京文化兼具包容性与丰富性的特质，也未能更好地展现人与城的复杂关联。在这个题材面前，我第一次深切感受到了文学阐释的有限性。

然而，京都文脉，茶楼食肆，帝京胜迹，故都风俗，还是停留在泛黄的旧梦里；它越是远离，就越是紧紧抓住我们的想象，这部作品能够得以再版，也再次印证董桥的名言：

我们惦挂的已然不是名利场中过客匆匆的脚印；我们惦挂的是雪夜归人推门一看还看得到灯火阑珊处的那份安宁和幽静。

——董桥 《南洋梦忆》

时间像是一条连绵不断的河流。历史云雾斑驳陆离、变异奇幻，我们的记忆和回望，是永不会断绝的。谁在进行或舒心或感怀的想象？人在城里寻寻觅觅，有初遇时的欢欣和感叹，错失后的茫然与心痛，出走后的眷恋，遥忆中的惘然……时光流转，人与城的故事就在北京城清疏寂寥而又华贵雍容的气息中，穷尽了过去和未来。就如沈从文在《月下小景》中提到的那句古老歌词："我不必问什么地方是天堂，我业已坐在天堂门边。"

多么希望在世事的变化中能留住一些不变，包括那温柔敦厚、宁静清雅，经常勾起人们感怀的"老北京城"。文化故都作为凝聚家园情感与文化记忆的象征符号，成为后世忆念北京的情感之源。当特有的情调与气氛在时光中逐渐消失褪色，我们仍可以在北京的漫游与记忆中重新发掘其蕴藏的魅力，产生强烈的情感认同。那里是"常四爷""祥子""英子"们的故乡；是纳兰性德、林语堂、老舍、梁实秋的精神故园。从那里走出去，就是古老的中国，是在因袭的旧梦中、历史的流沙里浮沉数千年之久的古老而美丽的中国。

2021 年 7 月 9 日

目 录

后，诗人如愿以偿地回归到了诗人本身——也许，这才是世上最幸运的事情。

鸡鸣枕上，夜气方回。因想余生平，繁华靡丽，过眼皆空，五十年来，总成一梦。今当黍熟黄粱，车旅蚁穴，当作如何消受？遥思往事，忆即书之，持向佛前，一一忏悔。

她带着一种冷艳凄美的忧伤，以及繁华落尽的沧桑，在美丽而孤绝的梦境里，在旧日京华大半个世纪的岁月氤氲下，将自己绽放成一束古典而凄艳的花……

宫闱秘闻，作为一种想象的疆界，从来都是街头巷尾、茶余酒后的绝好谈资，那幽暗深邃、玄机重重的宫门背后，到底有多少神秘、离奇的故事？德龄公主一身颓靡感伤的传奇，带给我们一种恍若隔世的感慨。

夕阳渐深，将城堞浸润成一片金色，安详的流光在无声地蔓延。在这座城池之上，有满涨的御河、皇宫的荷花、黄顶的阁楼、女墙的堞齿；这里居住着永世的天子，隐藏着古老中国的全部秘密。

我头上的辫子是有形的，你们心中的辫子却是无形的。

目 录

演进的冲击而渐行渐远了。

为笙歌巷陌里的女孩子们流连忘返，只因为自己想活得简单。他将自己云水生涯里残余的闲逸心思，全部缱绻在一片青花粉彩之间，消受着一片孤寒之中难得的温暖……

人们想象中的民国女子，大概都有些像旧时月份牌上那些广告美人，性情温婉，含蓄蕴藉。但有些民国女子的确非常的明朗爽利。她们大大方方的，大大咧咧的，大步流星的，在历史的旧光影中，绽放着一种豪情的气质。

欲把东亚变西欧，到处闻人说自由。一辆汽车灯市口，朱三小姐出风头——一段民国时期北京城里的八卦新闻、市井情状。

从山海关的铁骑纵横开始，八旗子弟的"堕落"是从头就开始的宿命：他们用了三百年的时间，为自己筑造了一座淫靡虚浮的末世天堂。那是已成为过去的风景，是死掉了的故事。

紫陌红尘扑面来，无人不道看戏回。四百年的风雨艺程中，京戏不拒陈艺，善收新艺，博采众长，自成一家；览数百余年之箫鼓流韵，阅华夏坊间草民之粉墨春秋，令人感慨万端。

在北平城明净高远的天空下，留着齐耳短发的女大学生们，穿的是一身蓝色阴丹士林旗袍，纯静温婉、清雅怡人。在平和安闲的四合院里，主妇们的寻常装束，也是白色网眼罩衫搭配着的蓝布旗袍。透出的是温厚、安心、含蓄与矜持……

老北大与新青年

时间的流水一去不返，动摇了多少权威的根基？但老北大与新青年却魅力不减、风神依旧，只因为那是一个成长的故事，是关乎青年的成长和一个古都、一个民族、一个国家、一个文明的成长与复苏。

银汉无声转玉盘：
一个元代北京人和他的传奇爱情

> 萨拉图斯脱拉来到鹘突之国鲁钝之城，拜见国君俑，太子懦，宰相颟蒙，太傅鹿豕，主教安闲及御优东方曼倩；觉得这鹘突国中鲁钝城里，只有曼倩一人最聪明，只有他尚分得青红皂白，只有他不玩世盗名，游戏人生；他的笑中有泪，泪中有笑……
>
> 萨天师！慈悲长老！你何以下临这冥顽之邦，俳优之朝，在这廷上，聪明人只能作俳优，也只有俳优是聪明人。我诚实告诉你，我已发明这城中聪明之用处，就是装糊涂！……
>
> ——林语堂《萨天师语录》

13世纪的最后一年，戏剧大师关汉卿结束了南方戏曲巡回演出，回到了繁华的元大都。在返回的路上，关汉卿就在大都的一家酒馆里，听说了良家女子朱小兰反抗恶棍凌辱反被诬陷处斩的悲惨遭遇。他的内心被深深震动了，他要拿起笔来，去控诉这个黑暗腐败的社会。

正好在这时他拜会了珠帘秀，交谈之下，只觉得她仁心侠义，胜过无数男儿。他问珠帘秀："我有一出剧，我敢写，你敢演吗？"而珠帘秀读关汉卿的作品早就非止一部，每回都不忍释卷。出身卑微的她，听了朱小兰的遭遇后自然又感同身受，而历史的风云际会，也注定要由一些侠骨芳心来承载，于是微微一笑："你敢写我就敢演。"

他们的相识相知改变了他们各自的命运，也留下了直面黑暗现实的《感天动地窦娥冤》。两个人也成了一生的知音，他们毕生的情义，还成就了一段传奇却又无法考证的心事……

且慢，再这样写下去，关汉卿就成了重庆时期的进步文艺青年了。我写的这些，有些来自一些语焉不详的史料，有些来自田汉先生的剧本《关汉卿》，这个剧本虚构了一个叫关汉卿的民族英雄，是在完全生活化的细节中出场的。就如很多中国的历史人物和故事一样，传说和真实早已混杂在了一起，难以分辨了。

时间的幕布一旦拉过去，外面的人就再难以看清那过去的一幕。不过，如果说关汉卿与珠帘秀都属于久远而褪色的历史，《窦娥冤》总不是虚幻不实的；作者那孤傲激愤的灵魂呼之欲出，他也曾经和我们共同呼吸过这个世界。

泪水最丰沛的时候，就是眼睛最能够发现黑暗的时候。有元一代，无数虚伪肮脏的人间大戏在上演着，元大都也是一个权贵们的乐园，权贵们有着豪华的饮食起居，有着浮靡的笙歌弦乐；他们彼此之间争权夺利、钩心斗角，然后用打情骂俏、欺骗买卖的男女关系来填补心里的空隙。这些黑色的风景能够击溃一切颜色的喧嚣，那是一种刻骨的黑，是存在的本色。关汉卿无法让自己熟视无睹，或是徒劳无益地向隅而泣；他拿起笔来表达激愤，让权贵们惊心；同时他希望用愤恨的表达，以换得爱的出场；他要用黑色来寻找光明，同时阻止人们对黑暗的彻底进入。

关汉卿将自己的舞台，变成了丑恶的曝光台。在他笔下，虚伪、欺骗、残暴、不公与不义每天都在延续；既有皇亲国戚、豪族权势要"动不动挑人眼，剔人骨，剥人皮"的血淋淋现实，又有童养媳窦娥、婢女燕燕这样下层民众的悲剧遭遇。他在道义上谴责着、在理智上反对着、在感情上深恶痛绝着这些丧尽天良的达官贵人们。

仿佛是来自黑色世界的光，以持续冰冷的照耀，使世界的原色呈露无余。他不是一个生活的再现者，而是一个现实的分析者和匡扶者；他通过杂剧演给那些达官贵人们看，要让他们收敛自己，有所戒惧与更改。他以泪濡墨，要用一段段的人间歌哭，去清洗这人间的罪恶与不平。群众憎恨权贵，敢于触犯权贵的人，就是群众心目中的英雄。由于人们尊敬他的为人，连带着更喜欢上他的剧目了，喜欢上了他的一片真心。

在元代以前，读书人可以通过科举考试走自己的仕途之路，那时读书人的地位还是比较高的。但是在七百年前的北京，因为成吉思汗的子孙也大多推崇"弯弓射雕"，朝廷取消了科举考试。读书人不仅没有途径来实现自己的抱负，也遭遇到了空前的冷遇和耻辱；在元帝国里，他们有的连最起码的生存权也无法保障。在一张流行于元朝的社会阶层排行榜上，这些曾经掌握着话语霸权的汉族知识分子，以儒者的身份仅排在乞丐之前，居第九位，地位比娼妓还低，以至于元初的很多文人籍贯、生平难考。

当一代知识分子从黑发盼到白头后，忽必烈的继承者恢复了中国传统的科举取士。自此之后，会试举行过十三次。可是考试时蒙古人及色目人另为一科，有不同的试卷。录取的人员也不任重要职守，只在低层组织中授受不重要的官位。"叹功名似水上浮沤。得自由，莫刚求"；做着经世致用梦想的读书人，再次碰上迎头冰雹。

为了生存，他们的才能开始向其他方面发展，从元代刚建立的时候，就有知识分子成了自食其力的工匠、商贾、吏胥；只懂得四书五经，彻底学不会一技之长的儒生又能干什么呢？当然也有不少读书人又找到了一个展示自己的方式，他们结交了当时同样地位低下的戏剧人，开始写剧本。从此元曲中既带着日用俗语，又包含着优雅的文句，元代戏剧的文学性和艺术性都提高了。

还有重要的一点是，杂剧和散曲的内容，主要内容无外乎家长里短、男欢女爱、因果报应之类，这种题材不犯忌，官方一般不干涉，老百姓又喜欢看，炮制这些东西的文人们也便顺带着有了生路。没过多久，歌舞和杂剧就上升到了国家艺术的地位，教坊乐部的规模也越来越庞大；中国的舞台戏剧也进入一段黄金时代。

这大批的读书人中，就包含着戏剧界的泰斗关汉卿、王实甫、马致远和白朴。关汉卿长期居住在都城大都，在当时算是一位靠写杂剧、散曲为生的娱乐名人。他曾经在皇家医院任职，但是对医术不太感兴趣，在当时酷烈的生存环境下，他宁愿到戏剧中去寻找理想的境地，在戏剧中收获艺术的完美；他要将自己全部的生活背景，都变作海市蜃楼和舞台布景。

关汉卿站在了中国戏剧的源头。关剧在艺术上有着卓越的创造性，汪洋恣肆，慷慨淋漓，正如王国维所说："关汉卿一空依傍，自铸伟词，而其言曲尽人情，字字本色，故当为元人第一。"

世事竟是这样不可思议，当所有的努力注定只能是沙上之阁、水中之木，知识分子只好一步步退到阳光与黑暗交错的灰色地带，悲伤地走起了文化的猫步。"到头这一身，难逃那一日，受用了一朝，一朝便宜"；置身在黑暗里，日久年深，有的人习惯了，麻木了，甚至融入其中，把固有的黑暗与环境进行了完美的对接。他们不是与环境结盟，就是被环境同化。不这样又能怎样呢？作为一个顽固坚持的个体，最终都要被轻松吞噬，而你在这样的潮流中甚至连一丝涟漪都不会存在。

身为儒者的关汉卿，却开辟了另一条道路。那就是由阳春白雪走向下里巴人。既然这个现实社会与他的理想之乡相距甚远，甚至整个社会都将儒者踩在脚下，他就索性剥掉自己的儒者外衣，放浪形骸于勾栏行院，与那些歌儿舞女相厮混。

当时社会上也有类似于"婊子无情，戏子无义"的说法，

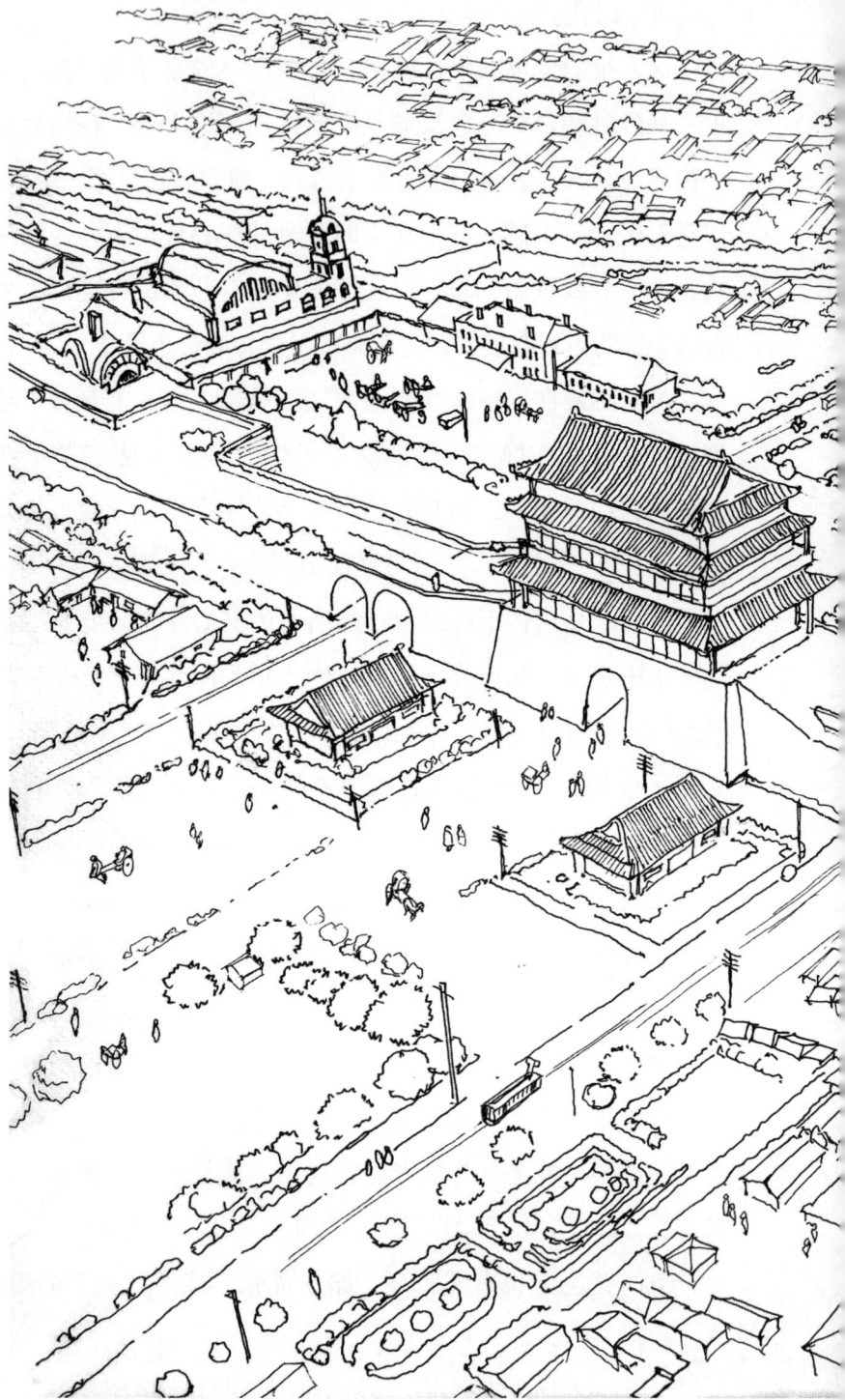

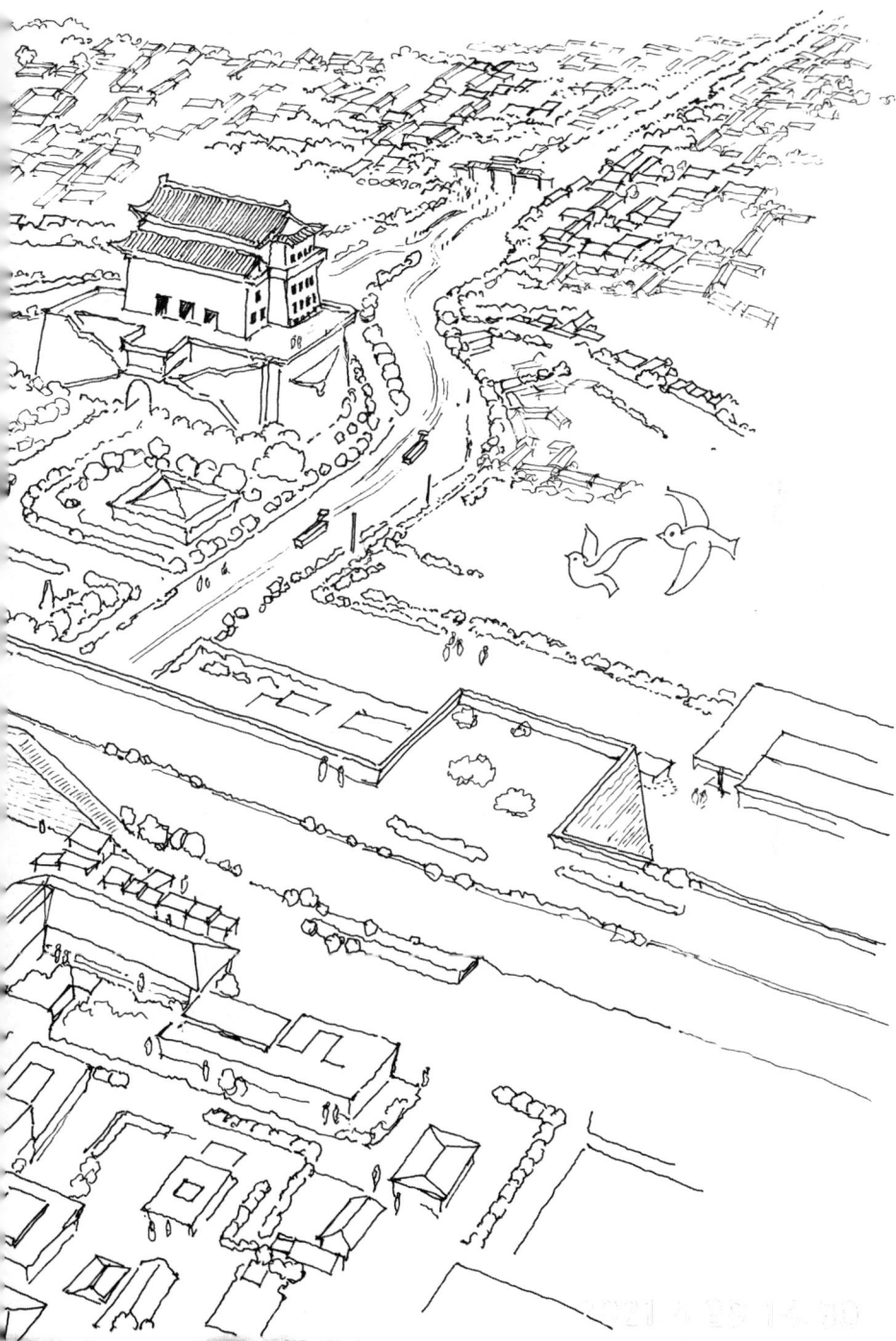

清末时期前门地区

把他们与青楼女、妓女相提并论，可见戏子的地位之低。他却铁了心沉浸在伎乐优伶里："我玩的是梁园月，饮的是东京酒，赏的是洛阳花，攀的是章台柳。"这是他不满于社会思想重压的有意反抗，是一种不屈服，一种倔强："人到中年万事休，我怎肯虚度了春秋。"他要将自己的优伶文章做成传世悲剧，用惊世骇俗的表现、用统治阶级所禁止所讳言的东西来揶揄世人。

> 我是个普天下郎君领袖，盖世界浪子班头。愿朱颜不改常依旧，花中消遣，酒内忘忧，分茶攧竹，打马藏阄，通五音六律滑熟；甚闲愁到我心头？伴的是银筝女，银台前、理银筝、笑倚银屏；伴的是玉天仙，携玉手、并玉肩、同登玉楼；伴的是金钗客，歌金缕、捧金樽、满泛金瓯。你道我老也，暂休；占排场风月功名首，更玲珑，又剔透。我是个锦阵花营都帅头，曾玩府游州。

用现在的话说，关汉卿有着一种"娱乐至死"的时代精神。无论干什么，他都喜欢把自己首先置身于一种戏剧状态之中。他在向一种令人绝望的黑暗作战，所以偏要在喧嚣中纵情自夸，就是要玩世不恭，就是要放浪形骸，就是要眠花卧柳。他要使自己与黑暗的背景融为一色，让我们从中不仅窥见他，而且也窥见整个社会。他要让黑暗经由他露出虚弱的死穴，就像鲁迅笔下《眉间尺》里的侠客，当黑衣人无法以正常的渠道寻求公正时，那就只能寻求在黑暗里彰显另一种公正。

关汉卿就这样不羁地挣扎着，狂傲倔强地自我形容着。放马过来吧，他高昂着头说：

> 我是个蒸不烂煮不熟捶不匾炒不爆响珰珰一粒铜豌豆！……你便是落了我牙歪了我嘴、瘸了我腿折了我手，天赐与我这几般儿歹症候，尚兀自不肯休。

这粒铜豌豆在元大都的街巷里自由地滚动跳跃，虽然高频率出现的纵情放任容易引起误读，但《窦娥冤》成了他的战斗宣言，这个突兀的绽放，使关汉卿完成了对自身处境的终极超越。

就这样，一部人间大剧便也庶几可呼之欲出了，却还缺个女主角。就再说说这个珠帘秀。在我国戏曲史上，年代最早、影响最大的演艺界名人，就是这个珠帘秀。她歌喉婉转，响遏行云，色艺双绝，名噪一时，所以后世戏班子，便供奉她作朱娘娘。她是当时挂头牌的杂剧演员，月淡风清，俊雅出尘，艺术造诣很深。她的徒弟叫赛帘秀，不幸中年双目失明，但在舞台上仍能演戏，比明眼人还强。这也应归功于珠帘秀对她的严格训练。

她是朱家第四个孩子，为了生计，很小的时候就学了戏。她天资聪慧又勤奋好学。闺门少女、帝王将相、三教九流，舞台上没有她不善的角色。作为元代大都杂剧舞台上的领军人物，时人对她赞誉备至。元末的世家子夏庭芝所著的《青楼集》，对她的评价是"杂剧为当今独步，驾头、花旦、软末泥等，悉造其妙"。

她自己作的散曲和诗集，也曾为人传唱追捧。当时的文化名人胡紫山曾经为她的诗集写序，说她的表演"外则曲尽其志，内则详悉其情，心得三昧，天然老成"，"以一女子而兼万人之所为（生、末、旦角都演），岂前古女乐所拟伦也"，还填了支《双调醉东风》的曲子赞美她：

> 锦织江边翠竹，绒穿海上明珠。月淡时，风清处，
> 都隔断落红尘土。一片闲情任卷舒，桂尽朝云暮雨。

但是珠帘秀只有一首小令和一套散套保留下来，其他的都失传了。

娉娉婷婷的珠帘秀，曾是整个元大都的视觉中心、话题焦点。然而在表面的风光下，谁知道赋税和债务对她的重重鞭挞？谁知她表面强颜欢笑，背地里却是热泪暗注的苦况？这"秀"那"秀"的，搁现在也算是"演艺明星"，可在当时，这一行是贱业，社会地位低，人们只把她们叫歌妓、优伶。再说得直白一点，就等同于秦楼楚馆、花街柳巷里风尘女子。

顺带着可以说一句，元大都的高等妓女一般都非平庸之辈，除姣好的容貌之外，还需善歌舞，会吟诗，谈笑不俗，数得上是文化层次较高的艺妓。所以在当时青楼与演艺圈并没有明显的区别，一些著名的女演员，本身也是歌妓出身，人们也习惯于将妓女、艺妓与优伶看作同一类人。

八卦这类事儿古今亦然。元朝有好事者曾写就一部《青楼

集》，专门记述元代大都等几个重要大城市里一百三十余位女艺人的生活花絮，其中占多数的是戏曲演员，她们以演唱杂剧、戏文、慢词、诸官调而为人瞩目。比如说这本书里记录了一位艺名叫作梁园秀的高级妓女，"歌舞谈谑，为当代称"，更值得称道的是，她的一手楷书英气逼人，小情小调的诗词也写得不错，她写的散曲《小梁州》《青歌儿》《红衫儿》等更展示了自己的实力，可以归入创作型女歌手的行列。

她们大多只有一立方尺的空气可供呼吸，实在闷得透不过气来，巴不得要飞出樊笼。然而在元大都这个广大无边的城市里，即便她们飞出这只笼子，仍然要被关到另一只笼子中去。她们超凡的才艺，改变不了风尘的身份。她们的命运早被注定了，她们的存在，只是为了让那些上等人风雅一番，如此而已。

与此相应的是，在当时热衷青楼冶游，是一种有层次的风流韵事，是风雅的表现，一般还不一定当作肉欲的驱使，倒是接近于精神世界的追寻。和珠帘秀有过一些酬唱往来以及生活纠葛的人中，就有一位叫卢挚的进士，他可能是珠帘秀的粉丝中官职最大的，官至翰林学士承旨，是一个可以称为元曲大家的人，且看他眼中的珠帘秀："系行舟谁遣卿卿，爱林下风姿，云外歌声。宝髻堆云，冰弦散雨，总是才情。恰绿树南熏晚晴，险些儿羞杀啼莺。客散邮亭，楚调将成，醉梦初醒。"

这首水平上乘的小令，大约写于两人初识之时。当此之际，卢挚已然将珠帘秀视为知己，大有相见恨晚之慨。然而对于珠帘秀来说，这个风流才子却不是可以托付终身的人。可不是吗！"才欢悦，早间别，痛煞煞好难割舍。画船儿载将春去也，空留下半江明月。"这曲《寿阳曲·别珠帘秀》便是卢挚写给她的送别曲。写得情真意切，然而为前途、为人言，再深情相倾，却在最关键时刻，坚决地"悬崖勒马"，能留给珠帘秀的也不过只是半江明月而已，就和别的达官权贵或者富家子弟一样。也许他想要的也就只是这种生离死别，才能使他写下这样情意深长的诗词吧。

众多的文人名士都是爱珠帘秀的容色和技艺，也许只有关汉卿才真正注重她的艺德和品格。她自然是天生丽质的，"十里扬州风物妍，出落着神仙，恰便似一池秋水通宵展，一片朝云尽日悬"；然而她的品格脾气更是人间极致："妆点就深闺院，不许那等闲人取次展"，所以对她的仰慕自是无以复加了："凌波殿前，碧玲珑掩映湘妃面——没福怎能够见？"

一代剧作大师和一代名伶，一个女演员和她的作者，他们的风流聚会，一定是相逢恨晚，多么富有戏剧性的才子佳人篇。当关汉卿得知珠帘秀愿意出演《窦娥冤》后，他就更像一锅滚水似的沸腾起来了。风尘女子不见得堕落，也不枉关汉卿平日里对她们的一片理解与关爱心，后来关汉卿的名剧《望江亭》和《救风尘》，也都是请珠帘秀演主角。

道貌岸然的雅人们惊惶退却，一干青楼艺妓唱响了流芳百世感天动地的《窦娥冤》。中国的戏剧史上出现大吕黄钟般的振响；一个时代的残暴，被永远钉在历史的耻辱柱上，风云为之变色，江海为之翻腾。除珠帘秀之外，还有一些艺妓也勇敢地站出来支持关汉卿。

关汉卿也很清楚，这本杂剧的演出是祸还是福，终是难料。

最后，出于义愤，也是为了给无辜者一丝安慰，才把《窦娥冤》搬上舞台。遭到了官府的严禁后，关汉卿与珠帘秀也终要分别了。珠帘秀含颦凝睇，整顿衣裳，轻敲檀板，慢启朱唇，清唱起了关汉卿的《沉醉东风》：

> 咫尺的天南地北，霎时间月缺花飞。手执着饯行杯，眼阁着别离泪。刚道得声保重将息，痛煞煞教人舍不得。好去者，望前程万里！

二十年过去了。时间对青春的刻薄，不是紫钗红粉能够掩饰的。珠帘秀知道进退，她懂得自己什么时候该沉寂。脱去乐籍之后，她离开大都，隐居杭州。年轻时不愿委身权豪势要、富商大贾为侍妾的她，在生命的最后一站竟嫁给了一位道士，遁身于方外，保持着心灵的自在与纯净。

爱恨浮云过，尘埃落定时。一世的风情就此烟消云散，生不知，死不闻，只在最繁华时与君倾心，之后便洒脱而去，青楼烛对空，莫问奴归处。

银汉无声转玉盘：一个元代北京人和他的传奇爱情

桃花扇底舞兴亡：
独怀孤愤的宣南旧友孔尚任

> 场上歌舞，局外指点，知三百年之基业，隳于何人？败于何事？消于何年？歇于何地？不独令观者感慨涕零，亦可惩创人心，为末世之一救矣。
>
> ——孔尚任

"词人满把抛红豆，扇影灯花闹一宵"。康熙三十九年（1700 年）正月初七，孔尚任邀请在京的名士好友十几人，在他的住宅相聚，众人把酒宴饮。

席间，孔尚任请伶人清唱自己的新曲《桃花扇》。曲调铿锵，字字血泪，在李香君独怀幽怨的叹息声中，满座为之涕下。

到了正月十五元宵节那一天，孔尚任"买优扮演"，把《桃花扇》搬上了北京的舞台。

首演之地在广和楼，那里是北京最早的戏园。随后，《桃花扇》又在菜市口的碧山堂大戏台演出，由当时享有盛名的昆曲班底连演数十场，一时间轰动了整个北京城。市井街谈巷议，梨园勾栏争相扮演，以至于演出"岁无虚日"。

"高皇帝在九京，不管亡家破鼎，那知他圣子神孙，反不如飘蓬断梗……"暮春三月的江南，"逐人春色，入眼晴光，连江芳草青青。百尺楼高，吹笛落梅风景"；宁南侯左良玉在武昌的黄鹤楼上，接到了崇祯皇帝自缢于煤山的消息，"中原无人，大事已不可问"……

《桃花扇》自有一份挥之不去的伤悼和悲情，是那样的绵亘动人，以至于让观众兴冲冲而来，泪涟涟而去。尤其是一些故臣遗老，戏散场了还"掩袂独坐"，良久才"欷歔而散"，连市井小民也都从中感慨深微，寄情追思。

而在此前的康熙三十八年（1699年）六月，孔尚任呕心沥血十多年、三度易稿才最终完成了《桃花扇》剧本的创作。剧本刚一问世，就在京城士大夫中间广为流传，"时有纸贵之誉"，是当年北京城内的一件文化盛事。

《桃花扇》就这样轰动了清初的剧坛，与洪昇的《长生殿》并驾齐驱。"南洪北孔"，一时成了闪烁在当时剧坛上的双子星座。

此时已是康熙三十八年（1699年），距离明朝灭亡已有半个世纪。董小宛的一缕香魂早已随风散去，连顺治帝也看破红尘五台为僧多年。不愿出仕的旧朝遗民，或老或死。潮起潮落，世事无痕，清朝铁骑屠戮江南的斑斑血迹，已化作了史书上暗红的一条眉批；新朝皇帝的江山已经坐稳，天下又是一片承平

桃花扇底舞兴亡：独怀孤愤的宣南旧友孔尚任

气象。血海与笙歌的无声交替，昭示着"兴亡"的沉重含义。

一个时代的消失，不是少数人可以挽回的，然而在改朝换代之际，往往还是会形成一种独特的遗民势力，有时要持续数十年后才消散。当一个时代行将逝去，或去或留，人各有志。只是那些没有随着时代向前走的人，其内心的凄苦真是难以言说。

年轻时的孔尚任是一个春风得意、心境松快的人。他曾经觉得，那些遗民真是一群杀风景的人物。"在'江山锦绣开新国'的时候，好好的一个读书人，为何要逆天命，弃新朝？朝廷有官给你们做，犯得着这样痛苦？哪来这么多的利与义的交战？"在若干年前，孔尚任抑制不住地会想这个问题。

孔尚任是在崇祯皇帝死后第四年才出生的圣人后裔，孔子的六十四代孙，祖籍曲阜，从小就守着自家的祖庙修身养性，读圣贤书。他的父亲孔贞璠执意为明朝守节，隐居不仕。孔尚任少年时，为了避乱，曾随父亲隐居在石门山中。

1684年冬天，康熙皇帝亲自到曲阜祭孔，这是清朝统一全国后第一次尊孔大礼。诗书天下，礼乐江山，好不热闹。在这场新朝的文化大戏中，孔尚任被举荐为御前讲经人员，随后又成为皇帝游览孔府的向导。康熙皇帝对他也颇为礼遇，任命他为国子监博士。他在《出山异数记》中，也充分表示了感激之情，云："书生遭遇，自觉非分，犬马图报，期诸没齿。"第二年，孔尚任就来到京师，踏上了仕途。

新朝需要遗民出仕，作为新政权合法性及正统性不可或缺的点缀。作为"圣裔"，孔尚任既"蒙天宠"，极衣冠之盛，所以在他进京时，对皇帝充满了感激之情。

到北京后，孔尚任究竟住在哪里？据孔尚任的散曲自况："侨寓在海波巷里，扫除了小小茅堂，藤床木椅。"以及他的两句诗："海波巷里红尘少，一架藤萝是岸堂。"不难推断，他住在宣武门外的海波巷，而他的寓所的名字叫"岸堂"。

在清代，北京城的内城多为王公贵族和八旗人士所居，汉人多居于外城和南城。当时不少著名的汉人学者都寓居于宣南一带，如明末清初的大收藏家、《天府广记》的作者孙承泽，著名诗人王士禛，包括大学士纪晓岚、孙星衍等人都住在宣武门外的琉璃厂一带。

今天，"海波寺"早已化为尘土，"海波巷"这个名字已不复存在。不过，孔尚任对他的寓所的四周作了一番颇为详尽的描写，给我们留下了查考的依据。

他在一首名为《燕台杂兴》的七律诗中这样写道：

> 朝朝吟啸此堂阶，一架藤萝惬旅怀。青草官田邻马苑，海波萧寺接天街。更翻题句无闲壁，缓急供茶少积柴。弹指十年官尚冷，踏穿门巷是芒鞋。

同时，他在这首诗的序言中说："岸堂予京寓也，在海波寺街，其前有青厂，乃先朝牧马处。"也就是说，当年孔尚任旅居北京的寓所附近，有一座海波寺，海波巷即由此得名，海波巷又叫海波寺街。

当年此处甚为冷僻空旷，不远处就是田野，是牧马用的青草田，属官田，名为"青厂"。这样的环境适合隐居，很有些"结庐在人境，而无车马喧"的味道，而孔尚任的生活也是清贫的，茅堂草鞋，缺粮少柴，只有一架藤萝能让他怡然自得。

他自吟自嘲："喜的是残书卷，爱的是古鼎彝，月俸钱支来不够一朝挥。"日子虽然清贫，但孔尚任乐在其中。精通音律的他对乐器尤甚钟情，他倾囊所有，陆续购下了四件稀世乐器：汉玉羌笛、唐胡琴小呼雷、南宋内府琵琶大海潮和明宫中琵琶小蝉吟。

三百多年过去了，孔尚任眼中这个博古闲情的北京，经历了一番沧海桑田的变迁，海波寺、海波巷早已无处寻觅了。不过，尚有一条海柏胡同供人联想，再看海柏胡同的周边，"前青厂""后青厂""西草厂"等名称一直保留至今，我们相信，海柏胡同就是孔尚任"朝朝吟啸、一架藤萝"的海波巷，也是他"桃花扇底说兴亡"的地方。

生活原本没有什么故事，但一个人一生的转折之处，经常就是一些貌似微不足道的偶然。从 1686 年起，孔尚任任职扬州。在三年多的时间里，他流连于南明故迹，登梅花山，拜史可法冢，过明故宫，游秦淮河，登燕子矶，和穷通蹇达不等的明朝遗老怀旧述往，在竹杖芒鞋的风雨途中，一些记忆开始涌现。父祖当年所经过的大风大浪，那些近似绝望的抵抗，以至那些人的音容呼吸，好像还留在周遭的空气中。他得到了许多前朝旧闻和史料，一件件晚明逸事激活了他心底的文化自尊感和屈辱感。他苦苦地思索自己的历史处境、家国覆亡的前朝旧事，那种伤古悼今的痛灼感，终于成了令他隔世难忘的一道烛光心影。

七十七岁高龄的南明"复社四公子"之一的冒辟疆，在兴化与孔尚任同住了三十日。他与孔尚任谈古论今，谈南明弘光朝的旧事，自然包括侯方域和李香君这些似乎已很遥远的人和事。

暮色深沉，歌声凄恻。情人死了，国家亡了，英雄末路，无可施为，冒辟疆想起自己过往的惊涛骇浪，虽已是耄耋之年，放不下的还是那种天崩地坼时的愤恨和痛楚。明亡清兴，不仅是简单的政权更替，不仅是父执辈血泪填成的家恨国仇，对坚守夷夏之辨、为天朝上国而自豪的汉族士人来说，是"亡天下"，士人们所共有的文化尊严受到了生不如死的践踏。然而，他也只能与这位前程正好的新朝官员嗟叹一番，两人怅然相对，俯仰一无可为。

孔尚任感怀前朝，不能自已。他终于明白，遗民历经着一种身心的大剥离和大舍弃，那种痛苦是不会因为时间的流逝而被彻底遗忘的。满腹经纶的国子监博士，也产生了一种强烈的遗民心情。在衣冠荣宠和箪食瓢饮之间，他需要重新安顿自己了。

1689 年，孔尚任被皇帝召回北京，担任户部主事、宝泉局监铸。这时的孔尚任对宦海生涯已了无兴趣。他在京师繁华之地过起了隐居生活，并开始了《桃花扇》的创作。易代之际的一代士人已风云涣散，往事湮没，而孔尚任偏要以泪濡墨，将山河板荡之际的那一段人间歌哭传承下去。

《桃花扇》是一部痛史，也是一部情史。它借复社文人侯方域与秦淮名妓李香君悲欢离合的爱情故事，反映明王朝特别是

桃花扇底舞兴亡：独怀孤愤的宣南旧友孔尚任

南明王朝的覆灭过程，以及自崇祯皇帝吊死到南明弘光小朝廷覆灭期间的离乱之祸和家国之痛，却以爱情的消逝为主题。所以孔氏在《桃花扇小识》中说："桃花扇何奇乎？其不奇而奇者，扇面之桃花也。桃花者，美人之血痕也。血痕者，守贞待字，碎首淋漓不肯辱于权奸者也。权奸者，魏阉之余孽也。余孽者，进声色，罗货利，结党复仇，隳三百年之帝基者也。帝基不存，权奸安在？惟美人之血痕，扇面之桃花，啧啧在口，历历在目，此则事之不奇而奇，不必传而可传者也。"

也许是命中注定，在桨声灯影的秦淮河畔，大才子侯方域与秦淮名妓李香君相识了，两人一见倾心，以身相许，一柄轻巧精致的桃花宫扇，就是他们的爱情信物。爱情的风帆注定要在现实的陆地上搁浅，因为他们恰好处在明朝覆亡的风口浪尖。就在他们俩情意缠绵之时，亡国之恨降临到他们头上了。

"笙歌西第留何客，烟雨南朝换几家"。孔尚任"烟雨南朝"这个词用得真好，明朝江山终于变作了"南明"。"扬州十日"之后，多铎的军队开始逼近南京。这时候的南京，是南明弘光小朝廷的首府，一片歌舞升平，"偏是江山胜处，酒卖斜阳，勾引游人醉赏，学金粉南朝模样"，"秦淮烟月无新旧，脂香粉腻满东流，夜夜春情散不收"。

朝中大臣为拥立新主，结党营私，相互争斗。佞臣阮大铖爬上了弘光朝的兵部尚书宝座，他上任后的第一件事，就是要将昔日政敌置于死地。侯方域不得已逃出南京，投到史可法将军的麾下效力。一对有情人自此劳燕分飞，风飘云散皆茫茫。

李香君虽只是个秦淮歌妓，但素来深明大义，起初当侯方域在阮大铖结纳之下有所动摇时，她就曾义正词严地责问："官人是何说话？阮大铖趋附权奸，廉耻丧尽，妇人女子，无不唾骂。他人攻之，官人救之，官人自处于何等也？"此言一出，侯方域大为惭愧，从此也更加敬重她。接下来，阮大铖逼迫李香君嫁与漕抚田仰为妾，香君更是"血溅宫扇"以死抗争，暂时得以幸免。

李香君的鲜血似朵朵桃花，点染出艳异色彩，这就是"桃花扇"的由来。时间流变，色相劫毁，山河板荡时的家国之痛，竟要由一些柔弱红颜来承载。出身于儒学大家、士大夫之族的孔尚任，为一种尊严低回不已，他对这位乱世歌妓给予了不同寻常的评价："巾帼卓识，独立天壤。"

短命小朝廷寿终正寝了，史可法殉难，随后南京也落入清军之手。阮大铖和弘光帝弃城而逃，南明小朝廷成了前尘往事。文明升沉，九州震荡，天命的争夺，权力的倾轧，江南春闺的梦中遥望，中原慈母的萧萧白发，将军的壮心，烈士的豪举，边塞的沙堆与尸骨……到最后只有寂静和空虚，这争来争去，到底争的是什么呢？

侯方域久寻香君不遇，便随道人张瑶星前往栖霞山悟道，不料，却在栖霞山巧遇逃亡的香君。

正当观众为这对有情人饱经离乱、终于修成正果大舒一口气的时候，张道士的话却如当头棒喝：

当此地覆天翻，还恋情根欲种，岂不可笑！

两个痴虫！你看国在哪里，家在哪里，君在哪里，

桃花扇底舞兴亡：独怀孤愤的宣南旧友孔尚任

父在哪里，偏是这点花月情根，割他不断么？

张道士一贯"静观玄览、全无一点喜怒"，忽做如此金刚狮吼，可想那效果是何等的惊心动魄。是啊，一切的贪痴嗔怨，总要归于徒然，天翻地覆之际，爱情也变得微不足道了——"那些莺颠燕狂，关甚兴亡"！

两个才艺倾国的金童玉女，两个胸含血泪亡国失家的前朝遗民，从一场迷乱的大梦中突然醒来，双双入道。他们将自己放逐得更为彻底，甚至愿意成为宇宙洪荒的过客、时间鸿蒙的遗民。天长地久，此恨绵绵。

"夹道朱楼一径斜，王孙初御富平车。青溪尽是辛夷树，不及东风桃李花"。一个时代有一个时代的风尚，你如果能够理解并欣赏，就会有一种愉悦和满足。然而孔尚任却饱含着一种无法医治的痛感，一种羞辱难言的自省，他的遗民情绪终于进行了一次猛烈的绽放。《桃花扇》就是那次绽放里的一声巨响。

《桃花扇》被誉为信史，作者自己也在《桃花扇凡例》中说："朝政得失，文人聚散，皆确考时地，全无假借。"当然他也借老赞礼之口说道："司马迁作史笔，东方朔上场人。只怕世事含糊八九件，人情遮盖两三分。"所以《桃花扇》在世事人情上还是有所"点染""含糊"的，与真实的历史并不是完全符合。历史剧毕竟不是历史。李香君死前曾叮嘱侯方域说："君勿事清虏，宜自惜名节。"侯泪如雨下，哽咽难言。他安葬好香君后，卷起行囊，黯然北归。在时间持续的剥蚀中，人无法抗拒的东西很多。《桃花扇》的主人公侯方域最后还是耐不住寂寞，在清顺治八年出山应乡试，但很快就抑郁而死。临死前筑壮悔堂，并做文记之。"壮悔堂"这名字颇让人玩味，是对国亡后这段岁月里背弃承诺、激情早夭的悔。

当然这一点孔尚任没有写破，而是让侯方域和李香君一起入道栖真了事。真实的爱情故事大都总是这种结局，美好却脆弱的情感，注定要在时代的寒风中被吹散。

《桃花扇》是一座碑铭，记录着一代汉族青年精英的个人情感和命运，如何与家国命运纠缠在一起，无法分离，一千年的山海沧桑，也未能埋葬那种忧世愤时的情怀。

《桃花扇》在京城"王公缙绅，莫不借抄"的盛况，甚至惊动了康熙皇帝，因为急于看到剧本，竟然连夜传唤。当时，孔尚任自己的剧本不在身边，只好在别处寻得一本，午夜时送进皇宫。康熙皇帝观阅剧本后感受如何，不得而知。但没多久，名满京华的孔尚任就被罢了官，发配回老家当寓公去了。

孔尚任与北京城的缘分尽了，他离开了这个笙歌靡丽之地。他的背影里有一种往事如烟的意味，斜阳照耀下的护城河水光粼粼。那些血雨腥风的历史章节，那些离合之情、兴亡之感，都已经沉寂在他的心里。在孔尚任的翩翩长衫飘逝之处，所有的激越和愤懑都已尘埃落定。

他回到少时去过的石门山中隐居起来。冷落青门，萧条白发，他抛弃了《桃花扇》的所有读者和观众，下定决心先行老去，再不管世事浮沉。1718年孔尚任在石门山去世。在桃花灿烂、斧柯烂尽的山野中湮灭不存的三间草庐，成为孔尚任一生的隐喻。

桃花扇底舞兴亡：独怀孤愤的宣南旧友孔尚任

纳兰性德：

御座下的忧郁背影

有人说，十七世纪的北京，既是康熙大帝的，又是纳兰性德的。一个乃一代英主，雄韬伟略，皓如皎月；一个是御前侍卫，却诗才俊逸，灿若朗星。只是纳兰性德英年早逝，令北京城的星空暗淡了许多。

纳兰性德，字容若，号楞伽山人，其显赫家世足以令世人瞠目。他的父亲，就是权倾朝野的武英殿大学士明珠。明珠一度是康熙皇帝跟前的大红人，独揽朝政，炙手可热，与后来的和珅不相上下。而纳兰性德本人也是少年英才，十八岁中举人，二十二岁时参加进士考试，中二甲第一名："叙事析理，谙熟出老宿上，结字端劲，合古法，诸公嗟叹，天子用嘉。"康熙当即龙颜大悦，钦点其为御前侍卫，很快就由三等晋升为一等，可算是少年得志，前途无量了。

世人皆知纳兰为清代的大词人，且清词以他为最，似乎无人能出其右。但这位豪门公子不但能文，而且还是个武将。既然是御前侍卫，武功定是十分了得。满族人尚武，在马背上打天下，所以，纳兰性德也被父辈们授以武功，从小练就了一身搏击之术，并精于骑射。康熙皇帝自己就是一个勇武、强悍的骑手加射手，所以，他身边的侍卫也应该是一流的角色。这样看来，纳兰性德倒是个文武全才。当然，纳兰骨子里还是个文人。

他身上有众多的矛盾之处：生为满人，他却痴迷于汉文化；骨子里是个文人，从事的却是武将这个行当；身为武英殿大学士的公子、皇帝身边的一等侍卫，置身于姹紫嫣红、朱门广厦之中，心却游离于繁华喧闹之外，"视勋名如糟粕、势利如尘埃"；他是地道的满族八旗子弟，结交的却都是一些年长的汉族落拓文人，"以风雅为性命、朋友为肺腑"；他人在仕途，却一生为情所累……这样一位才情充沛、人格健全、绝世超然的"翩翩浊世公子"，竟不是源自小说家的杜撰，竟是中国文化史册里的一位真实人物。

纳兰性德留下的是两本词集：《侧帽集》和《饮水词》，他二十多岁时就已经名满天下了，靠的不是皇帝的威风，而是他的词。后人从中精挑细选了三百四十二首，另外结集，以《纳兰词》命名。当年《饮水词》问世后，曹雪芹的祖父曹寅曾用"家家争唱饮水词"来形容纳兰词在当时的火爆场面。当年文坛的那些重量级人物也都给予了很高的评价。纳兰的圈中好友顾贞观长叹一声说："容若词一种凄婉处，令人不能卒读。"聂先的评价是："少工填词，香艳中更觉清新，婉丽处又极俊逸。真所谓笔花四照，一字动移不得者也。"陈维崧更是将其与李璟、李煜相提并论："饮水词哀感顽艳，得南唐二主之遗。"

陈维崧是当时阳羡派的代表人物，他与纳兰及浙西派掌门朱彝尊并称为"清词三大家"。纳兰词中的"山一程，水一程，身向榆关那畔行，夜深千帐灯。风一更，雪一更，聒碎乡心梦不成，故园无此声"；以及"最是繁丝摇落后，转叫人忆春山"等许多名句，曾被近代学者称为"千古奇观"。国学大师王国维在他的《人间词话》中，也对纳兰词推崇有加：

> 纳兰容若以自然之眼观物，以自然之舌言情。此由初入中原未染汉人风气，故能真切如此。北宋以来，一人而已。

说纳兰性德是个文人，此话一点不假。由于家庭出身的原因，他没有李白那种"天子呼来不上船，自称臣是酒中仙"的豪迈气概，也不可能拒绝"皇恩浩荡"，他还是捧着文房四宝上了天子的"船"。一边为皇帝保驾，一边做着职业以外的工作：吟诗填词。而他的不务正业照样赢得了皇帝的宠信。康熙爱读纳兰的诗词，经常赏赐给他金牌、佩刀、字帖等礼物，以资鼓励。

由于长年待在皇帝身边，纳兰性德应该算是真正的"御用文人"，但是，后人却并未将他归入"犬儒派"或御用文人的行列。这就很难得了，在历代文坛，纳兰性德算是一个特例。这可能是因为他的大多数作品都是写给自己的，情真意切，言辞优美。尤其是他的爱情诗，缠绵悱恻，感人肺腑，并不比唐代的李商隐和宋代的柳永逊色。

纳兰性德是个真性情的人，他对"侍卫"这个职位其实并没有什么兴趣。他得到过皇帝无数次的赏赐，但在他的内心深处，一直苦于仕宦漂泊，厌恶金阶仁立的侍卫生涯。率真的诗性遭遇混浊的政治，自然是徒增"胸中块垒"。在一首《忆秦娥》中，他无比怅惘地写道："长漂泊，多愁多病心情恶，心情恶，模糊一片，强分哀乐。拟将欢笑排离索，镜中无奈颜非昨。颜非昨，才华尚浅，因何福薄。"

关于纳兰性德，还有一个"生馆死殡"的佳话。当年，大学者吴兆骞因事牵连，被康熙皇帝大笔一挥，就流放到了黑龙江。好友无锡人顾贞观为他鸣不平，并向纳兰性德求援。

顾贞观的两首《金缕曲》感动了纳兰性德，他认为顾贞观的两首以书信形式填写的词，完全可以同西汉苏武和李陵的赠答诗、西晋向秀的《思旧赋》媲美，堪称文坛三件极品。于是，他回信说，此事十年之内一定会想方设法解决。但顾贞观并不满意："人寿几何？请以五载为期。"

顾贞观很是书生气，生活在现在这个时代的我们，恐怕没见过这样求人办事的，如何敢直截了当地提出要求，而且得寸进尺，也不怕人家反感？但纳兰性德性情率真，毫不在意，只是慨然允诺。

这件事阻力重重，难度可想而知。纳兰性德求助于他的父亲明珠，经过一番斡旋，终于使吴兆骞结束流放生涯，回到了北京。

吴兆骞回京以后，旋即被纳兰性德聘为馆师，为其弟教授学业。吴兆骞于1684年10月病故，此时纳兰性德人在江南，他得信后立即回京，为吴兆骞操办丧事，并出资护送灵柩回到吴的家乡吴江。这就是所谓的"生馆死殡"。古人说"文人相轻"，但文人之间的友谊也可以如此感人至深。

纳兰性德能入康熙法眼，外表应该也是个很重要的因素。他的人同他的词一样"纯任灵性，纤尘不染"，当得起"玉树临风"一词。曹雪芹的祖父曹寅同是康熙皇帝的侍卫，和纳兰性德是同事关系。曹寅在一首诗中这样写道："忆昔宿卫明光宫，楞伽山人貌姣好。"楞伽山人就是纳兰性德的号。

人长得帅，骑术、剑术、武艺都很高超，诗词文章也堪称一流——这样的人生是许多人梦寐以求的，但纳兰性德过得并不快乐，有人曾经做过这样一个数字统计：在纳兰性德现存的三百多首词里，"愁"字出现了九十次，"泪"字用了六十五次，"恨"字使用了三十九次，其他如"断肠""伤心""惆怅""憔悴""凄凉"等字句，更是触目皆是。按他自己的话说，他是"斗鸡人拨佛前灯"，在滚滚红尘中寻找残月西风、衰草枯杨。

曾经有人说，纳兰性德就是《红楼梦》中贾宝玉的原型。纳兰与曹雪芹的祖父曹寅同为康熙皇帝的侍卫，相处了八年，交情很深。曹寅曾为纳兰性德词集作序，纳兰去江南游历时到了南京，专门为曹寅赋词两首：《金陵》和《满江红·为曹子清题其先人所构楝亭，亭在金陵署中》，曹子清就是曹寅。

后来，曹雪芹写《红楼梦》，稿未完而人先亡。和珅将文稿呈献给乾隆皇帝，乾隆阅后说了一句："此盖为明珠家事作也。"虽然此说有捕风捉影之嫌，但纳兰性德与贾宝玉确有许多相似之处，而曹雪芹的《红楼梦》也确实受到了纳兰性德词的影响。

《饮水词》中有这样的词句："今宵便有随风梦，知在红楼第几层？""因听紫塞三更雨，却忆红楼半夜灯。""此夜红楼，天上人间一样愁。"词中多次提到"红楼"，这对《红楼梦》的影响是显而易见的。

在祖父的影响下，曹雪芹自幼熟读纳兰性德词，熟悉纳兰的遭际，对纳兰性德深表同情。《饮水词》中多处咏竹，而林黛玉爱竹，别号"潇湘妃子"，曹雪芹又为她的居处潇湘馆安排了"凤尾森森，龙吟细细，一片翠竹环绕"的环境，这也绝不是巧合。而且，更关键的是，纳兰性德也有一段愁云惨雾的爱情往事，和《红楼梦》中宝、黛、钗三人的关系十分相似。

据说纳兰性德在正式娶妻之前，有一个青梅竹马的心上人，就是他的表妹雪梅。雪梅自幼父母双亡，寄居在纳兰家。这位表妹冰清玉洁，才智过人。纳兰性德和表妹相知相爱，心心相印，私订终身，但他们的爱情遭到了纳兰母亲的激烈反对。母亲固执地认为，一个父母双亡的孩子，即使她是亲外甥女，也是"丧门星"，怎么能把这种"不祥"带给自己最心爱的长子呢？

不管纳兰和雪梅如何苦苦哀求，母亲都不为所动。为了拆散这对"冤家"，父母想了一个损招，把雪梅送入了宫中，从此两人就再也未能相见。坚贞的雪梅为了保全自己的清白，在宫中吞金自尽，纳兰性德得知消息以后痛不欲生，大病了一场。

二十岁时，他奉父母之命，和两广总督兼兵部尚书史兴祖之女、时年十八岁的卢氏成婚。虽然不像表妹那样贴心贴肺，但纳兰和正妻卢氏的感情倒也如胶似漆。然而，由于工作需要，纳兰常常入值宫禁或随皇帝南巡北狩，这对少年夫妻聚少离多，纳兰只好把万千情丝倾泻在词章里。

他们至真至美的爱情只持续了三年，卢氏就因产后受寒而去世。纳兰写下了一系列悼念亡妻的词章，声声啼血，字字连心，下面这曲《沁园春》就是其中最著名的一首，读罢令人断肠：

> 瞬息浮生，薄命如斯，低徊怎忘？记绣榻闲时，并吹红雨；雕阑曲处，同倚斜阳。梦好难留，诗残莫续，赢得更深哭一场。遗容在，只灵飙一转，未许端详。

> 重寻碧落茫茫，料短发、朝来定有霜。便人间天上，尘缘未断，春花秋叶，触绪还伤。欲结绸缪，翻惊摇落，两处鸳鸯各自凉。真无奈，把声声檐雨，谱出回肠。

自古多情伤离别，饱尝离别之苦的纳兰性德，身上的确是很有几分贾宝玉的影子，多情而又多舛。

康熙二十四年（1685年），纳兰性德在跟随皇帝南巡后回到北京，不料突染重疾，自此一病不起。1685年5月，年仅三十一岁的纳兰性德溘然长逝。在他身后留下的是仅有三百四十二首词作的《纳兰词》。也许他的华美人生的过早落幕，是为了避免风流总被雨打风吹去的劫数。他没有看到纳兰家族的衰败，从这一点上看，他比贾宝玉要幸运一些。

纳兰性德的故居有两处。一处是位于后海北沿的明珠官邸，现为宋庆龄纪念馆所在地。这里曾经豪门朱梁，钟鸣鼎食，门前车水马龙。"门俯银塘，烟波晃漾。蛟潭雾尽，晴分太液池光，鹤渚秋清，翠写景山峰色"（《渌水亭宴集诗序》）；开门即见太液池（什刹海）、景山，一片富贵升平气象。

南楼前临水有两株夜合树（合欢），据说是当年纳兰性德亲手所植。纳兰对这两棵树格外怜惜，他病逝前的最后一首诗就是《夜合花》："阶前双夜合，枝叶敷华荣。疏密共晴雨，卷舒因晦明。影随筠箔乱，香杂水沉生。对此能消忿，旋移近小楹。"就在他咏夜合花之后，忽然得了一场大病，过了七日便不治而亡。他的好友在祭文中说："夜合之花，分咏同裁。"

另一处就是渌水亭。纳兰性德曾写过一部叫《渌水亭杂识》的笔记，使得渌水亭这个名字流芳久远。今天，"渌水亭"成了几千纳兰迷相聚的网页名。

渌水亭是纳兰家的别墅，因园内建有一座乡野风格的茅亭而得名。这里是纳兰性德著书的地方，在京西玉泉山下。玉泉水流到昆明湖这段河道称为"玉河"，渌水亭应建在玉河岸边。纳兰性德最喜欢在亭子里饮酒会客，并以"渌水亭"为题写过一首诗："野色湖光两不分，碧云万顷变黄云。分明一幅江村画，着个闲亭挂夕曛。"所以，同城中的豪宅相比，渌水亭才是纳兰性德真正意义上的家，是灵魂的憩园。

在这里，纳兰性德与他真正情投意合的朋友们吟诗唱和，畅快自由，他们都是当时的文化名人，有朱彝尊、严绳孙、顾贞观、秦松龄、陈维崧、姜宸英等，渌水亭为这帮风流才子提供了聚会的好场所，他们结成了一个松散而又团结的诗社，写下了许多怡情养性的词章。

《渌水亭杂识》也是在这里完成的。这本书将清代文化的京师娓娓道来，书画、瓷器、刻石、古币、古迹，等等，说不尽北京的雅事风情。通过探求纳兰性德的描绘，可以看到旧时北京最真实纯正的骨骼和纹理。

今天，纳兰性德在《渌水亭杂识》里评点的许多古迹，同渌水亭一样，从我们的视线里消失了。纳兰性德留给我们的是一些纸上的风景。不过纳兰家的别墅、庄园和墓地还有迹可循——在今天海淀区的上庄水库附近，有一座纳兰性德陈列馆。这是一座仿清的小四合院，院落虽小，却别有情致。院中矗立着一尊纳兰性德坐像，头戴清朝官帽，身着朝服，左手捋须，右手持一杯清茶置于腿上，神情忧郁地凝视远方。雕像是汉白玉的，而底座却是一块红色的大理石，衬托出他的显贵身份。

明珠在康熙一朝不可一世，然而到了乾隆时期，这个家族的存在却威胁到了新一代权臣和珅的利益。于是，这个家族遭到了清算，家产被籍没，位于后海的明珠官邸，则被和珅霸占。到了光绪年间，那里又成了醇亲王载沣的王府。

别墅几经易手，但纳兰性德却依然是那个性灵高洁的词人，他并没有受到污浊时世的浸染，生前没有，身后也没有。有朋友曾说他"所欲试之才，百不一展；所欲建之业，百不一副；所欲遂之愿，百不一酬；所欲言之情，百不一吐"，那一份惋惜之情非常强烈。其实也不尽然，当所有的富贵功名皆成尘土，那一本《纳兰词》读来还是令人唇齿留香，三百年都不曾消退，因为他"不是人间富贵花"，当围绕在他身旁的繁华如云烟般散尽之后，诗人如愿以偿地回归到了诗人本身——也许，这才是世上最幸运的事情。

曹雪芹：

在黄叶村，品咂时光的声音

　　鸡鸣枕上，夜气方回。

　　因想余生平，繁华靡丽，过眼皆空，五十年来，总
成一梦。

　　今当黍熟黄粱，车旅蚁穴，当作如何消受？

　　遥思往事，忆即书之，持向佛前，一一忏悔。

　　这是张岱在《陶庵梦忆》的自序里回顾自己的青春岁月。
当梦醒时，一切的贪痴嗔怨全都归于徒然。他并不是在"留恋
失去的天堂"，沉湎于旧日的繁华旖旎，在缠绵悱恻的经验世界
中不能自拔，而是让"今日之我"与"昨日之我"由一个"悔"
字拉开距离，有了一种苍杳的远意。也只是在这样的时候，那
些承受着命运巨变的人，才能参透人生的真意，直面真实的自
己，也就有了不能已于言者的冲动，有了书写的欲望。

　　这一点与《红楼梦》很是相像。在《红楼梦》第一回中，

作者就表明了对自己"不肖之罪的忏悔":

> 但书中所记何事何人?又因何而撰写是书哉?自又云:"今风尘碌碌,一事无成,忽念及当日所有之女子,一一细考较去,觉其行止见识,皆出于我之上,何我堂堂须眉,诚不若彼裙钗哉!实愧则有余,悔又无益之大无可如何之日也!当此,则自欲将已往所赖天恩祖德,锦衣纨袴之时,饫甘餍肥之日,背父兄教育之恩,负师友规谈之德,以至今日一技无成、半生潦倒之罪,编述一集,以告天下人:我之罪固不免,然闺阁中本自历历有人,万不可因我之不肖,自护己短,一并使其泯灭也……又何妨用假语村言,敷演出一段故事来,亦可使闺阁昭传,复可悦世目,破人愁闷,不亦宜乎?

家族衰亡,是其内外矛盾激化的结果,也是处于"末世"的贵族难逃之劫,即使是那些"觉其行止见识,皆出于我之上"的杰出女性,也无力回天。是故曹雪芹对自己曾经的贵族家庭怀着一种不敢相信、不可思议的悼亡之感,这样的一生,不是梦又能是什么。《红楼梦》便成为一部以个人生活经历为基础的梦之书。它起于梦结于梦,或独写一梦,或梦中套梦,或醒后说梦,写梦笔法千变万化,又各个不同。如脂砚斋在第四十八回所批:"一部大书起是梦,宝玉情是梦,贾瑞淫又是梦,秦之家计长策又是梦,今作诗也是梦,一并'风月鉴'亦从梦中所有，故‘红楼梦’也。"

虽则是梦，然而其生平际遇、性情风采等，全都如见如闻、可知可感。也正因如此，当锦衣玉食的日子逝如云烟，"燕市哭歌悲遇合，秦淮风月忆繁华"，已成了一场沧桑的人生历练。其间的纵深距离，不啻几世几劫、亿万斯年了。

《红楼梦》的故事依托于一个广远无垠的时空背景之上，顽石通灵之后，便开辟了一段历史，如同在高天大地之间抖落一匹华丽的锦绣，无数的长歌长啸、无数的云卷云舒，将要从这里开始。而顽石幻形入世，落到了大观世界之中，那里正是人间花柳繁华地、温柔富贵乡的精华所在，连通着经验世界的诸般情态，万千气象。然而今朝欢乐，明朝枯骨，一种不祥的气氛，正在从图册判词、红楼梦曲、灯谜、戏曲、联诗、酒令、异兆、花签等悄悄展开。

而一个家族由"好"入"了"的天命，也在人世间真实而残酷地上演。雪芹的曾祖名叫曹玺，夫人孙氏，是康熙帝幼年时的保姆，所以一直与皇室关系密切。康熙即位后，曾派曹玺到江南去做织造官，由此曹家在南京"世袭"了这个特殊的职差，祖孙三辈四个人，在南京住了六七十年之久。康熙末年，皇子们争夺宝位，雍正最后胜出，上台后开始镇压政敌。曹家在血雨腥风中亦被牵连抄家，名义是追查公款亏空，其实是康熙四次南巡时他家办"接驾"差使而欠下的"账"。江宁织造府曹家的命运，由此发生了巨大的突变。

1727 年，曹家败落得一塌糊涂，不得不回北京归旗，沦为贫人，结束了江南诗礼簪缨之族六十载风月繁华的历史。出身于"烈火烹油"的豪门贵族，但最后落得举家"食粥""赊酒"度日。

不过，家庭虽是"屡遭变故"，曹雪芹本人却并不以拂逆之境，阻其志向。他胸贮奇才，生有傲骨，是故"一技无成，半生潦倒"，满径蓬蒿，薛萝门巷，他亦矢志不悔。正是"茅椽蓬牖，瓦灶绳床，其晨夕风露，阶柳庭花，亦未有妨我之襟怀笔墨者"之所谓也。

从《红楼梦》的字里行间，可以阅尽作者一生的辗转。告别了少年秦淮旧梦，离开了那繁花嫩柳之地，倒是北京这个城市的血脉从此在他心中逐渐根深叶茂起来。《红楼梦》里有数量众多的北京民间语言，抓子儿、鞋搭拉、袜搭拉、逛逛、颠、花子、牙碜、九国贩骆驼的、蹭、挨、猴儿、搅过、顶缸、孤拐、独自个、没当家花花的、神道、老鸹、时气、逞了脸、抠搂……很多词语时至今日，仍然在北京沿用。

1982 年，中国第一历史档案馆研究员张书才在清代内务府档案中，发现一件雍正七年（1729 年）的"刑部移会"，载明江宁织造隋赫德曾将抄没曹家的"京城崇文门外蒜市口地方房十七间半、家仆三对"，"给与曹寅之妻孀妇度命"。

这样，今广渠门内大街 207 号院，就与曹家有了一定的关联。那里是一处有档案可据、有地图可证、有遗迹可寻的宅院。院中挤住着二十多户居民，搭建着许多临时建筑，但旧时的院落格局清晰可见。在宅院里，最有说服力的是写着"端方正直"的屏门——这四个字曾经在《红楼梦》第二十二回中，作为灯谜出现过。据考证，这极可能是曹氏家训。曹雪芹在这里居住了一二十年，《红楼梦》的草稿可能就是在蒜市口的这处曹宅开始动笔的。

他是什么时候搬出去的，目前还没有资料考证。但蒜市口这个地方，一定让曹雪芹更深刻地了解和熟悉了北京城南凄苦的平民生活，对他的思想观念的变化有着很重要的影响。他也一定很熟悉北京城南下层民众的生活，在《红楼梦》中有着纤毫毕现、蔚为大观的京城风俗写真，许多小人物的描写也都很生动，比如香料铺老板卜仁杰、老尼静虚等。除"十七间半"外，后海沿岸的大翔凤胡同6号，亦被认为是曹雪芹在城内迁徙中曾住过的地方。

乾隆十四年（1749年）前后，曹雪芹又几经搬迁。一定是不愿叩富贵戚族之门，讨取一杯羹；也不愿寄人檐下，听人烦言；更不愿循科举之途，谋得个一官半职。于是他从城里移居到素雅静幽的香山脚下，搬进了竹径深处、清磬一声的黄叶村，在这里度过了他气度安闲的晚年，也开始了《石头记》剩余部分的创作。曹雪芹的朋友敦诚、敦敏、张宜泉等人，常常来到他家中把盏言欢，唱和往来。

关于曹雪芹晚年寓居西山的具体地点并无记载，学界经过反复考证，虽未找到具体的位置，但从他与朋友们留下的诗文"不如著书黄叶村""庐结西郊""月望西山""衡门僻巷"等诗句的描绘中，确认曹雪芹的故居，应在现在的北京植物园中、卧佛寺以及樱桃沟一带。

燕京帝都西依香山，自清朝康、雍、乾三世以来，风光无限的三山五园渐为人知。三山是香山、玉泉山、万寿山，山丛中有富丽堂皇的皇家苑囿圆明园、畅春园、颐和园、静明园、静宜园。不远处，有一个四季温暖润泽自成气候的山谷，因满布樱树而得名"樱桃沟"，沟中浓荫蔽日，云蒸霞蔚，古寺巨刹密布。此外山谷中还经常可见古代用于驻兵守卫的石碉堡，点缀着延绵山脉、柔和草色，是之为"古墩秋色"。

黄叶村原是明朝时的村名，沿革到清代就变为了正白旗村，因是清代驻军拱卫京畿，在这里组建飞虎云梯健锐营，建雕楼古墩，设旗营村防，驻军于此。1963年，红学家吴恩裕、周汝昌、吴世昌在香山一带考察，这里的老住户张永海老人给他们讲了一个传说，说曹雪芹的朋友曾送过他一副对联："远富近贫以礼相交天下少，疏亲慢友因财绝义世间多。"到了1971年，香山健锐营正白旗村庄的35号房中，一位叫舒成勋的住户在修缮房屋时，碰破了西墙的墙皮，不经意间，发现了裸露出的旧墙表面上的"壁题诗"，上面共写有九块诗文，字体大小各不相同，有的纵书，有两个则写成扇面形状，其中位居中间位置的一块菱形诗内容如下："远富近贫以礼（相）交天下少；疏亲慢友因财而散（绝义）世间多真不错"。

除了末尾加上的"真不错"，这副菱形的对联与传说仅差三字，而且其中一首扇形诗为"丙寅"年落款。

老屋所在地属于正白旗的营房，与曹家祖上加入正白旗"包衣"籍相吻合。种种证据表明，这个"旗下老屋"，很可能就是曹雪芹当年住过的"悼红轩"了。生命的必然与偶然，原本不就是一线之隔？

一边是君临天下气派无比的皇帝，一边是柴扉陋巷、堆石

曹雪芹：在黄叶村，品咂时光的声音

为垣的清僻小山村。这是一种对比，也是一种争辉；蓬蒿荒村，清贫度日的才子，与寺庙、古墩、瑛石、山野为邻，返璞归真，清清静静；这份从容气度和超然的境界，恐怕是人间的帝王也会黯然失色。

已辟建为曹雪芹纪念馆的黄叶村，占地约两公顷，共有十二间房，分五个展览室。屋外竹林中有曹雪芹执卷的坐像，面目清隽，神色安然，像入定禅坐的老僧，一坐千年。村内茂林修竹，疏篱环护，蜿蜒石径，小巷幽深，如同《红楼梦》里曲径通幽的文字，笔下一片旖旎风光。穿过阶柳庭花荫中的薛萝门巷，踏进好像依然笼罩着轻雾晚烟的柴扉，菜畦、瓜棚、药圃、花丛、石磨、石碾、辘轳、水井都仿古再现，围以木篱笆，既儒雅深沉，又活泼灵动。瓦檐上一缕苍白的阳光，照向小院门旁那棵根磐虬虬的苍苍古槐，枝叶间仍清清朗朗地闪动着历史的记忆。

"满径蓬蒿老不华，举家食粥酒常赊。衡门僻巷愁今雨，废馆颓楼梦旧家。司业青钱留客醉，步兵白眼向人斜。阿谁买来猪肝食，日望西山餐暮霞。"寂寞的京郊，孤灯如豆，面对着"蓬牖茅椽、绳床瓦灶"，他夙夜匪懈，且啼且笑，"披阅十载，增删五次"，终成华章，以舒块垒，人有幸，山水有幸。完成了他用生命凝成的心血巨著，按脂评，"是作者具菩萨之心，秉刀斧之笔，撰成此书，一字不可更，一语不可少"，"字字看来皆是血"的"不寻常"之作。

这到底是一部什么样的书？清人王希廉《红楼梦总评》所说颇为精到：

一部书中，翰墨则诗词歌赋，制艺尺牍，爱书戏曲，以及对联匾额，酒令灯谜、说书笑话，无不精善，技艺则琴棋书画、医卜星相，及匠作构造，栽种花果、畜养禽鱼、针黹烹调，巨细无遗；人物则方正阴邪、贞淫顽善、节烈豪侠、刚强懦弱，及前代女将、外洋诗女、仙佛鬼怪、尼僧女道、娼妓优伶、黠奴豪仆、盗贼邪魔、醉汉无赖，色色皆有：事迹则繁华筵宴、奢纵宣淫、操守贪廉、宫闱仪制、庆吊盛衰、判狱靖寇，以及讽经设坛、贸易钻营，事事皆全；甚至寿终夭折、暴病亡故，丹戕药误，及自刎被杀、投河跳井、悬梁受逼、吞金服毒、撞阶脱精等事，亦件件俱有。可谓包罗万象，囊括无遗，岂别部小说所能望见项背？

是的，读《红楼梦》，我们首先会感到它的内容的博大丰厚，这是一部"百科全书"式的鸿篇巨制。

接下来值得我们注意的是，《红楼梦》中人物确实与作者的生活息息相关，肉血相依。在全书第一回，作者就明确指出，此书"将真事隐去"，用"假语村言"敷衍出一篇故事。这一声明不像是故弄玄虚，它分明是在告诉人们，作者用编造故事的形式，即小说的形式或"假语村言"隐写了真实的历史事实，是故全书字字谶语，步步机关。作者又称《红楼梦》为"满纸荒唐言，一把辛酸泪"之作。此话显然不是随便说说，其中有着无限的感慨。"辛酸泪"指作品隐写的真事非比寻常，而是浸透了当事人的斑斑血泪。"字字看来皆是血，十年辛苦不寻常"更是道出了个中三昧。

全书的开篇，以补天落选的神瑛侍者与绛珠仙草的情恋这一奇境梦幻开始，以双玉还泪殉情的艺术悲剧为结局。整部小说明明是在写富贵旖旎的生活，却处处显示出衰兆；明明是谱写青春生命的旋律，却在在透露出哀音。世态人情尽盘旋于其间，而又一丝不乱。而曹雪芹亦是"以泪哭成此书"，结局是"泪尽而逝"。他把自己融进了书中，与书中人物同喜同悲，幽微曲折的情感历程，生动可感的人物歌哭，都化作了如风舞飞花的漫天奇想。

在黄叶村里，我们开始参透一点什么是人生的微言大义，什么是岁月的千里伏线。时空浩渺，人生如寄，太平盛世其实隐藏了无数劫毁的契机，所以"世间繁华都隐去""不如著书黄叶村"自然有喻世的一片苦心。

"千红一哭万艳同悲"的命运悲剧，不再是个体生命的悲剧，也是所有青春、情爱、美和一切有价值的生命的群体性悲剧。作者将其纳入到一个家族悲剧的框架，一切都是在一个家族环境中发生，随着家族的衰败而发展，最后与家族的灭亡一同结束。贾府元（原）、迎（应）、探（叹）、惜（息）四春的命运遭际，莫不与贾府势败相连。清人蔡家琬有一见解最是精辟："太史公纪三十世家，曹雪芹只纪一世家。……然雪芹纪一世家，能包括百千世家"；"其称文小而其指极大，举类迩而见义远。"

生年不满半百，心怀千岁之忧。当曹雪芹迎着浩浩长风缓缓离去，在他身后，留下了清风晓月，衰草枯杨，同时也留下了我们这些无常的生命，聆听他百年以前怆然的吟唱。

曹雪芹逝后停灵数日，他的挚友鄂比为其讨化来一点旗银官钱，几位生前好友默默为其发丧送葬。一代大师妻儿早逝，鳏孤一身，被人用当时最简陋的四人抬的独龙杠抬出，朋友们把他埋葬在通州张家湾的曹家祖茔。从此，曹雪芹就永远跟北京融在一起了，就像那块补天子遗的顽石复归大荒山无稽崖青埂峰下。荣华富贵转眼云烟，情色爱恨终为乌有，唯大荒世界，洪荒杳冥，无际无涯，无始无终，无悲无喜。

曹雪芹：在黄叶村，品咂时光的声音

顾太清：
百年风貌忆倾城

> 她带着一种冷艳凄美的忧伤，以及繁华落尽的沧桑，在美丽而孤绝的梦境里，在旧日京华大半个世纪的岁月氤氲下，将自己绽放成一束古典而凄艳的花……

旗人骁勇善战，但不一定就与风花雪月无缘。有清一朝，满人中也有不少作诗填词还比较出色的。其中最为出类拔萃的，向以太清与纳兰并称，有"男中成容若，女中太清春"这样的说法，就是说满人中男子作词最好的，当属纳兰容若，而女子中作词最好的，就应该是顾太清了。

顾太清名春，号太清，是满洲镶蓝旗人，被称为"满族第一才女""清代的李易安"。她才色双绝，诗词书画均精诣。冒鹤亭先生也曾有这样的盛誉"人是倾城姓倾国"（太清人长得白皙漂亮，又姓"顾"——"再顾倾人国"），倒也十分贴切。

这位清代名媛的出身却颇为凄楚。她是清朝大臣鄂尔泰的曾孙女，其祖父鄂昌因受"文字狱"牵连被赐自尽，所以她一出世就成了"罪人之后"，以至于流落他乡。她二十岁以前的生活，对后世史家来说，至今都是一个难解的谜，回到北京后最初几年的行踪，同样也罕为人知。我们只是粗略地知道，她从小被一顾姓人家收养，遂改为顾姓。她在江南苏州的阡陌小巷、流水人家中长大，凭着天资灵秀，从小学得一身琴棋书画、诗书歌赋的本领，加上天生丽质、姿容清雅，她的一生就注定不会平凡。

顾太清幼年的生活肯定是比较难熬的。在《四十初度》一诗中，她曾感叹："那堪更忆儿时候。"在一曲《定风波》中她还写道："事事思量竟有因，生平尝尽苦酸辛。望断雁行无定处，日暮，鹁鸠原上泪沾巾。欲写愁怀心已醉，憔悴，昏昏不似少年身。恶梦醒来情更怯，愁绝，鸟飞叶落总惊人。"说明她幼年确实有过不太愉快的经历，她本人好像也讳言幼年事。

可能是由于家计过于艰难，她凭着与一位"贝勒爷"——荣亲王永琪之孙、道光的侄子奕绘有远亲的关系，到其府上谋事，想做些类似家庭教师的工作。说起来顾太清是奕绘祖母的内侄女，她和奕绘的关系，大概就类似于《红楼梦》里史湘云和贾宝玉的关系。太清才华出众，又品貌兼美，奕绘一见之下惊为天人，几经波折后，顾太清终于成了奕绘的侧室夫人。

奕绘府位于北京城西太平湖畔，俗称七爷府，是一座风光旖旎的幽深邸宅。民国期间，那里曾经是进步党本部所在地。奕绘曾经为他的府第题诗，有"太平湖巷吾家住，车骑翩翩侍宴还"之句，自注云："邸西为太平湖，邸东为太平街。"所指极为准确。不过顾太清和奕绘在郡王府邸居住的时间并不多，大部分时间是住在北京郊区永定河以西、大房山之东的南谷。奕绘在南谷修建了不少别墅，如大安山堂、霏云馆、清风阁、红叶庵、大槐宫、平安精舍等。

顾太清很会做人，入门后与奕绘的正室妙华夫人相处得不错，二人经常一起游览西山、潭柘寺等京华佳胜。妙华夫人三十三岁时不幸去世，太清很是悲恸，在其周年祭时曾派自己的亲生儿子载钊前往祭奠，并作一绝句："悠悠生死一年别，忽忽人情几度催。金顶山头风雨夜，殡宫哭奠一儿来。"侧室做到这份上，真是具有一种大家闺秀的气度。所以奕绘对她也极为看重，妙华夫人亡后，奕绘从此也不再娶，太清在以后的近十年间"占尽专房宠"。

豪门宗室，锦衣玉食，一般而言，缺少的是感情，然而奕绘和顾太清好像是一个例外。太清虽为侧室，但奕绘对她却始终相亲相敬，用情专一。奕绘虽然是一个袭爵的王爷，但他好风雅、善文采，虽然一直处于政治权力的中心，但从他的本性上来说，他似乎更愿意别人把他看成是一个诗人。两人才貌相当，日夕酬唱，吟风弄月，悠游林泉，过得倒十分惬意。

奕绘酷爱收藏，而且藏品很精，每次淘得书画器物，夫妻俩便经常摩挲把玩，吟诗相庆。"夫子以金易得古玉笛一枝，且约同咏，先成《翠羽吟》一阕，骊珠已得，不敢复作慢词，仅赋十六字令，聊博一笑"之类的记载，在顾太清的文集经常可见，颇有烛剪西窗、促膝论文的琴瑟之趣，实为李清照和赵明诚之后，文学史上又一对神仙伴侣。

> 花木自成蹊，春与人宜。清流荇藻荡参差。小鸟避人栖不定，飞上杨枝。　　归骑踏香泥，山影沉西。鸳鸯冲破碧烟飞。三十六双花样好，同浴清溪。

顾太清这首记录自己春游见闻的《浪淘沙》，可以看出她对自己旧日生活状态的满足。那年头原来也有狗仔队，当这对在京师很出风头的夫妇春日郊外踏青时，便有追踪报道问世："太清尝与贝勒雪中并辔游西山，作内家妆束，披红斗篷，于马上拨铁琵琶，手洁白如玉，见者咸谓为王嫱重生也。"（徐珂《近词丛话》）二人优游于诗山词海之余，还遍览京都风物，他们的幸福生活如同门前太平湖水那样清澈明静。

顾太清与奕绘同庚，即同年而生。奕绘的字是太素，太素配太清，气韵相宜，正是天作之合。从两人的名字来看，一名绘，一名春，妙笔绘佳春，更是人间乐事。再看两人诗集，奕绘诗集取名为《流水篇》，顾太清的便是《落花集》；奕绘的词稿名《南谷樵唱》，顾太清的则称《东海渔歌》。"流水"对"落花"，"南谷"对"东海"，"樵唱"对"渔歌"，夫妻缠绵，翩跹比翼，足见伉俪情深。

世间无常，好景有限，这对世人眼睛里的神仙眷属，他们诗酒酬唱的美好生涯很快就到了尽头。奕绘四十岁时，突然病逝。奕绘的死对顾太清来说打击极大，以至于她在诗中说："儿欲殉泉下，此身不可轻，贱妾岂自惜，为君教儿成。"只是因为要抚养奕绘的孩子而不能以身殉情。之后她便深居简出，有空也只是收集整理奕绘的诗稿而已。

奕绘生前任职于朝中的管理御书处和武英殿修书处，结交了不少天下名士，在他生前，也经常有文人清客到他的王府做客，顾太清也和他们结识，甚至在一起围炉品茗、谈诗论文。奕绘死后过了两年多，顾太清又开始与京中文人有了些诗词交往，却不料引发了一个非常有名的事件——"丁香花案"。

这桩公案与当时的大名士龚自珍有关。他在顾太清守寡后还经常上门，并写有一首这样的诗："空山徒倚倦游身，梦见城西阆苑春；一骑传笺朱邸晚，临风递与缟衣人。"这首诗后面还有一句小注："忆宣武门内太平湖之丁香花。"

顾太清与奕绘贝勒府邸恰在宣武门内之太平湖，太平湖畔距贝勒王府不远处，就有一片茂密的丁香树。龚自珍常流连其间，而顾太清作为奕绘贝勒的未亡人，经常一身素缟，她与龚自珍又是诗友——二人私会偷欢的具体地点、场景、交往情节与特殊环境中人的服饰都有了，除了顾太清还能有谁？

所有的事实自此都变得恍惚暧昧起来。但龚自珍尚浑然不觉，他没有意识到自己写这首"情诗"给顾太清有什么错。他写了一首还不过瘾，不久又写了一阕记梦的词：

明月外，净红尘，蓬莱幽窅四无邻。九霄一派银河水，流过红墙不见人。

惊觉后，月华浓，天风已度五更钟。此生欲问光明殿，知隔朱扃几万重。

——《桂殿秋·其一、其二》

这首词更是发人幽思，惹人艳想，成了这对佳人才士幽会的直接证据。经过某些热心人的虚张声势和危言耸听，一桩桃色新闻变得越发香艳炙口，亦假亦真。龚自珍和顾太清，一个是京城的文化名流，一个是王府美丽的贵妃，他们的私情被想象得越来越离谱，人们在茶楼食肆、街头巷尾沸沸扬扬地议论着，纷飞的谗言，压得人简直都喘不过气来。

流言迅速蔓延，龚自珍也在京城里待不下去了。终于，他驾着一辆载满书籍及文稿的马车，仓皇离开了古老的北京城。一个昔日倚才傲物、名动公卿的狂士，变成了一个怯懦的爱情的逃亡者。而这一切，却只不过是出自一片流言的浮云。

这段清道光年间绯闻，曾经作为稗史野谈收录在晚清曾朴的《孽海花》中：数十年之后，龚自珍的儿子龚孝琪在小说里现身说法，以小说家言的口吻，道出了这起桃色事件的悲剧收梢。

  ……有一天，有个老仆送来密缝小布包一个，我老子拆开看时，内有一笺，笺上写着娟秀的行书数行，记得是太清笔迹："我曹事已泄，妾将被禁，君速南行，迟则祸及，……别矣，幸自爱。"

  我老子看了，连夜动身向南。过了几年，倒也平安无事，戒备之心渐渐忘了。不料那年行至丹阳，在县衙里遇见一个宗人府的同事，便是他当年的赌友。

那人投他所好，和他摇了两夜的摊。一夜回来，觉得不适，忽想起才喝的酒味非常刺鼻，道声"不好"，知道中了毒。

——《孽海花》第四回

《孽海花》是有名的影射小说，人物多有原型。小说中的龚自珍、顾太清，竟然连化名都没有用。

龚自珍一生猖狂，不太顾及世俗的礼法，对才貌双全的顾太清有点爱慕之情，也在情理之中。至于顾太清这边，因为奕绘之死造成了她感情上的空缺，应该是十分寂寞的。不过从顾太清的生平和诗文来看，她的性格还是较为规矩保守的，她的交游的确比一般的闺秀要广一些，除了与名媛才女、士大夫眷属游宴结社之外，也与异性的文化名流阮元、潘世恩、许乃普等有诗文唱和。不过读其作品，均为正常社交，没有半点关系男女之情。

在顾的诗词集中，收有哀悼、思念亡夫之作多首，其一题为《自先夫子薨逝后，意不为诗，冬窗检点遗稿，卷中诗多唱和，触目感怀，积习难忘，遂赋数字，非敢有所怨，聊记予生之不幸也，兼示钊初两儿》。二人感情深挚如此，而置其家庭名誉不顾，和一个风流文人大搞婚外情，总有些说不过去。退一步讲，就算是两人有一些朦胧的好感，但可能也就是发乎情止乎礼，不太可能真有什么"奸情"。古典年代的纯真爱情不过如此，但已经给当事人造成了灭顶之灾。

据一些史家考证，龚自珍的确是被奕绘之子载钧派杀手下毒毒死。他为一次理想化的爱情做了殉葬品。因为涉及诗人最后的暴卒，到了民国初年，这桩"丁香花案"仍沸沸扬扬地热闹了好一阵。这里按下不表。

顾太清自然也难全身而退。龚自珍一走，传闻更坐成了口实，顾太清百口莫辩。当时，奕绘和妙华夫人所生的儿子载钧承袭了爵位，正好借着这桩北京城里轰动一时的绯闻，鼓动他奶奶也就是顾太清的婆婆将顾太清母子扫地出门。

一代佳人，狼狈不堪地携带着四个未成年的儿女，离开了太平湖府邸，靠变卖首饰才找到一个新的栖身之处，日子过得凄苦不堪言说。他们的新家在北京西城养马营（辟才胡同以西的旧城墙附近）。其间的艰难困顿与委屈愤懑，我们今天在她的《天游阁诗》里仍能如闻其声。"一番磨炼一重关，悟到无生心自闲"，在过了十几年贫穷的生活后，她如一粒微尘坠于红尘巷陌。在清贫中顾太清领悟到了人世无常，开始变得心平气和。在顾太清五十九岁时，载钧病故，因为无后，所以就只好由载钊（顾太清所生）的长子溥楣继嗣，袭镇国公。顾太清风风光光地又回到了太平湖畔的王府。

顾太清在中国文学史上，主要以词作成就而闻名。她的文字曲径通幽，笔底一片旖旎风光，用词遣句既颇具匠心，又精致得全无匠气，就如同舞台上舒卷自如的水袖，看似不经意挥洒间，也足见主人功力。试援引几例。

> 杨柳风斜。黄昏人静，睡稳栖鸦。短烛烧残，长更坐尽，小篆添些。　红楼不闭窗纱。被一缕、春

痕暗遮。淡淡轻烟，溶溶院落，月在梨花。

——《早春怨·春夜》

故人千里寄书来。快些开，慢些开。不知书中，安否费疑猜。　　别后炎凉时序改，江南北，动离愁，自徘徊。　　徘徊。徘徊。渺予怀。天一涯。水一涯。梦也梦也，梦不见、当日裙钗！　　谁念碧云，凝伫费肠回？明岁君归重见我，应不似，别离时，旧形骸。

——《江城梅花引·雨中接云姜信》

兀对残灯坐。听窗前、萧萧一片，寒声敲竹。坐到夜深风更紧，壁暗灯花如菽。　　觉翠袖、衣单生粟。自起卷帘看夜色，厌梅梢、万点临流玉。　　飞霰急，响高屋。　　乱云堆絮迷空谷。入苍茫、冰花冷蕊，不分林麓。多少诗情频到耳，花气薰人芬馥。　　特写入、生绡横幅。岂为平生偏爱雪，为人间、留取真眉目。　　阑干曲，立幽独。

——《金缕曲·自题听雪小照》

似水流年，无边风月，人生崎岖，一切有如国画留白，不刻意点染，但意境已出。顾太清一生写作勤奋，而且因为是王妃，她有足够的能力来刊行自己的诗集，所以她的诗词现存数量很多，其传世的《子春集》一部，系诗集《天游阁集》和词集《东海渔歌》的合集。

还值得一提的是，顾太清对于回文诗这一体裁掌握得非常好。回文诗是一种正读倒读皆可成诵的诗体，为汉文诗所独有的写作形式，虽然只是一种文字游戏，但想要做得好却委实不易。历代诗人作品中，这类回文诗的佳作还真找不出几首来，而这其中，顾太清作品亦应是拔头筹的。比如如下两首：

秋江一钓野情闲，赤叶枫林映碧滩。游子客途乡渺渺，寺楼山曲路漫漫。

幽窗夜火孤村远，阔岸荒沙落月残。舟泊晚凉初过雁，愁生更尽望江寒。

台高接影云山远，漠漠烟溪碧绕廊。回浪细翻平柳岸，小舟轻荡乱花塘。

罍樽泻露清珠晓，簟枕浮光素月凉。苔径覆篁新过雨，晚蝉鸣处动荷香。

试着倒读一下，十分通晓流畅，倒读甚至比正读更加奇妙，实在难得。顾太清作为才女，是当之无愧的。甚至有人认为，在中国女性词作史中，太清可以和宋代著名的女词人李清照、朱淑真鼎足而三。

顾太清的成就还不仅如此，她还算得是在中国长篇小说创作史上率先出现的女作家。由于一生经历坎坷，时起时伏，大概是自思身世类似林黛玉，所以她曾化名为《红楼梦》撰写过续书，就是近三十万字的《红楼梦影》。

光绪三年（1877 年）十一月初三日，顾太清病逝，葬于房山之荣府南谷别墅，在今北京市房山区之上万村附近。她一生

顾太清：百年风貌忆倾城

经历了嘉庆、道光、咸丰、同治、光绪五个朝代。带着一种冷艳凄美的忧伤和繁华落尽的沧桑，在旧日京华大半个世纪的岁月氤氲下，她将自己绽放成一束古典而凄艳的花，在一个美丽而孤绝的梦境里。

德龄公主：
掌心里的紫禁城

宫闱秘闻，作为一种想象的疆界，从来都是街头巷尾、茶余酒后的绝好谈资，那幽暗深邃、玄机重重的宫门背后，到底有多少神秘、离奇的故事？古往今来，那些妙笔生花的大小写手旁搜博采，写下的文字足以汗牛充栋。然而，那些前尘旧影，浮云沧桑，大都只是向壁虚构，或隔靴搔痒，渲染搬弄，几至穷斯滥矣。真正以事件亲历者的身份，如实记录宫廷生活，却不受朝廷编史规则范囿的，实在是少之又少。

但有一个人做到了，她把清末宫廷生活的点点滴滴，和一个活色生香的慈禧太后展示在世人面前，这个人就是德龄公主。

德龄公主并非真正的公主。1904 年，慈禧七十岁万寿节期间，兴之所至，封德龄、容龄为郡主（即和硕格格）。后来，1911 年，德龄出版第一本英文著作《清宫二年记》时署名为 Princess Derling。由于英语中没有公主、郡主之分，一律都叫作 Princess，因缘际会，一个误会就此产生。

德龄公主是清末外交官裕庚的女儿。她和妹妹容龄自幼就随父出洋，先是在日本待了三年，之后又奔赴西欧，在英法等国度过了四年时光。在法国时，姐妹俩曾向著名的"现代舞之母"伊莎贝拉·邓肯学习舞蹈，成为邓肯甘愿不收学费的亲传弟子。她们经过东洋和西洋文明的洗礼，属于最早"睁眼看世界"的中国女性。

1902 年冬，裕庚任期已满回到了国内，被赏给太仆寺卿衔，留京养病，十七岁的德龄和妹妹也随父留在北京。此时的慈禧已被外国人的枪炮悍兵吓破了胆，急欲讨好各国使节和夫人，得知裕庚的两个女儿通晓外文及西方礼仪后，便将她们召入宫中，充任太后御前一等女官，主要负责翻译和讲授西方礼节，还给光绪皇帝讲授英文。

就这样，德龄和她的妹妹容龄身着鲜艳时髦的巴黎时装，脚蹬红色高跟鞋，走进了死气沉沉的深宫，为古老的紫禁城带来了一股时尚之风。人们通常认为，慈禧太后是一个说一不二、性情乖张之人，那么，姐妹俩的宫廷生活一定是战战兢兢，汗不敢出了。但事实并非如此，德龄在她的一系列回忆这段宫廷生活的著作中，揭开了这个谜底。

首先是她们的着装。德龄姐妹的确是穿着法国时装，蹬着高跟鞋进宫觐见的。与那些后宫女性相比，就如同池中残荷和岸边新柳，本来形同陌路，属于两个不同的季节。大概是出于客套，慈禧夸奖了她们的服装，并且还亲自试了试德龄脚上路易十五式的高跟鞋，表现出很有兴趣的样子。

但是，没过多久，在慈禧生日那天，慈禧便命她们换成旗装。众人纷纷议论说，还是旗袍比外国的服装漂亮。慈禧指着园子里的葫芦开起了玩笑：“西洋的衣裳，穿起来就像这葫芦似的。全世界只有满洲的旗袍最美。”不过，也有一个人唱反调："巴黎的服装比这好看多了！"此人就是光绪皇帝。德龄从这场微妙的服饰之争中，敏感地感受到了清廷内部维新与守旧之间的分歧。

德龄见证着，同时也构造着她所感知到的宫闱隐秘，以她恬静的、自若的叙述声调，为我们叙述一则又一则的故事。在神秘幽深的皇宫，近距离接触清朝最高统治者两年之久，说到清廷内幕，德龄自然是最有资格的。在她的书中，关于慈禧的饮食起居、服饰装扮、兴趣爱好、性情品格等都有非常详尽的描绘，并且还涵盖了听政内幕和光绪皇帝的政见以及处境等宫廷秘闻，也包括清朝繁缛的礼节，以及太后、皇帝与宫廷眷属之间的关系等。这些无疑都是研究清室日常生活的珍贵史料。

正如《清宫二年记》的译者之一陈贻先先生所说：

> 日常琐碎，纤悉必录，宫闱情景，历历如绘。不独阅之极饶趣味，而隐微之中，亦可以觇废兴之故焉。至于一支一节，足备掌故之资者，更复不鲜。间尝窃叹昔在帝制之世，宫府隔绝。吾民之视皇宫，若瑶池琼岛之可望而不可即。虽或传闻一二，亦惝恍而莫得其真。今得是书，一旦尽披露于前，不亦快欤。

慈禧太后可以算得上是油画艺术进入中国的第一位模特。

这件事也是德龄促成的。当时的美国公使康格夫人、西班牙公使德卡赛夫人和其他的外国驻华使节夫人入宫拜见时，都由德龄姐妹陪同并担当翻译。德龄同康格夫人接洽，两人找来了美国著名女画家卡尔女士为慈禧画像。守旧的慈禧就这样做了一回先行者。

当然她内心对西洋画却是排斥的，她私下里对德龄说，中国人靠想象就能画得很好，外国人却偏得照着实物画，可见外国人笨得很。对于自己的模特生涯，慈禧表现得很不耐烦，有时竟会让德龄姐妹代劳。对于西洋画的光影技法她大为不解："我的脸上怎么还有黑影？""我的珠子明明是白色的，为什么画的红红绿绿？"画像中的慈禧身着黄袍，手戴翡翠手镯一对及翡翠扳指，头戴玉蝴蝶及鲜花，神情适然，整幅画笔法精致细腻，实为佳作。

德龄的北京叙事是浅墨淡彩的，然而，笔下的那一抹旧时月光却鲜亮如初。她的眼光中既有童真未泯的少女情怀，也有成年以后回忆往昔的怀旧之感，再加上她本人在东西方两种文化间的浸染，一个世纪前的岁月氤氲，就这样在她的笔端弥散开来，让我们看到了不一样的紫禁城，不一样的帝都气象。

有一个名叫赵毅衡的学者则认为，德龄是客居文学的祖师母（而非祖师爷）："说纪实说虚构，第三人称与第一人称混用，反正满洲宫廷，事事新奇，又逢多事之秋，碰来碰去翻天大事。只要一一说来，就够让西人瞠目结舌。"

比如，传言说光绪皇帝怯懦多疑又残忍刻毒，但德龄却不这么认为。她对光绪的回忆是饱含深情的，让人不免产生猜疑。

她说光绪皇帝是个非常有趣的人，会大笑，也懂得幽默，但一见到太后就马上变脸，变得一脸严肃，死气沉沉。他一直没有机会展示他的智慧、才艺和品位，但德龄姐妹见证了他的多才多艺，见闻广博。德龄看到了一个较为真实的光绪，他有自己的想法和主张，在变法失败、痛失珍妃、被囚瀛台之后，他表面上"一切听皇爸爸的"，其实内心并没有放弃。有一天，光绪派自己的贴身太监孙某去找德龄，问她："姑娘见多识广，去的国家多，可知这个人现在何处？"边说边摊开手心，上面写着一个"康"字。可惜德龄并不认识那个字。光绪听了孙太监的禀报以后，便派人给德龄送去一本汉语字典！

在德龄公主的书中，慈禧太后当仁不让地成为着墨最多的人物。她笔下的慈禧不是一个尽人皆知的老顽固、凶婆子形象，而是具有复杂的人格与心理深度。她时而冷酷、刁钻，草菅人命，比如太监梳头时如有头发落下，就要把他打死；时而又表现得平易近人，冬天出游路滑，一轿夫跌倒将太后甩出轿外，却意外得到谅解。慈禧喜爱玉器与服饰的奢华，她的染发过程烦琐得超乎人们的想象，她还有服食人乳的习惯，保持着鲜嫩如少女的肌肤。这样不厌其烦的描述，将世人眼中高高在上的老佛爷还原为一个真实的人，少了这位女皇无所不在的权威阴影。

不过，德龄对慈禧的描绘也表现了文学创作的痕迹："兰姑娘（少女慈禧）是很有志气。她有伟大的梦想，那种梦想是如此的伟大，有时连她自己也有点儿害怕。因此她的梦想从来不告诉人，只暗暗地藏在心里，只拼命地求知识以求她的梦想终于有实现的一天。她又渴望在一个缥缈的未来，能够突破礼教的藩篱，走出去看一看在那花园围墙之外的世界……"

此一段乍听起来，几乎像一个渴望超越平凡、突破家庭藩篱的五四新女性。对于这一点，小说作家秦瘦鸥先生说："对于慈禧那样的一个思想顽固、反动透顶的封建统治头子，德龄从个人感情出发，竟在书中多处加以美化，把她写得很像一个富于人情味的老太太。"

按理说，作为中国最早的海归派，已被西洋文明洗脑的德龄公主一定对那个守旧顽固、性格乖戾的老太婆愤而不满，但奇怪的是，她们之间似乎并没有产生多大的对立，倒是德龄公主对太后颇多溢美之词。其实，这和当时的形势有关。自从1900年八国联军扫荡北京，老佛爷仓皇出逃，狼狈不堪，回来以后就洗心革面，由盲目排外改为媚外，力图"量中华之物力，结与国之欢心"，开始推行所谓的"新政"。德龄回国的时间正好占了"天时"，慈禧竭力向西方靠拢，也就对物以稀为贵的"海龟"格外恩宠了。

到底是受过西式教育的女性，德龄对于慈禧并不是一味地顺从，她在向太后讲解西方礼仪，介绍西方革新动态的同时，表达了革新的愿望，她希望"能看到中国自强起来，与世界各国并立"。更为可贵的是，德龄还表现出了对女性处境的关注，具有一定的女性意识。她在书中写到了中国女人的处境，女人大脚会被嘲笑，在客人面前大笑会被指责，人们认为在女人的裤子下面走过是一件晦气的事……性别偏见几乎无处不在，即使在一个开明的驻外公使家里，女性依然会受到很多限制，她们的出路常常是被选入宫中，或成为某个皇公贵族的玩物。

德龄的书受到了清末名士辜鸿铭的首肯。辜鸿铭是德龄之父裕庚的同事兼好友。一向以刻薄著称的辜鸿铭激赏此书，专门撰写了《评德龄著〈清宫二年记〉》，在上海的英文报纸《国际评论》上发表，称赞德龄是"新式的满族妇女"，而《清宫二年记》这部"不讲究文学修饰、朴实无华的著作，在给予世人有关满人的真实情况方面要远胜于其他任何一部名著"。得到辜鸿铭的嘉许，德龄大受鼓舞，她陆续写下了多部著作，仍以慈禧的生活史、清宫秘闻以及自己的经历为题材。

一个王朝的繁华终要忽焉散尽，德龄公主也于1905年3月离开皇宫。此时，父亲裕庚在上海病危，电召德龄姐妹赴沪探望。德龄姐妹向慈禧请辞，得到太后准许，遂离开北京去了上海。不久，父亲病故，德龄以"百日孝"为由，再也没有回到皇宫。

1907年，德龄嫁给了美国驻沪领事馆的副领事撒迪厄斯·怀特先生，后来便随怀特远赴美国。定居美国后，德龄先后用英文撰写并出版了《清宫二年记》《御香缥缈录》《瀛台泣血记》等多部描写晚清宫廷生活的著作，在海内外产生了广泛而持久的影响。1944年11月22日，德龄在加拿大死于车祸。

在德龄辞世的前几年，她还曾在戏台上亲自扮演过慈禧太后。这是一个传奇故事最后的华彩部分了。她怀着一种湿润的心情，屈卧于时光之水上，沿着宫墙漂游，恍惚地期待着什么。带着那一身颓靡感伤的传奇，岂能没有恍若隔世的感慨？这是她传奇生涯的一次再世还魂。

庄士敦：

水晶球里的帝都

　　对于每一个刚进北京的外国人来说，紫禁城都是一个抽象的神秘符号，无缘靠近，也无从解密，而庄士敦无疑是一个幸运的外国人。作为中西文化接触史上一个奇特的人物，他不仅看到了这个神秘的符号，并用了自己后半生的时间来观察与触摸它。

　　他甚至一度成为末代皇帝溥仪"灵魂的重要部分"——作为一个外国人，如此深地卷入中国近现代的政治与文化事件，除了庄士敦，很难再找到第二例。同时，他也站在一个特殊的角度，心潮起伏、相当投入地收看并记录了一部绵延了几千年的"连续剧"的最后一集。

　　在乍现即逝的梦境中，一缕阳光刺穿幽暗之门，使得记忆豁然开朗。"皇帝陛下是世界上最孤独的孩子；紫禁城的墙是世界上最高的墙"（《紫禁城的黄昏》）——他在内心搭建起自己的城垣，充满怜爱地庇护着一个弱小的少年。他眼中只有一座皇城金色的倒影，在黄昏的流光里金碧辉煌的宫殿，充满了神秘而凄艳的情调；那是他心目中和记忆里的隐秘空间，里面充斥着错落杂乱的中国旧景。

庄士敦出生于英国的苏格兰，原名雷金纳德·弗莱明·约翰斯顿，庄士敦是他的中文名字。他早年毕业于牛津大学，1898 年考入英国殖民部。同年，他就被作为一名东方见习生派往香港。由于其优秀的汉语水平，不久即成为英国驻香港殖民机构的正式官员。1904 年，庄士敦被殖民部派往威海卫，当上了英国驻该地区公署的行政长官。

此时的庄士敦对东方文化的兴趣正浓，据说他最爱访名山宝刹，常到庙中听经，还与高僧或法师一起讨论宗教和哲学问题。后来他出版过《佛教中国》一书，对佛教赞扬备至。

作为外交人员，他也曾得到过"头脑不清醒"这样的考核结果，然而在施政过程中，他却很有办法，因地制宜地采用中国式管理，用孔孟之道来约束百姓的行为。也正是凭着对儒家思想的深入理解，他才得以融入威海社会当中，广泛为各界人士所接受。据说连夫妻不和、邻里纠纷之类的琐事，人们都会想起请"庄大人"来主持公道。1930 年庄士敦从威海卫行政长官任上卸职回国时，商绅们曾以很中国的方式为其送行：奉上一只盛满清水的洁白瓷碗，喻其为官清廉、品行高洁。

后来他又弃佛从儒，开始悉心研读儒、道经典，广泛涉猎经史子集诸部，对中国的历史和风土人情都极为稔熟。他还采用《论语》"士志于道"这一句，给自己起了个"志道"的雅号。

1934 年，他出版了《儒家与现代中国》一书。在他的作品里，绝少出现同时期西方人笔下经常流露出的那种对中国人的歧视意味和阴暗色调，相反，他每每为中国的传统文化进行辩护。他认为中国具有以儒教为代表的最好宗教，西方传教士在华的行动纯属多余："不仅在中国的文化及宗教中，而且在中国的社会结构中竟然存在着如此众多的真正值得钦慕和保存的东西。"

他做学问从不满足于表面上对古老中国的猎奇，而是力图真正深入到一种文明的内部。他也从不以己度人，试图同化或抹杀另一种文明，而是竭力发现并突出不同文明之间的差异。"无论东方还是西方，都处在各自社会发展的试验阶段，因此不管对哪个半球而言，把自己的意志和理想强加给另一方是不明智的，同样，快速地放弃自己独有的理想则是危险的"。由此可见，庄士敦不是一个仅仅出于猎奇而倾心于中国文化的西方人，而是在真正努力探求中国文化的真谛。

庄士敦出任"帝师"的前两年，北京城正是一个大有看点的地方。张勋的辫子军借调停"府院之争"为名，拥戴清室复辟，把过时的偶像般的小皇帝从太和殿里抬了出来。很多年后，庄士敦对这段历史有这样的描绘：

> 华北一直对此前的民国缺乏热情。北京几个世纪以来都习惯于忠于朝廷，遗老遗少从未消失过……温顺的北京市民，或中国其他城市的市民，一直备有各种旗帜，以应付当地军政局势的变化。也许他们以为，这样做可以免于任何不速之客带来的麻烦，不管这些

不速之客是外国人还是中国人。但是这一次满城飘扬龙旗的慷慨举动，无疑从外表上表现了老百姓同情重建朝廷。

张勋复辟失败后，小朝廷压力很大，溥仪的尊号和清室待遇，随时都有被取消的可能。而到了1918年，徐世昌准备出任民国大总统，不能再继续为留有帝号的溥仪当老师，于是便有人建议，为溥仪挑选一位教授欧洲宪政知识的老师。李鸿章的次子李经迈则为清室出主意说，应当让溥仪学英文及自然科学知识，以备政治有变时把出国留学作为退路。

李经迈精通英语，在晚清之际曾多次为朝廷向英国借款充当中间人，与英国许多上层人士关系密切。他对庄士敦的为人和才华也极为赞赏，在李经迈看来，庄士敦是一位有着良好声誉的学者和官员。当然选洋老师的过程还是引起了不小的骚动，清室贵族担心年轻的宣统皇帝由于西方人的言传身教，会变得"摩登"起来，但是皇族内部经过激烈的辩论后，还是接受了这个建议。

1919年2月，由中华民国内务部出面，清室与庄士敦签订了聘用合同，"聘任英国庄士敦先生为清皇帝教习，专任教授事宜"。合同中申明，由庄士敦负责教授溥仪英文、数学、历史、博物、地理诸科。同年3月4日，庄士敦第一次进宫觐见溥仪，并开始在毓庆宫为其授课。

这位英国绅士就这样走进皇宫，当上了溥仪的洋老师。那一年他三十四岁，来中国也有二十年了。在北京期间，他曾先

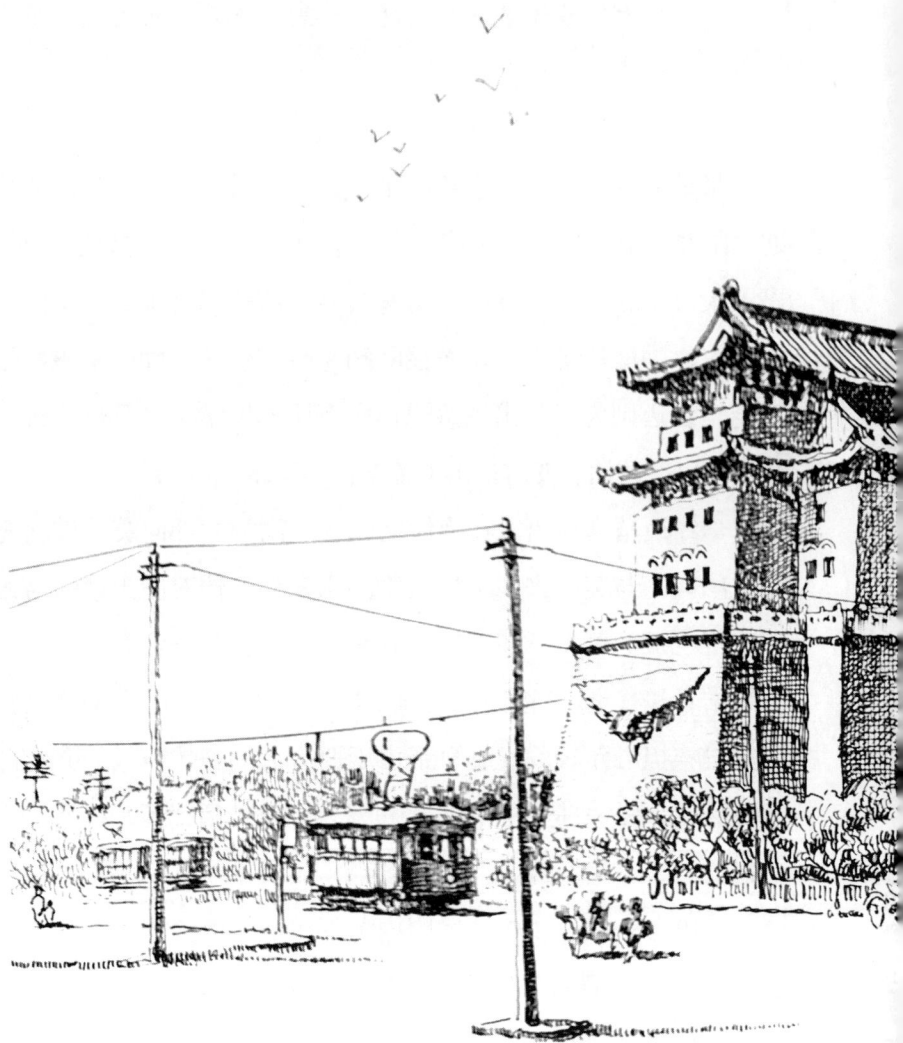

繁华的地安门外大街

后住过紫禁城御花园、颐和园、张旺胡同和地安门的油漆作胡同1号。在郊外，清廷还特意给他安排了一处用以消夏避暑的别墅。

当时的溥仪只有十三岁。一个不幸的末代皇帝，和一个幸运的英国官员在神秘的皇城里相遇，中外文化交往史上一个有趣的段落开始上演了。庄士敦从英文单词和会话开始教起，教溥仪读过《英文法程》，继而又读《伊索寓言》《金河王》《艾丽斯漫游仙境》等，并穿插给他讲一些世界历史和地理知识。庄士敦穿着大清朝服，操一口非常流利的北京官话，行大清礼节，学着中国人的样子，摇头晃脑抑扬顿挫地诵读唐诗。溥仪在《我的前半生》中说："他的中国话比陈师傅的福建话和朱师傅的江西话还好懂。"

他们师生之间的关系很是融洽。在庄士敦眼里，溥仪虽然贵为皇帝，可实际上是一个孤独感很强烈的少年，他有诗画方面的一些才能，对时事有浓厚的兴趣，对新事物有强烈的好奇心。庄士敦向溥仪介绍西方的先进文化，鼓励这位小皇帝在紫禁城的范围内进行一些新的尝试。于是故宫里响起了电话铃声，溥仪也学会了打网球、开汽车，离开紫禁城以后仍然喜欢穿西装。庄士敦还对溥仪生活中的一些细节给予了关照，当他发现溥仪的眼睛已经近视时，就力排众议，给溥仪佩戴了眼镜。

溥仪对这位洋老师也非常信赖，在庄士敦执教紫禁城的这段时间里，他经常会赐给庄士敦一些字画、古瓷器、书籍和玉器等，最后更是赏赐洋老师以头品顶戴。这位欧洲绅士对于小皇帝的意义，早就超越了教与学的范畴，而是指点人生的长辈，是可以倾诉心事的朋友。这种感情，是溥仪和他的生父醇亲王之间从来没有过的，所以在自传体作品《我的前半生》里，溥仪专门辟出一章，来回忆这位英国教师对他的深刻影响。

每逢受到重大赏赐，庄士敦也像其他中国官员一样，写一个规整的谢恩折，或者前往乾清宫或养心殿向溥仪叩拜谢恩。几位皇贵妃也常常赏赐水果或点心，命太监一直抬到张旺胡同。当年的《时报》曾报道过端康皇贵妃向庄士敦赏赐野山参和西洋参的事情，由此可见庄士敦在当时的受关注程度。

庄士敦还是溥仪与外面世界联系的纽带。1922年，胡适与溥仪的会面，就是庄士敦促成的。

他还经常同溥仪讨论太监制度，让溥仪认识到，西方世界已经将此视为野蛮的行径。1923年，紫禁城里的一千多名太监排队出宫，与中国帝制一样长的太监制度从此被取消了。也是在他的劝说下，溥仪剪了辫子。溥仪这样记述："从民国二年起，民国的内务部就几次给内务府来函，请紫禁城协助劝说旗人剪掉辫子，并且希望紫禁城里也剪掉它，语气非常和婉，根本没提到我的头上以及大臣们的头上。内务府用了不少理由去搪塞内务部，甚至辫子可做识别进出宫门的标志，也成了一条理由。这件事拖了好几年，紫禁城内依旧是辫子世界。现在，经庄士敦一宣传，我首先剪了辫子。我这一剪，几天工夫千把条辫子全不见了，只有三位中国师傅和几个内务府大臣还保留着。"

1924年10月，冯玉祥发动北京政变，囚禁了贿选总统曹锟，随后又将溥仪逐出了紫禁城。庄士敦的前景也迅速随之沉重黯淡起来，但他无暇顾及自己心底冒出的阵阵失落与怅惘，

庄士敦：水晶球里的帝都

前往东交民巷的使馆区，请求外国公使尽力保护溥仪。他先后参见了英、日、荷使馆官员，并同三国公使一起约见当时的外交部长王正廷，向其施加外交压力，直至将溥仪安全地转移到了日本使馆。

从1924年11月29日至1925年2月23日，溥仪在日本使馆逗留了近三个月。在这段时间里，溥仪经常去英国使馆见他的老师兼保护人庄士敦。小朝廷解散，从合同上说，庄士敦也已经被中国政府解职，但是他继续在给昔日的学生出谋划策。他劝溥仪出国留学，以准备东山再起。此时的庄士敦与英国外交部的关系也搞僵了，仕途前景黯淡。傍晚时分，师生二人落寞地在使馆区南部的城墙上散步，从那里眺望黄昏中的紫禁城，心里千涛万浪。

1927年，庄士敦重回威海卫出任行政长官。1930年10月，他代表英国政府参加威海卫归还仪式后卸任回国。他给威海人留下了一句非常温情的话："我坚信你们会得到一位比我能力强的领导人，但你们绝不会再遇到像我那样对威海卫有如此深厚感情的领导人。"

回国后，他担任了伦敦大学东方学院中文教授并兼任外交部顾问。1931年九一八事变后，他又一次来到中国，还专程到天津去看过溥仪，并请溥仪给他那本有名的回忆录《紫禁城的黄昏》写了序言。

在这本书的英文版扉页上，庄士敦写道："谨以此书呈献给溥仪皇帝陛下，以纪念十五年之前建立于紫禁城的良好友谊，并谨以此书对陛下本人以及生活在长城内外的他的人民，致以衷心的祝福。历经这个黄昏和漫漫长夜之后，正在迎来一个新的更为幸福的时代曙光。"

这本书重点写的是庄士敦在宫廷里的 1919—1924 年，向前追溯到 1898 年戊戌变法以及之后的清廷政治变革，向后则写到 1931 年溥仪离开天津，到东北就任"满洲国执政"为止，极尽所能地记录了一个没落王朝的最后岁月。1934 年，该书在伦敦甫一出版，即轰动欧洲，不久，中文版与日文版也相继问世，给庄士敦带来巨大声誉。

史景迁曾用一种怅惘的笔调写道："中国是无尽的忧伤之地，那里的某些逝去的东西，是西方的物质主义洪流毫不留情地遗失，而中国因为历史的重负和积贫积弱的现实，不可能保存的古老而美好的东西。往昔的失落令人黯然神伤。"在那个年代很多西方人的眼中，在一种典型的西方式想象里，中国就像是博物馆里一个青花瓷器，上面描绘着工致的景象；现实的人物也像是来自壁画、地毯、图画。它是一个魔幻的产物，充斥着出人意表的发现与难以破解的谜团；它属于空间，停滞在时间之外，没有历史、没有进步，千百年来如流入深渊的沉默的河流，那富丽堂皇的宫殿，也只是埋葬时间的坟墓。中国文明虽然依旧在持续，却也不过是在广阔的土地上进行着"重复庄严的毁灭"。总之，它不是一个正常的国家与文明，不会被很平等、很认真地对待。

然而庄士敦笔下却没有那些魔幻的异国想象，他没有将残阳夕照中的古老帝国，包装成一个或艳丽或空灵的形象。他是一个熟知中国文化的外国学者，以自己客观的视角，对近代中

庄士敦：水晶球里的帝都

国历史的大变局进行了审视和思考。

当时中国政治舞台上的各色人等，如慈禧太后、光绪、康有为、袁世凯、张作霖、吴佩孚、冯玉祥，这些政治人物都没有躲过庄士敦对他们的褒贬点评。除此之外，宫廷生活鲜为人知的逸闻掌故自然更是题中之义。这些丰富的历史细节，都是了解清末民初历史珍贵的第一手资料。

1987 年，贝尔托鲁奇拍摄《末代皇帝》即以本书为底本，英国演员奥图尔把这位"帝师"演绎得韵味十足、神采飞扬。

中国的千年帝制，随着清王朝的覆灭而从中国的政治舞台上消失了，但庄士敦这位苏格兰人却忠贞地守望了一生。九一八事变之后，宋子文曾专门与之会面，要他利用自己的特殊身份，劝阻溥仪不要去日本控制下的满洲做傀儡皇帝，但他最后还是拒绝了这个请求。曾经的"帝师"与清室保护人的角色，削弱了这位学者冷静的判断力。他不可能看见，一个新的时代，已然降临在了遥远而切近的中国。

他对溥仪的忠诚和怀念，都超过了对他的故乡本土。1934年，他买下苏格兰西部荒凉的克雷格尼希湖中间的三个小岛，他在岛上办了一个陈列馆，展示溥仪赏赐给他的朝服、顶戴及各种古玩等。他给岛上的居室分别取名为"松竹厅"、"威海卫厅"和"皇帝厅"等，将自己经历过的古老帝都中的诸般历史，都置换成眼下就可以把玩、体验的想象式空间。

他在这里找到了自己的归宿。逢年过节的时候，他就穿戴上清朝的朝服，邀请亲友聚会。他在门口升起伪满洲国国旗，宣称此三小岛为"小中国"。

庄士敦对他的新家非常喜爱，据说有一次他在学期末了便突然归去，校方久寻不遇，只能在《泰晤士报》刊登寻人广告，才把热心拥抱异国文化的怪人找回来。

1938 年，他在小岛上去世，时年六十四岁。临终前，他要求把他所有的私人文件销毁，死后就埋葬在用《紫禁城的黄昏》一书的版税买下的小岛上。

命运让他变成传说人物，成了中国几千年帝王史上第一位也是最后一位具有"帝师"头衔的外国人。所以，在英国学院这样循规蹈矩之地，他显得格外的孤独，也就难免了。

庄士敦本来是以来自先进国度的优秀学者的身份进入皇宫的，然而在帝国黄昏金色的流光下，他的思想却在发生着隐秘的变化。他对自我身份的界定也不断地摇摆，有时，他是一个中国文化热情的欣赏者；有时，他又只是个对中国政治冷眼睥睨的旁观者，越深入中国，他就越有迷失之感。这个将西方生活与现代文明带给皇帝的"怪人"，后来却为维护已然消泯的帝制而不遗余力，这实在是历史的诡谲之处，不是三言两语所能说清的了。

在他的晚年，他更是整日把玩溥仪所赐之物，无心世事。他经常躺在灯芯草编的椅子里，神思恍惚地仰望繁星点点的苍穹，在奇异深邃、稍纵即逝的梦幻边缘游走，如同几十年前，每个黄昏他都会沿着紫禁城漫长的城墙散步。夕阳渐深，将城堞浸润成一片金色，安详的流光在无声地蔓延。在这座城池之上，有满涨的御河、皇宫的荷花、黄顶的阁楼、女墙的堞齿；这里居住着永世的天子，隐藏着古老中国的全部秘密。

庄士敦：水晶球里的帝都

辜鸿铭：
菊残犹有傲霜枝

> 我头上的辫子是有形的，你们心中的辫子却是无形的。

——辜鸿铭

　　每个人都是多侧面的，顺应自己的个性选择某种活法，在纷繁的世界上随心所欲地保持一个独立的姿态，仰俯自如，褒贬由人，这大约是人们内心深处最固执的向往。民国时期的名教授辜鸿铭，就是这样按自己心性而活的，并以坚持梳辫子和欣赏三寸金莲、主张妻妾成群和帝王制度、能把《论语》翻译成英文再把《圣经》翻译成汉语之类的奇行而至今闻名全国。

　　在民初的北京街头和北大校园里，辜鸿铭绝对是一大奇观，奇就奇在他一副前清遗老的滑稽形象，灰白小辫、瓜皮小帽和油光可鉴的长袍马褂，回头率达到了百分之百。更奇的是他的一套奇谈怪论，对西方文明鞭辟入里的批判，反倒让那些自以为是的洋人们引为高见；那些令人侧目而视的奇行，更令国人将其当作怪物。

其实，一个人之所以能成为一大奇观，是以他深厚的文化底蕴为基础的，只不过，他的文化底蕴却是以西学为主，而他在致力维护中国文化和中国精神方面却有失偏颇，因而他的"高见"引得国人为之侧目。但无论如何，辜鸿铭对于北京，对于那个新旧交替、中西交汇的时代，却是一种文化上的"板块碰撞"现象，碰撞出的，是一座绝尘仰止的高山。

辜鸿铭留在世人心目中的"遗老"形象是以北京为背景的，但他与北京的渊源却发生在他五十岁以后，此时，他已经是个狂狷不逊、行为怪异的小老头了。那么，辜鸿铭在踏进北京并终老于此之前，曾经有过怎样的辉煌？

辜鸿铭原本并不属于北京，甚至不属于中土，他来自南洋，只能算是华裔。辜家原籍福建，从祖辈起就来到南洋槟榔屿，逐步创下一份家业。父亲为牛汝莪橡胶园的经理，而母亲却是位葡萄牙人，所以，辜鸿铭只有一半的华人血统，他长得深眼隆鼻，脸部轮廓分明。橡胶园的主人、英国牧师布朗非常喜欢这个聪明懂事的孩子，便把他收为养子。

大概在1867年左右，布朗夫妇离开马来西亚回国，在征得辜鸿铭父母的同意后，将十岁的辜鸿铭带回了苏格兰。这样一来，辜鸿铭便从文化上成了一个真正的"洋鬼子"，而他对中国文化的浸润似乎有些先天不足。

辜鸿铭头上有一大堆的博士头衔，据说总共有十三个，这

辜鸿铭：菊残犹有傲霜枝

是他游学欧洲十四年的结果。德国的莱比锡大学、英国的爱丁堡大学等，都曾留下他刻苦攻读的身影。名校、名师再加上个人的造化造就了一位出类拔萃的天才，他不但深得欧美文化的精髓，同时精通英、法、德、日、俄、拉丁、希腊、马来语八种语言，在语言方面似乎天赋异禀。在他此后的生涯里，他充分调动了他的三寸不烂之舌，留下了许多笑谈。

按理说，辜鸿铭接受了系统的西式教育，应该是一个"崇洋派"，然而他始终都在不遗余力地"倒洋"，并且竭力为中国张目，这一点他做得比谁都要彻底。早在他游学德国期间，就开始利用他那副铁嘴钢牙，为中国人扬眉吐气。那次，在维也纳开往柏林的列车上，为了打发时间，辜鸿铭随手拿起一张德文报纸来读。一向爱搞怪的他竟然一直倒拿着报纸在看。

这时，坐在他身边的两个德国人开始嘀咕起来。见辜鸿铭没有反应，其中一个德国人大声嘲笑说："看哪，这个愚蠢的支那人根本就不懂德文，偏偏还要装蒜，连报纸倒着都不知道。"说完，两人肆无忌惮地大笑起来，车厢里的其他人也都露出了鄙夷的神色。这时，辜鸿铭放下手中的报纸，正色说道："你们这种毛头小子，真不知天高地厚！你们德国的文字简直太简单了，我就是倒过来看也毫不费力。"一口纯正而流利的德语先就让那两个德国人吃了一惊，但辜鸿铭并不就此罢休，他还真的当众表演了一回倒读报纸的本事，让那两个德国青年彻底败下阵来。最后，辜鸿铭还不忘痛打落水狗，把那俩人狠狠地教训了一顿。

在英国的时候，有一次，他在电影院里看电影，想点着他那支一尺长的烟斗，但忘了带火柴。当他看到前排位置上那个光头时，他又开始摆起谱来。看得出那是一位苏格兰人，辜鸿铭还没让苏格兰人领教过他的厉害，于是，他用烟斗和蓄有长指甲的手指敲敲那个苏格兰人的光头，以不容置疑的口吻说："请点着它！"那个苏格兰人不明就里，还以为遇到了中国黑道上的老大，自忖开罪不起，只好乖乖地掏出火柴，为辜鸿铭点着了烟锅。辜鸿铭深吸一口，坐在一团蓝色烟雾中，宛如一尊神。

辜鸿铭在国外大力弘扬他心目中的中国精神，然而，此时的他与中国素未谋面，祖国在他心中还只是个遥远的幻影，他的"中国精神"无所归依。促使他与祖国真正结缘的，是一位中国大学者马健忠。1883年，他们在新加坡的相遇促成了辜鸿铭的"海归"。在恶补了一通中文和中文典籍之后，辜鸿铭回到了中国内地。

但此时的辜鸿铭尚以一副青年才俊的面目出现在国人面前，他与北京的结缘还在二十年之后。这二十年间，他把自己的旷世才华交付给了一个人，此人就是时任两广总督的张之洞。他任张之洞的外交顾问秘书，张之洞对他颇为看重，曾对人说："鸿铭经纶满腹，确是杰出之才。"他也感念张之洞的知遇之恩，时常感怀："余为张文襄（即张之洞）属吏，粤鄂相随二十余年，虽未敢云以国士相待，然始终礼遇不少衰。"

在这二十年间，辜鸿铭除了在工作上与"洋务"脱不了干系，他的业余时间，都放在研究经史子集上了，也正因为如此，他成为中国文化的代言人也就有了可能。

辜鸿铭：菊残犹有傲霜枝

1907年夏，张之洞奉旨进京出任体仁阁大学士兼军机大臣，辜鸿铭随同北上，他终于来到了神往已久的北京。而在南方各省籍籍无名的他，在张之洞的举荐下，居然得以晋升司级干部，先是当上了外务部员外郎，紧接着又升任郎中，着实过了一把官瘾。1917年，张勋复辟的时候，他还当上了外交部次长，这是他一生中当过的最大的官，不过，这个官当得很不光彩，可算是他的一个污点。

辜鸿铭在北京的十年，恰恰正是"城头变幻大王旗"的时代，作为一名学贯中西的大学者，以他一贯的性格，他并没有置身事外，相反，他表现得很积极，但他的积极难免让人诟病，因为他是出于维护中国文化的狂热，只是一味地复古，政治上却相当幼稚，成了一个彻头彻尾的保皇派，甚至为慈禧大唱赞歌。当世人都以空前的热情追随革命新潮、与最后一个封建王朝诀别时，北京街头却有一个拖着一条灰白小辫、戴着一顶瓜皮小帽、身穿长袍马褂的滑稽身影固执地出现在行人的视线里。古怪狷狂的他不仅把少年留洋时所穿的西服革履悉数锁进了箱底，还在赠给张勋的对子里自鸣得意地吟道："荷尽已无擎雨盖（指清朝官帽），菊残犹有傲霜枝（指辫子）。"

辜鸿铭给北京这座古都，乃至这个古老的国度留下的最令人回味的一笔是他在北大当教授时留下的。1917年，蔡元培出任北大校长，提出了"兼容并包"的办学宗旨，他聘请辜鸿铭为北大英文系教授。有人表示异议，蔡元培说："我请辜鸿铭，因为他是一位学者、智者和贤者，绝不是一个物议飞腾的怪物，更不是政治上极端保守的顽固派。"

此后，辜鸿铭每日里以他那副标志性的装束，在北大激昂亢进的革命氛围中，保持着鲜明的个人姿态。他用纯熟的西方语言宣扬古老的东方精神，他反对女生上英文课，反对新文化运动，这在当时的北大校园里的确是独树一帜。当辜鸿铭梳着小辫第一次走进北大课堂时，学生们哄堂大笑。他平静地说："我头上的辫子是有形的，你们心中的辫子却是无形的。"闻听此言，教室里立刻沉寂下来。

在课堂上，辜鸿铭常常借题发挥，大力宣讲中国的传统文化。他把《千字文》和《人之初》译成英文，在课堂上教学生用英文念《千字文》，说是念，其实更像唱，音调很整齐，口念足踏，全班合唱，旁人听起来甚觉可笑。再看他的模样，越发的诙谐滑稽，倒让学生们乐而忘倦，这种独一无二的教学方法很受学生们的欢迎。

辜鸿铭在课堂上对学生们讲过："中国只有两个好人，一个是蔡元培先生，一个是我。因为蔡先生点了翰林之后不肯做官就去革命，到现在还是革命；我呢？自从跟张文襄做了前清的官员以后，到现在还是保皇。"蔡元培对他有知遇之恩，所以还算好人，这就是辜鸿铭的识人逻辑。到了1919年6月初，受"五四"学潮的影响，蔡元培校长的去留引起了当局和校方的争议。北大教授们在红楼开会，主题是挽留蔡元培校长，大家都表示赞成，只是具体怎么交涉，还需要讨论。大家都表示了自己的看法，辜鸿铭也积极主张挽留校长，但他的理由和别人不一样，他说："校长是我们学校的皇帝，非得挽留不可。"这么一说就显得滑稽了，甚至有些荒唐，不过，这个时候大家懒得跟他理论。

1923年1月，蔡元培因教育总长彭允彝克扣教育经费，无理撤换法专、农专校长，愤而辞去北京大学校长一职，重赴欧洲。辜鸿铭与蔡元培同进退，随即也辞去北大教职。辜鸿铭飞云流转的一生到了即将落幕的时刻。此时，国民革命方兴未艾，"旧派"人物日薄西山，还保留着清朝遗老装束的辜鸿铭更是成了一个过时又过气的可笑人物，备受时论的讽刺与奚落。

辜鸿铭的晚景甚为凄凉。此时的北京城里仍然是"乱纷纷你方唱罢我登场"，军阀权贵们也没有忘记这个曾经轰动一时的人物。当时张作霖在北京组织"安国军政府"，自任大元帅。辜鸿铭在别人的引荐下见到了张作霖，那位匪气十足的张大帅倒是对辜鸿铭一身油光锃亮的清朝服饰和一条灰白的小辫子很有兴趣，只是不知此人有何来头，劈头就问："你能做什么事？"辜鸿铭马上联想起当年张之洞对他的礼遇，对于张作霖的无知，辜鸿铭表示不屑，遂拂袖而去。

过不多久，辜鸿铭的发妻离他而去。紧接着，同为张之洞幕僚的好友梁敦彦也去世了。这对辜鸿铭打击很大，精神上的苦痛折磨着他，他开始沉浸在诗人弥尔顿失明后的诗作里，了无生趣的他"日惟祈求速死"。1928年4月30日，辜鸿铭病逝于北京的寓所中，年七十二岁。辜鸿铭至死都不忘与人斗法，他想刻一枚图章，在上面印上自己的履历——"生在南洋，学在西洋，婚在东洋（纳了一位日本二妻），仕在北洋"，还说一定要把康有为的那枚"周游三十六国"闲章比下去。

对于辜鸿铭其人，林语堂有一番甚为中肯的评价：

辜作洋文、讲儒道，耸动一时。辜亦一怪杰矣！其旷达自喜，睥睨中外，诚近于狂。然能言顾其行，潦倒以终世，较之奴颜婢膝以事权贵者，不亦有人畜之别乎？

也许正应了那句"墙内开花墙外香"的老话，在国人眼里疯疯癫癫、稀奇古怪的辜鸿铭，在西方人眼里却是香饽饽。由于他是第一位致力于向西方介绍中国典籍、中国精神的人，因此，在西方人眼里，尤其在德国人眼里，他是东方文化的两大代言人之一，另一位就是印度的泰戈尔。他曾与泰戈尔同时获得了诺贝尔文学奖提名，还曾被印度的圣雄甘地称为"最尊贵的中国人"。

辜鸿铭之"尊贵"，在于他不遗余力地宣扬中国和中国文化，利用他所掌握的语言这门利器，在极短的时间里轰动了整个欧洲，并产生了巨大的影响。他创造性地向西方译介了"四书"中的三部，即《论语》、《中庸》和《大学》，英文著作有《中国的牛津运动》《春秋大义》等，这些著作为他赢得了世界声誉。尤其在当时的德国，连普通老百姓都知道他的名字。

辜鸿铭的思想和文笔透出一股参透事理的机智和幽默，常常让那些自命不凡的西方人甘拜下风。有一天，辜鸿铭在北京椿树胡同的私邸宴请欧美友人，点的是煤油灯，烟气呛鼻。有人说，煤油灯不如电灯和汽灯亮，辜鸿铭笑说："我们东方人，讲求明心见性，东方人心明，油灯自亮。东方人不像西方人那

辜鸿铭：菊残犹有傲霜枝

样专门看重表面功夫。"他的这一套所谓东方哲学还真能唬住那些洋鬼子。

西人崇信辜鸿铭的学问和智慧，到了痴迷的地步。当年，辜鸿铭在东交民巷使馆区内的六国饭店用英文讲演"The Spirit of the Chinese People"（"中国人的精神"，他自译为"春秋大义"）。中国人讲演历来没有售票的惯例，他却要售票，而且票价高过"四大名旦"之一的梅兰芳。听梅兰芳的京戏只要一元二角，听辜鸿铭的讲演却要二元，外国人对他的重视由此可见一斑。

辜鸿铭在西方的声望远胜于国内，他在欧洲文化界所得到的赞誉和评价是前所未有的。法国文豪罗曼·罗兰说："辜鸿铭在欧洲是很著名的。"丹麦评论家勃兰兑斯称他为"现代中国最重要的作家"。就其著作在欧美的阅读范围和产生过的轰动效应而言，辜鸿铭称得上是近代中国第一人，在他之后，也仅有林语堂有此殊荣。更有人把他的言行提到了国家形象的高度，有人这样说："庚子赔款以后，若没有一个辜鸿铭支撑国家门面，西方人会把中国人看成连鼻子都不会有的。"辜鸿铭、陈友仁被西方人评为近代中国两位最有洋气、最有脾气也最有骨气的人，辜在思想上，陈在政治外交上，最善大言不惭，为中国争面子。

就连英国著名作家毛姆也曾领教过辜鸿铭的厉害。1921 年，毛姆来华游历，他久慕辜鸿铭大名，便派人送了张请柬，约其见面。可是，左等不来，右等也不来，毛姆只好亲自上门拜访。毛姆来到府上刚一落座，辜鸿铭就不客气地说："在你们看来，你们只需招招手，我们中国人就得来。"他还质问毛姆："你们的艺术和文字比我们的优美吗？我们的思想家不及你们的深奥吗？我们的文化不及你们的精巧，不及你们的繁复，不及你们的细微吗？当你们穴居野处、茹毛饮血的时候，我们已经是进化的人类了……"当毛姆对辜鸿铭那条"象征性的发辫"表现出浓厚兴趣时，辜鸿铭一脸得意地对毛姆说："你看我留着发辫，那是一个标记，我是老大中华的末了的一个代表。"

这个自诩为"老大中华的末了的一个代表"的辜鸿铭，在北京留下了许多逸闻趣事，出人意表又令人捧腹。不管是自高自大的中华文明论，还是不合时宜的纳妾论和杯壶论，都在北京城的文化星空中，留下了一道惊鸿激滟的光影。

辜鸿铭：菊残犹有傲霜枝

王国维：
文化神州丧一身

> 高城鼓动兰釭灺，睡也还醒，醉也还醒，忽听孤鸿
> 三两声。
>
> 人生只似风前絮，欢也零星，悲也零星，都作连江
> 点点萍。
>
> ——王国维 《采桑子》

这一曲《采桑子》冷意萧萧，像梦乡里荡起的烟尘。人生原本是无根之物，随风飘荡，今日在西，明日在东，悲哀凄恻，惘惘依依，有一丝缠绕在内心的虚幻与绝望，读完之后，让人心中油然而生出一种尘世的大悲。

这首词的作者是国学大师王国维。他是个只可意会难以言传的人物，在 20 世纪 20 年代，他以一种决绝的方式离开尘世。近百年之后，还能引起后世文人浪潮般不息的回响。"不是怀人

不是禅，梦回清泪一泫然"，因为那种如鲠在喉、压抑在胸的伤痛，无论时代如何演进，依然是气脉相通，感同身受。屈子赴汨罗，贾谊谪长沙，心怀的都是同样的忧伤。至于陈寅恪在伤悼王国维先生之时，自然还要更多一分苍凉、一抹萧疏。

王国维也是一位典型的"文化遗民"，他的气质永远只与自己的气质相同。不过他脑后跟着一条辛亥革命16年之久都没有剪掉的辫子，这一点倒颇有"五四"时期北大教授辜鸿铭的遗风。他的穿着也简单，冬天一袭长袍，外罩灰色或深蓝色罩衫，系一条黑色汗巾式腰带，再穿上黑马褂，夏天只穿一件丝绸或夏布的长衫。平常只穿布鞋，从未穿过皮鞋，头上是一顶瓜皮小帽，即便寒冷的日子，也不戴皮帽或绒线帽。当他在清华园里漫步时，那份清寂之态，就像是一棵枯老的树，拖着历史的长影，罩着一段苦涩的时光，给人诸多的感怀。

他身处大动荡、大混乱、大嬗变的时代，保守性与进取性常交战于胸中，随感情而发，所执往往前后相矛盾。然而他的死却是一种主动的选择，而且非常平静，就如同去赴一位老朋友的约会，没有丝毫壮烈的意味。

1927年6月2日，那天是农历五月初三。天公作美，一路清风骄阳。早晨八点，王国维到国学研究院（当时还没有改称清华大学）教授室，伏案写了些什么，然后到研究院办公室与一事务员聊了一回天，随手借了几元钱。十点钟左右，他雇用校中第三十五号洋车，前往颐和园，购一张六角钱门票，随即进园。他独自沿着长廊走至排云殿西，那里有一个突出昆明湖的八角形亭，名为鱼藻轩。他在那里站住了，点燃一枚纸烟，然后在烟雾袅袅腾腾中陷入沉思。

一个园丁从他身边走过。园丁走过不远，忽然听到身后有落水声，慌忙大声疾呼，附近的巡警也闻声赶来，将落入水中的王国维救起。

然而王国维已经气绝身亡。下午四时半法警检验遗体，在王国维的衣袋中搜得银洋四元四角，遗书一封，是写给他儿子王贞明的。纸面虽已湿透，字迹完好无损。全文如下：

> 五十之年，只欠一死。经此事变，义无再辱。我死后当草草棺殓，即行藁葬于清华茔地。汝等不能南归，亦可暂于城内居住。汝兄亦不必奔丧，因道路不通，渠又不曾出门故也。书籍可托陈、吴二先生处理。家人自有人料理，必不至不能南归。我虽无财产分文遗汝等，然苟谨慎勤俭，亦必不至饿死也。五月初二日，父字。

入殓之后，王国维的众亲友弟子扶柩停灵于清华校南的刚秉庙。清华学校的同人梅贻琦、陈寅恪、梁漱溟、吴宓、陈达，以及北京大学教授马衡、燕京大学教授容庚等同来吊唁。7月17日，家属将王国维营葬于清华园东二里西柳村七间房的麦垄中。

王国维撒手西归，身后荣辱自然不必去管，然而却使得海内外学界同声震惊。顾颉刚感叹："他的大贡献都在三十五岁以后，到近数年愈做愈邃密了，别人禁不住环境的压迫和诱惑，一齐变了节，唯独他还是不厌不倦地工作，成为中国学术界中唯一的重镇。今年他只有五十一岁，假使他能有康氏（康有为）般的寿命，他的造就就真不知道可以多么高。……他竟把向往中的一座伟大的九仞之台自己打灭了！"

时任清华学校国学研究院的导师梁启超，也对王国维有极高评价："我们看王先生的《观堂集林》，几乎篇篇都有新发明，只因他能用最科学而合理的方法，所以他的成就极大。此外的著作，亦无不能找出新问题，而得好结果。其辩证最准确而态度最温和，完全是大学者的气象。他为学的方法和道德，实在有过人的地方。""此公治学方法，极新极密，今年仅五十一岁，若再延十年，为中国学界发明，当不可限量。"他们的评价并非过誉，王国维的研究领域兼顾文史哲美，且各领域研究境界皆极高。

人们更是在用不同的心态，竞相揣度其自沉的原因。七十余年来，猜测、推论，诸见纷陈而时有新见，又因各执一隅而难以定论，遂成20世纪中国文化界一大"奇观"。

1924年发生在北京的政变，对王国维的影响不能低估。政变发生后，王国维在致北大某教授信中说："优待条例载'民国人民待大清皇帝以外国君主之礼'……诸君苟已取消民国而别建一新国家则已，若犹是中华民国之国立大学也，则于民国所以成立之条件……必有遵守之义务。"这段很符合现代法理精神的言辞下，可以体会出他心中的悲恸与愤懑。据《王国维年谱长编》记载：1924年11月，"先生因清废帝溥仪被逐出故宫，自认日在忧患中，常欲自杀，为家人监视得免"。

王国维：文化神州丧一身

所以王国维后来沉湖自尽，虽有各种解说，但他与清室的精神联系毕竟是无法否定的。王国维对民族革命素来不抱同情，他的头脑中也不太在乎满汉夷夏之辨。日本人川田瑞穗曾对此做出了"殉国"的正面解读："其气节凛凛足以廉顽立懦，际有清三百年之末运，能明此意以捐其身者，公一人而已。"吴宓也曾在挽联中流露出近似的看法："离宫犹是前朝，主辱臣忧，汨罗异代沉屈子；浩劫正逢此日，人亡国瘁，海宇同声哭郑君。"

当然吴宓也曾进一步说："王国维并不留恋清朝，但看到很多人士在民国肇始之前，怒骂革命党，秽詈万端。等到民国建立，他们急转弯：剪辫子，穿西装，高喊民主、共和。王国维深以为耻。为了表示对这种无耻投机的愤慨，他就以蓄辫子、穿马蹄袖来表示品德之分。"（张紫葛《心香泪酒祭吴宓》）

兴会所在，荣悴炎凉，一个读书人存有一份"慨故宫离黍，故家乔木，那忍重看"之遗恨，倒也在情理之中。然而泛泛地说王国维是清王朝的遗老，跟不上时代步伐，最终被历史所抛弃，也是不公允的。

对于中国文化中某些无法补救的沦落，乱世的种种怪象、险象、恶象和凶象，与他那不降其志、不辱其身的精神产生重大冲突，所以他要把历史从自己的生命中彻底抛掷出去，他要以死来将自己同沦落的文化分割开来。只有肉体的死亡，才能换回精神的永生。

王国维早年倾心叔本华，他在1904年曾写下《红楼梦评论》一文，用叔氏的哲学来解读《红楼梦》，类似"故人生者，如钟表之摆，实往复于苦痛与厌倦之间者也"之类的论断俯拾皆是。

在他的血管里，似乎有着悲观的基因。在《静安文集续编·自序》中，他就说自己："体质羸弱，性复忧郁，人生之问题日往复于吾前。自是始决定从事于哲学。"

叶嘉莹教授对王国维的性格特点做过更明晰的归纳："第一乃是由知与情兼胜的禀赋所造成的，在现实生活中经常有着感情与理智相矛盾的心理；第二乃是由于忧郁悲观之天性所形成的，缺乏积极行动的精神，但求退而自保，且易陷于悲观绝望的消极的心理；第三则是追求完美之理想的执著精神所形成的，既无法与自己所不满的现实妥协，更无法放松自己所持守之尺寸，乃时时感到现实与理想相冲击的痛苦心理。"梁启超亦在撰写的悼词中这样分析："他对于社会，因为有冷静的头脑，所以能看得很清楚；有和平的脾气，所以不能取激烈的反抗；有浓厚的情感，所以常常发生莫名的悲愤。积日既久，只有自杀这一途。"

1926 年 7 月 1 日，广东革命政府发出"北伐宣言"，9 日，国民革命军正式出师北伐。北洋系统的冯玉祥、阎锡山先后易帜，北洋政府分崩离析，京畿之地草木皆兵。随着国民革命军不断北进，两湖学者叶德辉、王葆心被枪毙。梁启超曾在当时的一封信里特别谈到这两个人："叶平日为人本不自爱（学问却甚好），也还可说是有自取之道；王葆心是七十岁的老先生，在乡里德望甚重，只因通信有'此间是地狱'一语，被暴徒拽出，极端箠辱，卒致之死地。静公深痛之，故效屈子沉渊，一瞑不复视。"

随着北伐军的日渐临近，古都北京上下，都陷入一片混乱之中。梁启超在《与顺儿书》中再次谈及对时局的恐惧："北京局面现在当可苟安，但隐忧四伏，最多也不过保持年把命运罢了。将来破绽的导火线，发自何方，现在尚看不出。……全国只有一天一天趋到混乱，举国中无一可以戡定大难之人，真是不了。"此时，同在清华园里任教的王国维也在大时代的风潮中闻到了血腥味。他显然预感到，叶德辉的头颅被砍断之后，下一步要该轮到他了。"与其死于浊手，不若死于清波"。他要保护自己的自由人格和生命尊严，把自己从肉身的躯壳中放逐出去，放逐到另一个未知的干净世界。

一个遗民绝望于清室的覆亡，还是一介书生绝望于乱世刀兵——诸说都在自圆其说，也都无法自圆其说。说到底，王国维的自杀自然摆脱不了环境恶劣、时势凶险、情绪低落、精神苦闷等多种因素的交相煎迫，但是也许追索到最后没有什么答案。一个人的一生只是一串偶然的画面，当画面卷落，那不舍的粘连的地方，隐退着一丝记忆、一个没有答案的秘密——当王国维徘徊于颐和园长廊，是否回想起"自沉者能于一刹那间重温其一生之阅历"的箴言，遂"奋身一跃于鱼藻轩前"？

然后陈寅恪先生提出了他著名的殉文化之说——王国维是绝望于一种文化之式微。在《王观堂先生挽词》中，有两段最为著名：

凡一种文化值衰落之时，为此文化所化之人必感苦痛。其表现此文化程量愈宏，则其所受之苦痛亦愈甚；迨既达极深之度，殆非出于自杀无以求一己之心安而义尽也。

盖今日之赤县神州值数千年未有之巨劫奇变，劫尽变穷，则此文化精神所凝聚之人安得不与之共命而同尽，此观堂先生所以不得不死，遂为天下后世所极哀而深惜者也。

"观堂"即是王国维的名号。

王国维之死可能有各种各样明确的因素，比如国事蜩螗、长子早丧、儿媳大归、老友中绝等。凡此种种，任是谁都会情感受挫。当处境变得愈益艰难，诸事均不顺意时，人人皆有可能以死应对。但陈寅恪认为王国维之死，并非是死于具体的时事，更主要的，他是在为一种宏观意义上的中华传统文化殉葬。

王国维自然不是迂腐之儒，但他对已经泛化在中国传统文化之中的儒家观念，显然已是血肉相连。然而在清末民初这个大乱局中，中国传统文化危机的悲剧性也随之放大，对于文化裂变的阵痛，王国维体验深切，终至痛不欲生。所以，王国维即是死于对他身处其中的文化精神之死的绝望。

这个解释显然有着更为宽广的外延，基本上超越了殉清一说，至今还没见一种关于其死因的解释，能够被诠释得如此凝重悠远。

陈寅恪这位大儒也确实称得上是王国维的知己。在面对王国维的遗体时，陈寅恪的举动就是值得注意的。当其他人都行鞠躬礼时，陈寅恪却行旧式的跪拜礼，吴宓、研究院的同学们也随之纷纷效仿。而王国维也在遗书中嘱咐陈寅恪为他整理遗稿，足见信任之深，非比寻常。

王国维最后的归宿选择了水。追寻王国维的死因，还不能不关注那一泓清水和他选择的日子——端午节前。提到端午节，自然想起以死成全了自己政治理想的屈原。"宁赴湘流，葬于江鱼之腹中。安能以皓皓之白，而蒙世之尘埃乎？"他显然不愿随波逐流，作"沧浪之水清兮，可以濯吾缨。沧浪之水浊兮，可以濯吾足"那样与环境打成一片的自如，而是对混浊的俗世表示了激烈的抗拒。千古艰难唯一死，然而天地沙鸥，花果飘零，"既莫足与为美政兮，吾将从彭咸之所居"。冥冥之中，王国维是听到了屈原在清水中的召唤吗？

"违心苟活，比自杀还更苦；一死明志，较偷生还更乐"。如果思想不得自由，精神无法独立，还不如毅然断绝外缘的纷扰和威胁。陈寅恪感佩王国维这种精神，我们看到，在他的晚年，他亦承继了王国维这种拒绝的姿态与魂魄。

峻秀妩媚的颐和园，与清华园同在西郊，王国维常到这座前清帝后的花园里去散步散心，漫步其中，令人胸襟豁然开朗。他以颐和园为题材写过好几首诗，是他平日里最爱踯留之所在。他精心选择的自杀地点，就是颐和园的昆明湖，曾是慈禧太后龙舟戏水的地方。"西直门西柳色青，玉泉山下水流清。新赐山名呼万寿，旧疏湖水号昆明。昆明万寿佳山水，中间宫殿排云起。拂水回廊千步深，冠山杰阁三层峙"……

悲情无泪，春梦无痕，他像一只芦塘的孤雁，孤寂而萧瑟，他的身影掠过玉泉水、万寿山、昆明湖、排云殿、佛香阁。维山峨峨，维水泱泱，天空无遮无拦的阳光，瀑布一样倾泻下来，在水面上溅起辽远深邃的回声。昆明湖在冷风里透着沧桑的温润，想来能够抚慰一颗凋零破碎的心；漓漓水光里，留下一长串寂寥空阔的回声。

章太炎：

激越佻㒼，孤鲠半生

1914年1月7日上午，北京大总统府招待室来了一位路人侧目的名士。

此人首如飞蓬，衣衫不整，留着长长的指甲，大冷的天气却手持羽扇，扇柄上摇摇晃晃坠着一枚景泰蓝做的大勋章，委实不像善类。他掏出一张一尺五寸长的名片，口口声声要找大总统，请承宣官转达。

承宣官一眼认出，那勋章是建立共和时期袁世凯亲自颁发的勋章，看样子此人来头不小。再看名片，原来这位不修边幅的名士，正是民国政坛上曝光率极高的政界和学界的大明星：章太炎。

翻开那时节的大报小刊，关于章太炎的消息总是层出不穷。也难怪，此公是民国早期政坛上呼风唤雨的大将，同时又是学界的一代宗师，早年在东京讲学时，就有十大弟子，后来个个名成功就，如黄侃、钱玄同、鲁迅和周作人等。当然更重要的是，章太炎号称"民国祢衡"，亦被人称作"章疯子"，桀骜狂放，素以百无顾忌地褒贬人物为快事。清朝末年，就曾因"苏报案"坐过牢，一时名满天下。一部中华民国史，如果少了这个人物，不知会减色多少。

在当时有一个说法，说章太炎要是指着谁的鼻子一骂，谁就会声望大跌，身价大减，身体大病，灭谁谁死，屡试不爽。也正因如此，章太炎虽然顶着疯子之名，却没人敢把他的话不当回事，当然，也大多被别有用心者断章取义。每当他有言论，总会被大张旗鼓地报道，题目是"章疯子大发其疯"之类；如果章太炎骂得对了他们的心意，第二天报上登出来的题目就会变成"章疯子居然不疯"。

回过头再说总统府门前发生的那一幕。承宣官推说总统正在接见熊总理，章太炎就说：那我等好了。等了半天仍无下文，于是又要见袁的秘书。秘书们推三阻四，谁都不愿出来见这个刺头。章太炎终于爆发了，他大跳大闹，手脚并用，将招待室的器物尽数损毁。

这一下终于惊动了袁世凯，命人备车马将他骗出了总统府，然后送至总统府附近的军事教练处好生"招待"。

发现上当了的章太炎，满腔怒气耿耿难消，一路上，他指名道姓骂袁世凯为"包藏祸心"的"独夫民贼"，势必"身败名裂"。这一路骂得痛快淋漓，押解他的卫兵却不堪其虐，个个掩耳而行。后来章太炎的学生鲁迅，就曾描绘过老师在民国初年这生动的一幕。

章太炎之所以会到总统府前大闹，实在是因为心中积怨已久。民国初年，章太炎曾经上过袁世凯的当，等袁如愿地当上了正式大总统，不再需要国会这个选举机器了，开始把国会晾在一边。章太炎如梦方醒，及至宋教仁遇刺后，他更是追悔莫及，在《民立报》等报纸上发布宣言反袁，对袁世凯恨得直欲寝皮食肉。

当时的章疯子新婚不久，就到北京找袁世凯摊牌来了。他还对妻子汤国梨说："当年无奈，出走日本，今天光复了，再避居国外，岂不为外人讪笑，我当入京面数袁世凯祸国之心！"他还作了一首七绝以壮行色："时危挺剑入长安，流血先争五步看。谁道江南徐骑省，不容卧榻有人鼾。"

章太炎到北京后，每次乘马车外出，就有宪兵登车夹侍。章太炎开始还感觉良好，但这些宪兵却终日寸步不离，才明白自己已被袁世凯派兵监视。恍悟后的章太炎不打二话，持杖照

前门大街上拉洋车的"祥子"

人劈头盖脸就是一阵乱打，卫兵们纷纷抱头鼠窜。章心情大好，说："袁狗被我赶走了！"当然没有这么容易，宪兵被逐之后，换了便服，照样来监视他。

章太炎反袁的壮举，自然是要付出代价的。当然这代价是他自己找上门去，从袁世凯手里逼来的，正可谓求仁得仁。终于，在京师军政执法处长陆建章的关照下，章太炎被软禁起来，为搪塞外界疑问，还找了一个"疯子病发违禁"的说法。从此，章太炎开始了在北京长达两年多的囚禁生活。

在教练处住了几天后，章太炎就被送到了北京的龙泉寺。那个负责押解的陆建章也很有意思，他亲自骑马在前开道以示恭敬。此人在北洋军中也算是位居要职，如此礼遇一名囚徒，实在令人不解。时人问之，则曰：他日太炎若能为我草一檄文，则我可少用十万兵马，安得不尊重？

后来，章又被迁至钱粮胡同一位医生家里，由那位医生负责照顾他的起居饮食。身遭软禁的章太炎还可以继续读书写作，亲友弟子前来探望也未遭阻止，所以章疯子开始还以为自己有行动的自由，打算从囚禁的地方逃走，托人买好了赴津的火车票。

共和党本部干事张伯烈、张大昕、吴宗慈等人前来送行，设宴邀他纵饮狂欢。为了拖延时间，有人倡议以"骂袁"为酒令，章太炎骂得兴起，结果酒喝多了，虽然骂得痛快，到车站却已赶不上车。章这才领悟到，那些共和党的人早都被袁世凯收买，故意前来拖延自己的时间。章太炎大为生气，四天后，就发生了到总统府门前踢场子那一幕。

章太炎：激越佻侻，孤鲠半生

说起来袁世凯对章疯子确实不薄。他曾经对陆建章定了关于囚章的八条规则，规定起居饮食用款不限，而且毁物骂人，听其自便。东西毁掉了，再买就是。章太炎在被囚期间，每月的费用是五百元（当时一个警察每月薪水四元左右，大学里最风光体面的教授，每月也不过四百元）。

尽管待遇优厚，但囚禁毕竟是囚禁，走又走不脱，住又住不安稳，章疯子不可能很痛快地就范。他变得愈来愈疯，在住所的门窗上桌上遍写"袁贼"二字，以杖痛击之，称作"鞭尸"；又扒下树皮，写上"袁贼"字样，然后丢入火堆烧掉，整日以此为乐。在移居龙泉寺的翌日，袁世凯次子袁克文曾亲送锦缎被褥来章太炎居处，见其疯劲正发作，未敢面见，把被褥放在窗外便欲离去。章太炎得知后，便把被褥烧出许多黑洞，掷出户外。

在被软禁的日子里，章太炎的名士派头越做越足，闹出了不少传诵一时的笑话。他一口气雇了十几个厨子和仆人（其中不少是警察改扮的），并颁示条规：1. 仆役对主人须称呼"大人"，对来宾亦须称呼"大人"或"老爷"，均不许以"先生"相称。2. 逢农历初一、十五，还要向他磕头，以贺朔望。如敢违例，轻则罚跪，重则罚钱。为了将这种规定落实到位，他甚至强迫这些仆人（警察密探）照条约跟他签字画押。

有人问他为何要立此家规？章太炎说："我弄这个名堂，没别的缘故，只因'大人'与'老爷'都是前清的称谓，至于'先生'，是我辈革命党人拼死获得的替代品。如今北京仍是帝制余孽盘踞的地方，岂配有'先生'的称谓？这里仍是'大人’‘老爷’的世界，让他们叩头，不是合情合理吗？”

在龙泉寺幽禁了几个月后，章太炎又开始绝食。他先是寄了一袭旧衣给夫人汤国梨以示诀别，信中语气悲苦：

> 以吾憔悴，知君亦无生人之趣。幽居数日，隐忧少寐。吾生二十三岁而孤，愤疾东胡，绝意考试；故得精研学术，忝为人师。中间遭离乱，辛苦亦至矣。不死于清廷购捕之时，而死于民国告成之后，又何言哉！吾死以后，中夏文化亦亡矣。言尽于斯，临颖悲愤。

待到汤国梨等来他的下一封信时，那告白就更是奄奄一息了，但疯老公的措辞却让她忍不住破涕一笑：

> 汤夫人左右，槁饿半月，仅食四餐，而竟不能就毙，盖情丝未断，绝食亦无死法。

章太炎绝食，身体一天比一天羸弱，这不仅使袁世凯大伤脑筋，也让他的弟子们心焦，他们千方百计想使章太炎改变死志，立刻进食。最后还是马叙伦想出一计，他去探望章太炎，好友相见，相谈甚欢，及至日暮，马叙伦起身告辞，并说："中午出来太急，没有吃饭，现已饥肠辘辘。"章太炎立即让厨子准备饭菜。马叙伦却道："这万万不可，你正在绝食期间，我怎可在你面前据案大嚼？"

章太炎：激越佻傥，孤鲠半生

章太炎左右为难，终于答应与他一同进食，这一次的绝食也就到此为止。可见他虽然又疯又倔，但他的绝食似乎却并非真的以死抗争，无非是借此闹出点动静，制造一些不利于袁世凯的舆论。好在那个工于心计的大总统，也忌惮这个革命元老的言论能量，同时也知道有不少旁观者正在拭目以待，看自己会不会杀掉这位名满天下的"民国祢衡"，于是也就将计就计，让大家慢慢欣赏一下自己大过曹孟德的度量和胸襟。也正因如此，章太炎激烈癫狂的种种冒犯举动，才不至于有送命之虞。

但到最后，袁世凯几乎还是被激怒到了"非杀此人，不足以消吾心头之恨"的地步。1915年下半年，袁世凯觉得自己称帝的种种条件都已具备，各界"名流"在他的授意下纷纷上书劝进。这时，有人自告奋勇要去说服章疯子，使之回心转意，向袁大总统投诚。毕竟章疯子人望极高，他若肯撰文拥护帝制，局面自会大不一样。很快，袁世凯就收到了章太炎的回信：

> 某忆元年四月八日之誓词，言犹在耳。公今忽萌野心，妄僭天位，非惟民国之叛逆，亦且清室之罪人。某困处京师，生不如死！但冀公见我书，予以极刑，较当日死于满清恶官僚之手，尤有荣耀！

如果说前面章疯子与袁世凯的死缠烂打，多少还有些撒泼恶搞的喜剧色彩，而在此时他表现出的勇气和倔劲，就着实叫人刮目相看。当然事已至此，袁世凯依然没把章疯子怎么样，姿态摆得颇高，这位阴鸷枭雄的通权达变由此可见。

袁世凯死后，章太炎当然也自由了。经此一难，章太炎的声望大涨，成了反袁的英雄。待到孙中山等人掀起"护法运动"的风潮时，章太炎挟其三年幽囚的积怒，仗其大闹总统府的余威，也扛起了自己的一面大旗：他先是出任护法军政府的秘书长，后又请缨去联络西南的唐继尧，合纵连横，忙得一塌糊涂。

唐继尧出兵后，章太炎俨然一威武大帅，对几位跟班打骂无常，尽日向他们索要美酒白兰地和大炮台香烟，几位跟班苦不堪言。他还让人制了一面大旗，上书斗大的"大元帅府秘书长"几字，居然比唐继尧的大元帅旗还要高大许多，十分抢眼。一路上撒欢儿似的人欢马叫尽情驰骋，过足了乱世枭雄的瘾。唐继尧手下觉得看不过眼，但唐继尧也就一笑了之了。

章太炎满腹经纶，想听他课的人太多，每次上课，都会有五六个弟子陪同，其中不乏大师级人物，台下更是一派"旌旗招展，人头攒动"的盛景。章太炎国语不灵光，便由刘半农任翻译，写板书也有钱玄同代劳，就连倒茶水的，都是马幼渔这样的人物，这排场真是令人惊骇。老头每次开口先来一句："你们来听我上课是你们的幸运，——当然也是我的幸运。"如果没有这后半句的自谦自抑，简直要狂到天上去了。当然，听过课的同学也都心悦诚服地承认，老头的学问也真不是吹的。

白话文运动中，作为文言文大家的章太炎曾与北京大学教授刘半农有一场争论。章太炎一位近侍在侧的弟子叫陈存仁，他记叙下了这一场古文大师舌战白话文新秀的精彩场面：

　　章太炎："但是，你们写的白话文，是根据什么言

章太炎：激越佻傝，孤鲠半生

101

语做标准？"

刘半农："白话文是以国语做标准，国语即是北京话。"

章太炎："你知不知道北京话是什么话？"

刘半农："是中国明清以来，京城里人所说的话。"

章太炎："你说是明朝的话，有什么考据？"

刘半农："……"

章太炎（笑吟吟地，用明朝的音韵背诵了几句文天祥的《正气歌》之后，缓缓道来）："现在的国语，严格来讲，有十分之几是满洲人的音韵，好多字音都不是汉人所有。"

…………

几轮交锋后，刘半农已经汗流脊背。

章太炎："美洲新大陆是谁发现的？"

刘半农（讷讷地试探回答）："当然是哥伦布。"

章太炎："最先踏到新大陆的人，是一个中国和尚，叫作'法显'，想来你是闻所未闻的！你在北京有时间访问赛金花，去记叙她的胡言乱语，何不多看些文言文线装书，好好充实自己？"

刘半农（只有听教训的份了，准备开溜前想说几句体面话）："北方学术界，正在考据敦煌石窟及周口店'北京人'，以及甲骨文、流沙垂简。"

章太炎（勃然大怒）："中国政府对你们不知花了多少钱，设立了无数研究所研究院，可是敦煌石室的发现是外国人斯坦因，他窃去几百箱的文物，多少年之后，法国的伯希和又盗去几百箱，直到他们在国外公布出来，你们才知道！你们究竟干了些什么事情？你们知不知道近来又有一个瑞典人斯文赫定，在西北发现了许多文物，究竟你们这些科学家做了些什么工作？所谓的北京大学，只出了一个张竟生，写了一本《性史》，这难道就是你们提倡白话文以来的"世界名著"？

…………

我们据此就可知道，此老直到暮年，火气犹是半点未减，更是虎虎生威，丝毫未见落魄与落寞。

章疯子有一句诗自况："笼中何所有？四顾吐长舌。"真是形象得很。他的精神世界总是在放纵着，冲荡着，在历史的深处绽放出一种豪情的气质。他敢作敢当，不计后果，一种饶有古风的价值观支配着他的整个一生。当然，他持危道而欲履险如夷，居然每一次都能身名俱泰，自然也要得益于民国时的开放风气。

在兄弟看来，不怕有神经病，只怕富贵利禄当面现形的时候，那神经病立刻好了，这才是要不得呢！略高一点的人，富贵利禄的补剂，虽不能治他的神经病，那艰难困苦的毒剂，还是可以治得的。这总是脚跟不稳，不能成就甚么气候。

章太炎：激越佻傥，孤鲠半生

那个时代的文化人的确都有些另类。无论如何，那种"被发大叫，抱书独行，无泪可挥，大风灭烛"的慷慨士风，在文网密布的古文时代固然是红尘梦杳，在"文明日进"的现代读书人中，更是难见如此气象了。

林白水：

一支笔胜抵十万军

　　北京有个棉花头条胡同，就在宣武区果子巷的北面，是条并不起眼的小胡同。在它的东头是四川营胡同，这条胡同的得名与明末传奇侠女秦良玉有关。秦良玉是中国历史上唯一一位正式由朝廷任命的女将军。明崇祯三年（1630年），清廷以蒙古人为向导，穿越长城进入河北平原，连下永平四城，直逼通州，京畿震动。秦良玉散尽家财以充军饷，北上勤王，解除了清兵对北京的威胁，立下了赫赫军功。当时她的军队就驻扎在这一带，这里也因此获名"四川营"。

　　秦良玉当初在此屯兵的时候，遇有"兵卒违反法纪者，就戮于此，孤魂无归，时出为祟"，所以当时有记载说，此地不适合居住。而位于棉花头条最东头路北第一座门所属的院落，据说更是北京城里有名的"凶宅"之一，民国时期著名的报人林白水，就是在这里居住期间被军阀逮捕而杀害的。

　　如今知道林白水的人已经不多了。他是中国报业的先驱人物，办报始于晚清年间，是运用白话报进行民主宣传的第一人。

从清末再到民国，经过五四新文化运动的激荡和新闻界同人不断的抗争，北京的新闻界业已形成了相当的影响力。北京城一份《京报》，一份《社会日报》，都是非常有名的。两家报社都在现今北京的虎坊桥一带，当时居住在这一带的文人很多。《京报》的老总是邵飘萍，林白水就是《社会日报》的老总。

林白水作为当时中国新闻界的领军人物，"诸报无不以刊白水之文为荣"。而他写得最多最好的，是有时署名，有时不署名的时评。林白水的政论小品，就连标题也能弄出不少诙谐和趣味来，如《俄国武官不客气的说话》《商部尚书吃花酒》《大家听戏，好玩得很哩》等，令人莞尔。看看林白水的一段文字：

榄杆市大街

往事随风：旧北京的那些人那些事

106

张之洞看见俄人占了奉天，也着了忙，就跑到俄国钦差衙门里面去求见他……俄钦差冷笑道：不行也要行了！张之洞还乱嚷道：万万不行，万万不行！那俄钦差卷着胡子，抬头看着天，拿一条纸烟只管一上一下地吃，不去睬他……（《俄国武官不客气的说话》）

再摘录两段：

北京近来又立个商部，这商部尚书是庆王爷儿子载振做的。这位载振很喜欢吃花酒。有一天约了几个商部侍郎，还有几个阔老，在北京余园地方吃花酒，又叫了许多局子，那种花颜云鬓，陪着红顶花翎，坐在一块儿，着实配得很哩！可巧有一位御史，姓张名叫元奇，知道这桩事体，立刻做了一本奏折上去，皇太后听见这话，就降一道懿旨，淡淡的骂了几句！（《商部尚书吃花酒》）

有一天，我们这位皇太后因为东三省的事件，不免有些忙，因就约了许多七八十岁的什么尚书、御史、太子少保进来。一个个都是头品顶戴、红顶花翎。大家商量一阵子。那时候宫里正在唱戏，什么《红线记》，什么《绣花鞋》，二簧、梆子唱得好热闹，那太子少保见了皇太后说些天下大事。说罢了，皇太后因降一道懿旨，赏各位太子少保都进宫里，一齐坐下来听戏，听了好一会才退出来，大家都道好玩得很哩。

（《大家听戏，好玩得很哩》）

我们想象不到百年前的新闻竟是这样的面目，不是一本正经的陈述，而是带有话本或评书的特色，以浅白的文字报道时代的真相，倒也浅白生动，惟妙惟肖。一方面是国土被占、民不聊生，一方面则是高官大佬们仍然沉溺于听戏吃花酒，照常取乐，一个时代的面目就这样呼之欲出。在黑枪如林的乱世，能够以笔为旗，以报纸为阵地，揭露政客们的胡作非为，这的确是需要勇气的。

不光文章写得好，这个林白水本人也很有趣。他颇有些"名士"脾气，每篇时评仅收稿费五元（当然已经比一般稿件的稿酬高一倍多了），而且非等这五元用尽之后，才动手写下一篇。一次，一位朋友来看他，他留这位朋友吃饭，可一摸身上才发现囊空如洗。他说了声"你稍等片刻"，便伏案疾书。"一盏茶的工夫"，一篇千字文就毫不含糊地搞定，于是吩咐仆人："赶快送到报馆去，要现钱。"仆人旋即带回五元钱，林白水于是请朋友到饭馆大快朵颐。看来，林白水不光是一个正直勇敢的报人，也是一个潇洒放达的名士。

还有一件事可以看出林白水古道热肠的气质。当革命党人赵声、刘光汉欲发动南京起义，因经费无着不能成行，这时有人建议他们去找林白水。而此时林白水因办报需自筹经费，经济上也十分困难，身边只有一部数十万字的《中国民约精义》的手稿，但他还是慨然允诺代筹经费，并刺破手指写下血书，向商务印书馆以书贷款一千元，全数送给这两个革命党人，自己分文未留。

林白水是福州人，出生于1874年1月17日，本名林獬，"獬"是传说中的独角异兽，能辨曲直，见人争斗，必冲上去用角顶恶人。而林白水的报人生涯，就颇似那只疾恶如仇、除暴安良的"獬"。他使用过的名字很多，最为人所知的就是"白水"。据说他家乡有座白水山，他常对人说："吾乡青圃白水山是吾他日魂魄之所依也。"他是从四十岁时始用此名的，他字少泉，"泉"字身首异处即为"白水"，有"愿以身殉所办之报"的含义。他一生以文字名世，最终因言获罪，此番宿命，似在其名字里也一语成谶。

1903年，林白水应蔡元培之约来到上海，与他一起创办《俄事警闻》，后来又改为《警钟日报》。与此同时，林白水又独立创办了《中国白话报》，并给自己起了一个"白话道人"的笔名。那时候报刊不分家，名为"报"，实际上是期刊，先是半月刊，后是旬刊，《中国白话报》发行量从创刊时的数百份，到后来增至上千份。报上几乎所有的栏目，全是林白水一人操刀执笔。

自己独立办报，工作上受到的牵扯和制约少了，他更是毫无顾忌地全心投入，坚守独立不羁的新闻立场，倡导那个时代还没有几个人听说过的言论自由。在《中国白话报》第一期的"论说"栏上，作者针对那些作威作福的官吏说道："这些官吏，他本是替我们百姓办事的。……天下是我们百姓的天下，那些事体，全是我们百姓的事体，……倘使把我们这血汗换来的钱

林白水：一支笔胜抵十万军

拿去三七二十一大家分去瞎用……又没有开个清账给我们百姓看看，做百姓的还是供给他们快活，那就万万不行的！"

1904年2月，他又在第七期"论说"栏发表《国民的意见》指出："凡国民有出租税的，都应该得享各项权利，这权利叫自由权，如思想自由、言论自由、出版自由……"

这些与贪官污吏叫板的文字，公开挑战为官者的淫威，若没有置生死于度外的勇气，恐怕下笔一字都难。而一百年前，他竟然用大白话提出"纳税人的权利"思想，更是令人感叹不已。

在同一年，清廷筹办"万寿庆典"，为慈禧太后祝七十寿辰，林白水愤而写下一副对联：

今日幸西苑，明日幸颐和，何日再幸圆明园？
四百兆骨髓全枯，只剩一人何有幸？
五十失琉球，六十失台海，七十又失东三省！
五万里版图弥蹙，每逢万寿必无疆！

此联既出，字字辛辣，令人拍案，自然传诵一时。

民国以后，林白水也曾有过短暂的出仕经历。1913年春天，他以众议院议员的身份进京，当时护国运动正搞得轰轰烈烈。三年后，林白水厌倦了政坛的翻云覆雨，也自知适应不了政客们尔虞我诈的生涯。于是，他决心告别政坛，专心于自己心爱的老本行——新闻。1916年8月，他辞去议员职位，在北京创办《公言报》，开始了他生命中最后十年的悲壮旅程。这十年间，他将自己全部的精力、时间和智慧都献给了民国的报业。

他早年的好友林纾给了他很大的帮助。《公言报》的办报资金就来自林纾的门生徐树铮。这份报纸在当时而言已算是相当独立了。林白水也有了用武之地，就是从这个时候开始，他大量地用"白水"这个笔名发表时评，笔锋辛辣，庄谐齐出。

在1918年这一年，林白水就"捅"破过不少惊人黑幕。在《公言报》上，他发表了名为"青山漫漫七闽路"的时评，将财政总长陈锦涛、交通总长许世英贪赃舞弊案公之于天下，引起北京舆论一片哗然。时隔不久，有政客在津浦租车案中舞弊，又被林白水在《靳内阁的纪纲原来这样》的时评中独家揭露出来，掀起一场轩然大波。结果，这些政客有的被革职入狱，有的畏罪辞职，使内阁总理段祺瑞狼狈不堪。林白水对此也颇为自得，说："《公言报》出版一年内颠覆三阁员，举发二赃案，一时有刽子手之称，可谓甚矣。"

1921年3月1日，林白水和胡政之合作，又创办了《新社会报》，对开四版，他任社长，胡政之为总编辑。既要办报，就意味着开拓公共舆论空间，如此一来最容易触及时讳。专制统治者历来推行愚民政策，将政治神秘化，而林白水却提出"树改造报业之风声，做革新社会之前马"的口号，经常惹得官僚大老爷们横眉瞪目。终于，《新社会报》因揭露军阀黑幕，被警察厅勒令停刊三个月。

复刊后，林白水暗含讥讽地写道："蒙赦，不可不改也。自今伊始，除去新社会报之新字，如斩首级，示所以自刑也。"于是，《新社会报》就变成了《社会日报》。然而新闻的生命力源于真实，没过多久，林白水"旧态复萌"，《社会日报》又刊登出揭露曹锟贿选总统以及诸多议员受贿的报道，当权者震怒之下，将林先生"请"去囚禁了三个月。

在当时社会，报纸在经济上完全缺乏独立性，赖以生存的根本不是发行与广告收入，而是某个政治集团的资助和津贴。而对于军阀政府而言，他们必然想垄断传媒，控制言论，极尽一切手段封闭这个空间。1925年，北京政府为了掌控舆论，给全国一百多家报馆和通讯社发放了补助性的津贴，作为"宣传费"，并将其分为"超等者""最要者""次要者""普通者"四等。林白水的《社会日报》和邵飘萍的《京报》同属于六家"超等者"之列，每月有津贴三百大洋。吃人嘴软，拿人手短，林白水该老实点了吧，但此公又岂是区区数百元便可封口的软骨报人？双方的冲突至此也变得无可避免了。

林白水一生不攀附任何势力集团，也决不顺从某个铁腕人物的意志，唯独对孙中山有着极高的敬意。1924年2月，孙中山抱病来京，林白水连续发表《吾人对孙中山先生的敬意》《时局与孙中山》《欢迎孙中山》等文章。

1924年秋天，冯玉祥发动北京政变，当了一年零二十多天总统的曹锟被赶下台去。林白水发表时评《哭与笑》，将那些窃据要位、贪得无厌的军阀们试图极力掩盖的事实真相，一一暴露在光天化日之下。11月10日，他又发表时评《请大家回忆今年双十节》，以吴佩孚、曹锟这些军阀滥行杀伐、终归惨败的事实为证，推导出"武力靠不住，骄横乱暴贪黩之可危"的结论，同时发出警告："继曹吴而起的军事当局"应当"就拿曹吴这一幕电影写真，来当教科书念罢了"。在这篇文章里，他也举孙中山先生为例："孙中山所以敢于只身北来，……就是他抱个三民的主义，能得一部分的信仰罢了。……要是没有主义，单靠兵多地盘广，那末曹吴的兵，曹吴的地盘，何曾不多不广，为什么不及三礼拜，会弄得这样一塌糊涂？"这是一篇见识不凡的文章，义正词严，令人折服。

1926 年 4 月，直奉联军进京，北京城一时大有乌云压城之势。林白水仍挺身而出，迎刃而上，在时评中斥军阀为"洪水猛兽"。8 月 5 日，他在《社会日报》发表时评，讥讽抨击那些在强势者的卵翼下胡作非为的宵小之徒。这一次，依附于军阀张宗昌幕下、号称"智囊"的潘复撞到了枪口上：

狗有狗运，猪有猪运，督办亦有督办运，苟运气未到，不怕你有大来头，终难如愿也。某君者，人皆号称为某军阀之"肾囊"，因其终日系在某军阀之胯下，亦步亦趋，不离晷刻，有类于肾囊累赘，终日悬于腰间也。此君热心做官，热心刮地皮，固是有口皆碑，而此次既不能得优缺总长，乃并一优缺督办，亦不能得……甚矣运气之不能不讲也。

这番言论直接给他招致了杀身之祸。次日晚上，京畿宪兵司令王琦奉张宗昌之命，乘车来到报馆，略谈数语，便将林白水强行拥入汽车。报馆编辑见势不妙，赶紧打电话四处求援，林白水的好友薛大可、杨度、叶恭绰等人急匆匆赶往潘复的住

林白水：一支笔胜抵十万军

东便门外蟠桃宫附近

宅，找到正在打牌的张宗昌及潘复，为林白水求情未果。第二天天色微明时，林白水被宪兵拉到天桥，连话都来不及说一句，就被一枪打中后脑。附近有居民听见枪声赶来，只见身穿灰色大褂的林白水倒在路边，头发上沾满血污，双目微睁，还有微弱气息，而刽子手们早已离去。

中国的报业从其诞生之日起，就颇有刚烈的士风，同时也很快形成了一种令人赞叹的办报的氛围。各报都有各自的抱负和固定使命，很少为金钱或强权所诱迫；主笔多是有才华有激情的资深学者，社长编辑除政客担当外，多为社会名流；他们代表民意，以监督政府为报人天职。奉鲁军刚刚入京时，京报社长兼主笔的邵飘萍，就已经因宣传"赤化"罪名而饮弹身亡，继之勇士便是林白水，不足百日，又遇害天桥之下。此二人一去，很让人有"广陵散绝矣"之叹。

现在，中国的报业已大不同于以前了，拿现在的报馆与当年的各大报社相比，其规模和硬件均不可同日而语。然而，面对林白水，我却久久无语，只能沉默着，也许，进步与退步，有时是和时代的进展无关的。

找个时间，去棉花头条看看林白水的故居吧。

邵飘萍：

我的黑白两界

在清末民初的残晖余霭中，发生过数不清可涕可叹的故事，涌现出一批又一批光灿夺目的人物。那是一个标准的乱世，英雄们的用武之地陡然放大，龙从云，虎乘风，他们一边舞弄着时代风云，一边释放着狂傲不逊的本性，给历史增添了不少迷幻的光影，也给我们留下出尘绝世的遗想。

浮云沧桑，前尘旧影，一位以文章报国的报人，在历史的侧面幽光明灭，他就是《京报》的创始人邵飘萍。他在史料和口碑中若隐若现，在国仇家难中沉浮不定，带给我们别样的惊奇。阅读他与北京城的风雨悲欢，由一个点就会展开一个面，那个时代和人群渐渐地铺陈开来。

邵飘萍原名邵振青，笔名飘萍，1886年10月11日出生于浙江东阳，十四岁考中秀才，十九岁入浙江高等学堂（浙江大学前身）。1916 年，上海《申报》社长史量才聘请邵飘萍为驻京特派记者，使他成为中国新闻史上第一位有"特派"称号的记者。

北京毕竟是全国的政治中心，邵飘萍并不满足于做上海方面的扬声器，他要发出自己的声音。1918 年 10 月，他辞去《申报》驻京记者之职，与一些志同道合的京城报人一起，在北京创办了《京报》。

消息灵通、内容丰富、倡导言论自由的《京报》，就这样诞生了。报馆设在前门外三眼井 38 号，后来又先后迁至小沙土园、魏染胡同。为了激励报社同人秉笔直书、宣达民意，报社第一任总编邵飘萍挥毫写下"铁肩辣手"四个大字，赠予办报的同人，鼓励他们和自己一起"铁肩担道义，辣手著文章"。

《京报》无党无派，背后无权无势，自我定位是民众发表意见的媒介。在发刊词《本报因何而出世乎》中，邵飘萍公开宣称报纸是"供改良我国新闻事业之试验，为社会发表意见之机关"，把矛头直接指向政府："必使政府听命于正当民意之前，是即本报所为作也。"

《京报》的声望倾动一时。冯玉祥曾赞曰：飘萍主持《京报》，握一支毛锥，与拥有几十万枪支之军阀搏斗，卓绝奋勇，只知有真理，有是非，而不知其他，不屈于最凶残的军阀之刀剑枪炮，其大无畏之精神，安得不令全社会人士敬服！

《京报》有一个突出的特点就是副刊多，除了《小京报》和《京报副刊》，从周一至周六，每天都有不同的周刊，如周一的《戏剧周刊》，周二的《民族文艺周刊》，周三的《妇女周刊》等。其中由孙伏园主编的《京报副刊》，是当时中国著名的四大副刊之一，而由鲁迅主编的副刊《莽原》，在当时也颇受欢迎。

邵飘萍是近代新闻业的前辈宗师，他自己也曾说："余百无一嗜，惟对新闻事业乃有非常兴味，愿终生以之。"1917 年元月，蔡元培出任北京大学校长，邵飘萍在蔡元培的支持下，在北大成立新闻学研究会，并开讲新闻采访课。这是中国新闻教育的开端。

除了讲授新闻学的基本知识（如采访、组稿、编辑、校对等），邵飘萍还提出记者要有操守人格，做到"贫贱不能移，富贵不能淫，威武不能屈"；要"探究事实不欺阅者"，同时立场要完全独立，"主持公道，不怕牺牲"，"泰山崩于前，麋鹿兴于左而志不乱"。他撰写的《新闻学总论》和《实际应用新闻学》，被当时新闻从业人员作为通用的教材。

当时《京报》初创，工作繁忙，但他还是坚持去上每周两小时的课。1919 年 10 月，那一届研究会的课程结束了，拿到结业证书的有二十三人，得到半年证书的有三十二人。这些学员中有很多重量级人物：毛泽东、高君宇、谭平山、陈公博、罗章龙、杨晦、谭植棠等。

邵飘萍是青年毛泽东的人生导师之一，当年毛泽东曾多次拜访邵飘萍，并得到过他的慷慨资助。1919 年 12 月，邵飘萍已被迫亡命日本，毛泽东因为住处没有着落，还在被封的《京报》馆内住了一个多月。在新闻学研究会学习的半年中，毛泽东获益匪浅，在他狂放的性格上，我们依稀还能看到一些邵飘萍的影子。1949年后，他不承认是胡适的学生，但始终说自己是邵飘萍的学生。直到去世前两年的1974年，年近八十的时候，毛泽东还提到了邵飘萍："邵飘萍对我帮助很大。他是新闻学会的讲师，是一个自由主义者，一个具有热烈理想和优良品质的人。"

邵飘萍对时局有着惊人的洞察力，1912年，他在杭州创办《汉民日报》，在那年1月写的时评中即指出："帝王思想误尽袁贼一生。议和，停战，退位，迁廷，皆袁贼帝王思想之作用耳。清帝退位，袁贼乃以为达操莽之目的，故南北分立之说，今已隐有所闻矣！……袁贼不死，大乱不止。同胞同胞，岂竟无一杀贼男儿耶？"

五天后，他根据政局的变化又评论道："总统非皇帝。孙总统有辞去总统之权，无以总统让与他人之权。袁世凯可要求孙总统辞职，不能要求总统与己。"总统一职不是私人物件，而是天下公器，如若不能或不愿担当此工作，须经得天下公民同意，不能私相授受。这些评述很让人吃惊，是一个深受现代民主思想洗礼的学者才有的认知。

1913年3月20日晚，宋教仁在上海火车站被刺客暗杀。邵飘萍指出："有行凶者，有主使者，更有主使者中之主使者。"将矛头直指袁世凯，他也因此流亡日本。

对于当时中国的办报环境，邵飘萍曾有过这样的判断："欧美各国政府对言论界的压迫之政策皆已渐成过去"，惟中国报纸"一旦遇与政府中人个人利害有关之事，始倒行逆施，妄为法外之干涉。武人、官僚、议员、政客莫不皆然"。尽管如此，他的文字还是多发人所未发，或不敢发。他以笔为剑，纵横捭阖，针砭时弊往往直截了当。

1920年，唐山发生了一起重大的矿难事件。在邵飘萍看来，这不是一种偶发性事故，而是政治腐败的必然结果，这个事件"可以证明我国政府与社会之黑暗冷酷"。他的声音穿透了时代的黑幕，借助当时最有影响的《京报》，公诸阳光之下。

从高端到底层，邵飘萍深入采访，洞察幽微，议论纵横。他认为记者应当时刻生活在角色中，无论何时都要保持一种清醒状态；"新闻脑"要始终处于紧张活动之中，在采访时，要会旁敲侧击，数语已得要领；一旦提笔行文，则又要"状若木鸡，静穆如处子"，倾注整个身心。

在纷乱时局中，邵飘萍自有一种长袖善舞、得心应手的洒脱和豪迈。他不仅文笔犀利，而且善于采访，手段高明，时人誉为"有鬼神莫测之机"。创办《京报》以来，他广泛交友，上至总统、总理，下至仆役百姓，他都靠得拢，谈得来。他为人慷慨豪侠，爱讲排场，经常在酒楼饭店宴请宾客，事先在隔壁房间安排了人，备好电报纸，又让两辆自行车在门外等候，消息随写随发。

许多重要新闻就是在饭局中获得并完成的。北京的官僚们最讨厌见到记者，而邵飘萍却有本事让他们不得不见、不得不谈。觥筹交错间祸起萧墙，机密公诸千里之外。同为报业翘楚的张季鸾有过这样生动的评价："飘萍每遇内政外交之大事，感觉最早，而采访必工。北京大官本恶见新闻记者，飘萍独能使之不得不见，见且不得不谈，旁敲侧击，数语已得要领。其有

邵飘萍：我的黑白两界

干时忌者，或婉曲披露，或直言攻讦，官僚无如之何也。"

邵飘萍不是完人，不是没有缺点的，当时就有评论认为，"飘萍私行，实多可议"。他风流倜傥、放浪形骸，有才子的放任一面，有讲排场、爱享受的一面，当然这一方面也被后人有所夸大了。

有人说他经常出入"八大胡同"，对此他默不置辩，他的后人为他立传，也没有否认。其实这种事情与时代风气有关，也是当时许多人的生活常态，许多政界中人将"八大胡同"堂而皇之地作为社交场所。更何况早期的革命者大多未摆脱江湖习气，民国文人更是一派狂士风度，这一方面实在不足过于苛求，而且这类事属于个人隐私，无关大节。

邵飘萍另一个为人诟病的问题在钱上。他的生活消费水准很高，而且有一些证词，似乎可以说明飘萍收入与消费不符的真相。当然，要独立办报，又要尽量保持言论自由和经济独立，这在当时的难度可想而知。为了维持《京报》和他自己的开销，为了更好地打入社会上层采访到内幕新闻，接受过包括北洋政府在内的各种政治力量的津贴、赠款也在情理之中，但其收入过丰，还是令人存疑。

章士钊曾说过，飘萍好抽雪茄，烟叶是经"名厂特造"的"美洲上材"，烟卷标有"邵振青制"四个字，很是珍贵。每有高客临门，飘萍就会请客人抽上一支，客人以其贵重，"逡巡受之"，而邵飘萍则很是潇洒，"且吸且谈，豪情绝世"。曾与邵飘萍合作办过专栏的王之英也说过："飘萍老师在北京，始备洋车夫代步，车上每边有三盏灯，共六盏，很漂亮。旋换马车，豪华一些容易进中南海采访。后又添置了小轿车就更气派十足，这样在一般情况下便能直进中南海而不受阻了，给采访带来了许多方便。"自备小轿车，在当时算得上是豪举了。

有一种说法，认为邵飘萍之所以能够"高楼驷马、睥睨报界"，是因为他生财有道，利用了自己的舆论影响力。"颇以言抑扬人，而言皆有值"，就是说他以言论"赞助"一些政治势力。在时人笔下，传闻与邵飘萍有过类似合作的，先后有袁世凯、顾维钧、梁鸿志、张作霖、郭松龄、冯玉祥、孙中山等人。但是邵做"有偿新闻"的真凭实据很难考证，而且也与邵飘萍拒收张作霖三十万元的贿赂、最后招来杀身之祸的事实不符。

一些回忆文章半耳闻半推测，认为邵飘萍有过从北洋政府和军阀那里搞钱的行为。王之英还曾说过："飘萍老师在京都，一方面倾心结纳同人，很有本事，团结了各方面的很多人。另一方面抨击敌人，挨骂的还得出钱。因为骂了之后，飘萍老师就上门去，敌人便诉挨骂之'苦'。老师听了付之一笑，说确有其事，挨骂难免。你要报纸不登，可以想办法停下来。实际上登门前就决定停下来了。受者一听可以停下来，就给报社送钞票。这就是飘萍老师整军阀、政客的一种经济手段。"

邵飘萍并没有因为收了钱就改变自己的主张，这也是军阀对他恼羞成怒甚至起杀心的主要原因。吃人嘴软，拿钱手软，对于哪一行来说，都算得上是一条底线，一旦逾越，就有招致不测的危险。飘萍之死因，恐怕就在于他逾越了这条底线——拿了人家的，却不嘴软，这是邵飘萍的个性，固然值得钦佩，但恐怕也有不妥之处，起码也过于犯险，他的殒命即与此有关。

邵飘萍：我的黑白两界

民国时代还有一个著名报人叫德柏，曾任《申报》总编，也曾因言贾祸而入狱数次，他就有一个明心见性的判断：邵飘萍最终"是为金钱自由而死"。

邵飘萍还做过一件大事，就是支持冯玉祥发动北京政变，又声援东北虎将郭松龄倒戈反张作霖，并强烈谴责"三一八"惨案段祺瑞政府对学生的屠杀，还发表了一系列详细报道和《首都大流血写真》特刊。当时《京报》一大张两整版的《京报特刊》，以厚厚的铜版纸精印，上面全是近期左右时局的重要人物的照片，异常醒目。在每个人物下面，邵飘萍亲自撰写了介绍语，如孙传芳是"时势造英雄首先倒奉"，张学良是"忠孝两难"，张作霖是"一世之枭亲离众叛"，如是等。令人肃然起敬的是，他同时也刊登了一张自己的照片，署以"本社社长邵振青"的字样，以示其光明磊落、敢于负责。北京的读者为《京报》大胆直言所吸引，踊跃抢购特刊。

据说张作霖读到这张报纸时，曾着人质问邵飘萍："我们常帮你的忙，何以这样不客气？"邵飘萍坦然作答："你们所帮忙的是邵飘萍，宣传张作霖是马贼的是《京报》，《京报》与邵飘萍并非一物。"听到这样的回答，张作霖陡然萌生杀意。

第二年，张作霖、吴佩孚、阎锡山的军队三面夹攻北京，冯玉祥被迫撤出京城。撤退之前，冯玉祥曾派人到邵飘萍家中，劝他暂避风头，邵明知将要面临难以回避的血光之灾，却执意不肯离开。当日《京报》上发表的《飘萍启事》，于是成了他的绝笔，也是他对这个世界的最后告白。

奉军进了北京城后，邵飘萍避入租界，张作霖买通他的三位好友将其骗回家，旋即以"赤化"的罪名被抓。北京新闻界的同人们闻讯后，立即着手营救，向先期抵达北京的张学良求情。张学良面对北京新闻界代表们的陈情，表示自己无能为力："逮捕飘萍一事，老帅和子玉（吴佩孚）及各将领早已有此种决定，并定一经捕到，即时就地枪决。"并说："飘萍虽死，已可扬名，诸君何必如此，强我所难。"

若怀疑邵飘萍作了"有偿新闻"，那么，尽可以审判飘萍的受贿罪、毁谤罪乃至勒索罪，但邵飘萍却未经法院审判即被处决。北洋政府统治中国十数年，在北京这个"首善之区"，不依法律程序抓来就杀，便以"绿林"出身、赳赳武夫的张作霖为滥觞。新闻记者公开被处死刑，这也是民国以来第一次。

1918 年 10 月，邵飘萍一手创办的《京报》，就在北京前门外三眼井诞生。八年之后，在 1926 年 4 月 26 日凌晨，他被押赴在前门大街南端的天桥刑场，一缕英魂就此飘散。他一生崇尚壮烈，充满困厄、流亡、缉捕、囚禁，面临生死大限，已然是俯仰无愧了。临刑前，警厅宣布他的"罪行"为："京报社长邵振青，勾结赤俄，宣传赤化，罪大恶极，实无可恕，着即执行枪决，以照炯戒，此令。"邵飘萍大丈夫气概依旧，他含笑拱手，一句"诸位免送"，表现了一种令人低回不已的尊严，足以令人数十年后仍临风怀想，好一个乱世传奇！

从杭州《汉民日报》，到《申报》驻北京特派记者，再到独立创办《京报》，邵飘萍在一个没有路的地方坚持找路，他不肯摧眉折腰、低首下心，敢于放胆在文章中将自己整个摆进去，也逼迫对方无可推诿地现身于大庭广众之前。他在一个没有自由保障的地方，放任自己享受着追寻、实践自由的快乐，在风险莫测的时局中，难能可贵地保持着自己独立的人生抉择。在一个充满不安的乱世，他以自己最后的蒙难，完成了作为中国报界先驱者的形象，昭示了中国新闻自由的漫漫长路，也给后来者树起了一块鲜明的路标。

在邵飘萍身后，北京新闻界被高压管制，鸦雀无声。但是在上海等地，他的朋友、同学、同行包括胡政之、张季鸾、陈布雷等人都发表了纪念文章，社会各界、各团体纷纷发表通电和宣言，谴责军阀杀害报人、扼制新闻自由的行为。两年后，北洋政府垮台了。邵飘萍的夫人汤修慧女士亦是一位刚毅不凡的奇女子，在她的主持下，《京报》再次得以出版，汤修慧亲自担任了《京报》的社长，还撰写了《京报二次复活宣言》，表达了继承夫志的决心。时人曾将《京报》称为"夫妇之报"。七七事变后，汤修慧关闭报馆离开北平，《京报》从此停刊。

青史分谤，责有攸归。回望前尘，关于邵飘萍那一幕幕鲜为人知的传奇逸事，在历史或零散或完整的记忆中生动再现。在时间的霜刀风剑下，邵君笔底风云，一生家国，是耶非耶，都已是大江东去，空见青山如壁，旧事总是唤不回了。

鲁迅：

雨天里，那些沉郁的琐屑

    北京这座城市对于鲁迅来说，具有格外重要的意义。在他年轻的时候，他决意离开死气沉沉的故乡，"走异路，逃异地，去寻求别样的人们"，除了故乡绍兴，北京就是他在国内居留时间最长的一座城市。鲁迅在这里发出他的第一声"呐喊"，也曾长久地陷入"彷徨"。他在这里与不同阵营的学者展开激烈论战，也在这里结识日后的爱侣许广平。所以北京对于鲁迅来说，是一座"有故事的城市"。

    最早的时候，鲁迅这个外乡人寄住在绍兴会馆。他是一个很注重家庭亲情的人，过不惯这样茕独的生活。他在《呐喊自序》中写道："S 会馆里有三间屋，相传是往昔曾在院子里的槐树上缢死过一个女人的，现在槐树已经高不可攀了，而这屋还没有人住。许多年，我便寓在这屋里钞古碑。客中少有人来，古碑中也遇不到什么问题和主义，而我的生命却居然暗暗的消去了，这也就是我惟一的愿望。夏夜，蚊子多了，便摇着蒲扇坐在槐树下，从密叶缝里看那一点一点的青天，晚出的槐蚕又每每冰冷的落在头颈上。"

客居北京七年，鲁迅也实在想有一处自己的房子。1919年，他回到绍兴，变卖了绍兴老家的旧宅。回京后，他看过了十多处房址，最后用三千五百块大洋买下了八道湾11号一套三进四合院。他还特意接入了当年还十分罕见的自来水系统。这样，他在北京有了自己的家。

鲁迅对这个新家很是看重，亲自设计督修，忙了整整十个月。周作人倒是很轻松，他带着太太羽太信子和孩子，一路游玩着从日本来到北平。此时八道湾的新家尚未完工，鲁迅只好安排他们住在相识的一户人家里。

到了年底，为了接母亲、朱安和三弟建人一家，鲁迅在严寒中回到了阔别多年的故乡。他看到了凋敝颓败的乡村、满面悲苦的农民，还有儿时的伙伴章闰土。闰土刚刚年过三十，却满脸皱纹，形容麻木。鲁迅百感交集，一年后，他在八道湾写下了名篇《故乡》。

就这样，这一家老小打破"越人安越"的习俗，举家北移，搬入了北京八道湾宽绰而豁亮的新宅，十二口人的大家庭倒也其乐融融。鲁迅这个长子实现了自己的誓言，使中道败落的家庭有了中兴的气象。可以推想，在八道湾，1920年的新年钟声敲响的时候，那里的气氛一定是团圆祥和的。

当年的八道湾，可是个非常安适的去处。那里"颇富野趣，特别是夏天，地处偏僻，远离市廛，庭院寂静，高树蝉鸣，天气虽热，感觉清爽"（谢兴尧《回忆知堂》）。八道湾11号院是一个大宅门的格局，分正院、后院和西跨院三进，鲁迅还在屋前栽植了松树、枣树、丁香和青杨，院内安详宁静，花影扶疏。进门可见影壁，里面"纸窗敞院，静谧帘栊"。当时鲁迅与母亲、朱夫人住在前院的大北房，周作人的"苦雨斋"在后院，从北房左侧可进。

院内还有一块宽敞的空地，地势低洼，一下雨，屋顶的元宝脊和花草砖就不停地向下淌水，"沙沙"地一片声响，不久就会汪成一个小池塘。那里是鲁迅的侄儿们嬉戏的乐园。鲁迅当时没有孩子，他对几个侄儿尤其疼爱。当初相中了八道湾，一是看上了这里的古朴安静，还有就是院中有池塘有空地，可以作为侄儿们玩耍的地方。年将不惑的他很是渴望家庭的温暖，尽管夫人朱安的到来让他的内心百味杂陈。1906 年，鲁迅奉母亲之命与朱安成婚，却一直与她分居。"这是母亲送给我的礼物，我只能好好地供养她。爱情是我所不知道的"。

当夕阳在池塘中浮动的时候，鲁迅喜欢沿着胡同里的灰墙漫步。那时候，胡同西口的赵登禹路还是一条明河，而八道湾也还是一条名副其实蜿蜒曲折的小河汊子。

漂泊多年后，一家人终得团聚，鲁迅也可以把精力全部用于工作了。当时的他已经是新文化运动的中坚人物，北大、北京高等师范学校等六七所学校相继聘他去授课。沈雁冰、郑振铎等人发起"文学研究会"，郭沫若、郁达夫搞"创造社"，鲁迅自己也参与创办《语丝》周刊，发起了"未名社"和"莽原社"。后来的"浅草社"和"春光社"，都将他看作引路人。

住在八道湾的日子里，鲁迅著译的成果也颇为丰盈：时任

《晨报副镌》编辑的孙伏园，那时经常笑嘻嘻地跑到鲁迅家里，不屈不挠地向鲁迅"催稿"，一不小心便催出个《阿Q正传》。除此之外，鲁迅还在这里完成了《故乡》、《风波》、《社戏》、小说集《呐喊》、《中国小说史略》（上卷）及译文《桃色的云》、《工人绥惠略夫》、《爱罗先珂童话集》……

在周氏兄弟共处一院时，八道湾11号院俨然是京城文化人聚集的重镇，周氏兄弟先后邀请过蔡元培、胡适、沈士远、沈尹默、张凤举、徐耀辰、孙伏园、郁达夫、郑振铎、耿济之、许地山、钱玄同、许寿裳、章廷谦、马幼渔、齐寿山、萧友梅、刘半农、俄国诗人爱罗先珂……据沈尹默回忆，五四前后相当长的一段时期，每逢元旦，八道湾周宅必定邀请友人宴集，座中大部分是北大同人。俞平伯曾写过一首《忆录京师坊巷诗——八道湾》："转角龙头井，朱门半里长。南枝霜外减，西庙佛前荒。曲巷经过熟，微言引兴狂。流尘缁客袂，几日未登堂。"此诗点出了八道湾附近的几个地标："龙头井"在什刹海西边，"朱门"指的是庆王府，"西庙"则是护国寺。

鲁迅对弟弟周作人感情很深。从小康人家而坠入困顿，曾经一起在墙角捉蟋蟀的兄弟二人看到了人世的真面目，只好去上被当时人看不起的"将灵魂卖给鬼子"的洋务，同到日本留学。在日本，两人同居一室，还同去听鲁迅极为仰慕的章太炎先生的中文课。二人一起筹办《新生》，合译《域外小说集》，兄弟间连写作、翻译的署名都是不分彼此。

"谋生无奈日奔驰，有弟偏教各别离""夜半倚床忆诸弟，残灯如豆月明时"（鲁迅《别诸弟》）——这是鲁迅在南京求学时写给弟弟们的诗。鲁迅在教育部任职，周作人住在绍兴老家，四年间相互通信非常频繁，往返极繁，可见兄弟情深。兄弟见面时，常"翻书谈说至夜分方睡"。当他们天各一方时，便以诗唱和，彼此牵挂不已，用鲁迅唱和周作人诗跋中的话说："盖未有不悄然以悲者矣。"

"长兄如父"，鲁迅从少年时就处处呵护、关心周作人。1909 年 3 月，周作人与比他小三岁的羽太信子在日本结婚。婚后开支大了，为了国内的老母和弟弟，鲁迅牺牲了自己的事业，放弃了去德国深造的念头，提前回国谋职，来供养尚在日本留学的周作人和他的日本家属。1917 年周作人回国后，鲁迅向蔡元培力荐，周作人才有机缘到北大讲授欧洲文学史。

自 1919 年 11 月 21 日迁入八道湾后，周氏兄弟经常一起出游、购书、饮茗、赴宴。三兄弟各有家小，却共财共餐，由周作人的妻子羽太信子总管家政。那位自视为"名教授的太太"的羽太信子，虽然也是穷苦出身，然而到中国后，她出门必坐汽车，买来的东西必须是日货，家里雇用的管家和工仆就有八人之多，这个大家庭逐渐入不敷出。

有一次，周作人对鲁迅说，信子要把自己的父母从日本接来，鲁迅感到很是不可思议，自己多年以来辛苦养家，已是尽了全力，而信子在日本还有别的兄弟姐妹，为什么一定要千里迢迢地接到中国？周作人性格很懦弱，没有说服兄长，他在太太那里就没有好日子过。

不过，尽管那位控制了兄弟俩大部分薪水的日本管家婆花钱如流水，但周氏兄弟在八道湾还是度过了一段平安喜乐的日

鲁迅：雨天里，那些沉郁的琐屑

子。即使是在失和的当月上旬，他们还一同去过东安市场和东交民巷，足见他们感情之深。

安泰舒心的日子总是很短暂。1923年7月，鲁迅与周作人的关系一下子破裂了。7月14日，鲁迅在他的日记中这样记载："是夜始改在自室吃饭，自具一肴，此可记也。"7月19日，周作人拿着一封信走到鲁迅房中，一言不发放在桌上，转身就走。

看周作人的文章，会觉得他胸怀淡泊、见识卓超，然而在日常俗事的处理上，他总会显得出人意表。这封信里写道："鲁迅先生：我昨日才知道——但过去的事不必再说了。我不是基督徒，却幸而尚能担受得起，也不想责谁——大家都是可怜的人间。我以前的蔷薇的梦原来都是虚幻，现在所见的或者才是真的人生。我想订正我的思想，重新入新的生活。以后请不要再到后边院子里来，没有别的话，愿你安心，自重。7月18日，作人。"

这封绝交信是不是写得很漂亮？周作人文字很克制，也保持着他一贯澹然淡雅的风格，内里却有着一种刻骨的伤痛和恨意，足以给自己最亲的人以致命一击。

周氏兄弟的失和与周作人的夫人信子与鲁迅之间的矛盾有关。细察之下，仿佛又与家庭经济开支过大有很大的关系。鲁老太太曾对人说："大先生对二太太当家，是有意见的，因为她排场太大，用钱没有计划，常常弄得家里入不敷出，要向别人去借。"而鲁迅也曾对许广平说过：在八道湾的时候，我的薪水全部交给二太太，连同周作人的在内，每月约有六百元，然而大小病都要请日本医生来，过日子又不节约，所以总是不够用，要四处向朋友借，有时候借到手连忙持回家，就看见医生的汽车从家里开出来了，我就想，我用黄包车运来，怎敌得过用汽车运走的呢？

可见周家在八道湾的生活的确是过于奢侈了。

半个月后，鲁迅从八道湾搬走了，在砖塔胡同61号暂住，与周建人的学生比邻而居。家事原本不足为外人道，也不好明确说出个谁是谁非，但兄弟失和，终是人生的伤痛。事发后的一个多月里，一向勤勉的鲁迅竟连一篇文章也没写出，还因此生了一场大病，几个月缓不过神来。他时常吐血，严重时只能以稀饭为食，不能正经吃饭。这时，鲁迅的母亲也生病了，想去医院，信子不答应，伤心的母亲哭着来找鲁迅。为了不让母亲受苦，鲁迅带病各处看房，向朋友借债，在阜成门内买下一套四合院。次年5月，鲁迅和母亲、朱安迁入阜成门内西三条21号新居。

八道湾的实际主人就已经是羽太信子了。鲁迅搬走以后，周建人又在那里住了一段时间，但不久后也去了上海。鲁迅当时说过一句话：八道湾就剩下一个中国人了。这年6月，鲁迅回八道湾欲取出自己的东西，不料周作人夫妇"突出詈骂殴打"。从那以后，鲁迅再没有回到过八道湾。周氏兄弟彻底撕破了脸皮，各自走上了截然不同的道路。"东有启明，西有长庚"，他们从此互为参商，永不相见。

与弟弟反目，使鲁迅原本沉郁孤寂的内心受到了一次重创。后来他取了一个笔名"宴之敖者"，又简称为"宴敖"。"宴"字里面有一个"宝盖头"，即代表"家"字，又有一个"日"字，还有一个"女"字，合起来是指"家里的日本女人"；"敖"字里有一个"出"字（按古字形），一个"放"字，合起来是"驱逐出来"的意思。

他是被家里的日本女人赶出来的——虽然鲁迅很少谈及此事，但这件事对他的刺激是刻骨铭心的。而自己最亲的弟弟，不加辨别地羞辱他，而且拒绝对话、拒绝沟通，这种绝情表现令鲁迅一生都难以释怀。

但生活总是要继续。鲁迅在阜成门内西三条21号的新居，是一座典型的小四合院，也是由鲁迅自己设计改建的。三间南房曾是客厅，西厢房为厨房，东厢房是佣工宿舍。三间北房，鲁迅的母亲住在东屋，中间是餐厅，西边屋是妻子朱安的卧室，鲁迅则住在北房屋后接出的那间被称为"老虎尾巴"的小屋里。

就是在这里，鲁迅遇到了许广平真挚、热烈的爱情。鲁迅说："异性，我是爱的，但我一向不敢，因为我自己明白各种缺点，深怕辱没了对方。"许广平则简洁明了地回复道："神未必这样想！"许广平后来在诗篇《为了爱》中写道："在深切了解之下，你说：'我可以爱。'你就爱我一人。我们无愧于心，对得起人人。"

没过多久，鲁迅离开了北京的"家"，与许广平一起南下。而朱安一直住在这里，直到终老。

1925年10月，周作人在《京报副刊》上发表了他翻译的古罗马诗人喀都路斯的一首诗，题目就是《伤逝》，并附有一幅原书插图，画着一位男子伸出右臂挥手道别，画面上写着"致声珍重"。这是诗人悼其兄弟之作："我走尽迢递的长途，渡过苍茫的灰土，作徒然的话别……我照了古旧的遗风，将这些悲哀的祭品，来陈列在你的墓上：兄弟，你收了这些东西吧，都沁透了我的眼泪，从此永隔冥明。兄弟，只嘱咐你一声珍重。"

借古罗马诗人的悼亡诗，周作人向兄长发出了各自珍重的信息，传递的是他与鲁迅兄弟阋墙、割袍断义、永不相见的伤痛。这时《京报副刊》的编者是孙伏园，鲁迅是他经常的撰稿人和每天的读者。

仅仅过了二十天后，鲁迅写了同名小说《伤逝》，完成后并未立即发表，而是收在 1926 年 8 月出版的《彷徨》集中。1963年，晚年的周作人在《知堂回想录》中说："《伤逝》不是普通的恋爱小说，乃是假借了男女的死亡来哀悼兄弟恩情的断绝的，我这样说，或者世人都要以我为妄吧。但是我有我的感觉，深信这是不大会错的。"的确，这部作品流露着悲哀、伤痛、苦闷的情调，很像是打着痛失兄弟的烙印。

最能体现周作人"闲适"风格的散文集《雨天的书》，也是在兄弟失和后写出来的。在《自序》里，周作人写道：

> 今年冬天特别的多雨，因为是冬天了，究竟不好意思倾盆的下，只是蜘蛛丝似的一缕缕的洒下来。雨虽然细得望去都看不见，天色却非常阴沉，使人十分气闷。在这样的时候，常引起一种空想，觉得如在江村小屋里，靠玻璃窗，烘着白炭火钵，喝清茶，同友人谈闲话，那是颇愉快的事。不过这些空想当然没有实现的愿望，再看天色，也就愈觉得阴沉。

鲁迅：雨天里，那些沉郁的琐屑

兄弟决裂后，从此知音难觅，那种孤独苦闷之心境跃然纸上。那绵绵苦雨，是现实中的冬雨，也在周作人的余生里不尽地飘洒着："冬雨是不常有的，日后不晴也将变成雪霰了。但是在晴雪明朗的时候，人们的心里也会有雨天，而且阴沉的期间更长久些。"

在鲁迅病逝后的第二天，周作人恰好有一堂《六朝散文》课，他没有请假，而是夹着一本《颜氏家训》缓缓地走进教室。在长达一小时的时间里，周作人始终在讲颜之推的《兄弟》篇。他的思绪始终漂浮在一个遥远的地方。下课铃响了，周作人夹起书说："对不起，下一堂课我不讲了，我要到鲁迅的老太太那里去。"学生们注意到，周作人的脸色是那样的悲痛和幽暗。

八道湾里的旧梦五味杂陈，那些错落叠加的故事，至今思之仍让人有风流过眼之感，直到今天仍余音不绝。在北京每一次路过八道湾，都想顺便去那一带找一找曾经的 11 号院，虽然明知那里早已面目全非了。北京的夏天槐花开得正旺，时值小雨，有绵绵的凉意。雨落风吹，槐花辄散漫一地，若有人问：究竟是想找鲁迅故居呢，还是周作人的苦茶庵？一时竟也难以回答了。

张恨水：

我与北京的"啼笑因缘"

　　说到 20 世纪 30 年代最走红的通俗作者，非张恨水莫属。

　　他的文字是很人间、很市井化的，当然也少不了佳人才子的旖旎风情、蕙心兰质。他心里也满是情缘未了、春梦无痕的故事，笔下凡涉及女性，也都免不了一点香艳。烽火离乱，姻缘聚散是他最好的素材，经由他的全力铺陈，人生的啼笑因缘此起彼落，有笑有泪，那些恩怨情仇牵动了无数男女的心思。

　　从《春明外史》初露锋芒到《金粉世家》的大红大紫，再到 1930 年《啼笑因缘》推出，张恨水在小说界的声誉已无可复加，1931 年便可称为"张恨水年"。时移事往，张恨水，全国读者深为爱戴，受欢迎的程度持续十年而不坠。

　　张虽是南人，在全国走红，却在北京起家，也依傍北京读者对《啼笑因缘》的认可，所以张恨水对北京感情极深。他曾说："北平是以人为的建筑，与悠久时间的习尚，成了一个令人留恋的都市。所以居北平越久的人，越不忍离开，更进一步言之，你所住久的那一所驻扎，一条胡同，你非有更好的，或出于万不得已，你也不会离开。那为什么？就为着家里的一草一木，胡同里一家油盐杂货店，或一个按时走过门的叫卖小贩，都和你的生活打成了一片。"

张恨水是在 1919 年，五四运动爆发的那一年来到北京的。张恨水祖籍安徽潜山。1914 年投稿时，截取南唐李后主"自是人生长恨水长东"句中"恨水"为笔名。本来，和那个时代的许多有志青年一样，他打算去新文化运动的前沿阵地——北京大学求学，做一个站在时代前沿的知识分子。但是，由于家道衰落，迫于生计，他不得不忍痛放弃去北京大学求学的愿望。等他到了北京以后才发现，糊口才是迫在眉睫的事情。

在张恨水的小说中，北京作为旧时帝都，不可避免地带有王者气象，同时又是悠闲的、趣味的，也是权力的角斗场，新文化的发祥之地，全国各地的人来到这里，或者求学，或者为官，或者找乐，无论新派抑或旧派，都可以找到自己的一席之地。北京有着巨大的包容性，正如张恨水的小说一样，是宽容的、博大的，容纳了社会生活的各个层面。

但是，初到北京的张恨水却来不及品味北京，他很快就进入了报界，当了一名编辑，并幸运地认识了办报高手成舍我先生。成舍我是《世界晚报》和《世界日报》两大京城报纸的主办人。他慧眼识英才，将张恨水招到他的麾下，他知道好钢要用在刀刃上，于是，他让张恨水主编"副刊"。

张恨水开始为报社卖苦力（他自谦是"新闻工作的苦力"）。他连编带写，一人包办了全部稿件。小说、散文、诗歌、历史掌故、时评等，全部由他一个人操刀，这练就了张恨水"全能报人"的身家本领。在此过程中，张恨水有了一身非凡的小说写作才能，他先是小试牛刀，后来竟一发不可收拾，一代小说大家就是这样炼成的。

最初，张恨水认识北京的方式并不直观，在办报的过程中，各种各样的新闻逸事和报纸里的边角杂料都给他提供了一种认识北京的方式。在张恨水而言，北京就是一个"都市里的乡村"，它古朴、淳厚，算不得繁华，有闹亦有静，可以做个都市里的闲人，而这正是张恨水在文山字海的繁忙之外所追求的一种境界。所以，他对于北京有着真正的认同和欣赏，市民化的北京，风俗味很浓的北京，却因为有了他们这些外来人的加入，南腔与北调，新建筑与旧景物，新文化与旧传统，融合纠结在一起，让张恨水知之甚深而沉浸其中。以至于日本学者矢原谦吉曾说："张恨水，皖人，而其'北京气派'似较京人尤甚。"

张恨水在北京八年，他以一个外来谋生者的身份感受着北京，冷眼旁观着周遭的世态炎凉，却并没有老舍那样牵肠透心的切肤之痛。八年后，他开始推出《金粉世家》。这部小说自1927年2月起在张恨水主编的《世界日报》副刊上连载，历时五年，浩浩百万言。正是这部《金粉世家》，奠定了张恨水在中国通俗文学中的大家地位。而今天的人们，大多通过电视剧看到了张恨水笔下的民国初期的北京，以及那些人物的荣辱与悲欢。

《金粉世家》的读者群之广，是怎么想象都不为过的。这其中就有鲁迅先生的母亲鲁瑞。曾经有人问她："您觉得您儿子的

张恨水：我与北京的"啼笑因缘"

小说怎么样？"她回答："还可以，喜欢嘛……说不上。"但她却是张恨水的"小说迷"，鲁迅是个孝子，每逢有张恨水的新书出版，是一定要买回去送给老母亲看的。

1934年5月，鲁迅人在上海，老母却留在北京，他记挂着老母的这点小小的嗜好，在给母亲的信中说："母亲大人膝下敬禀者……三日前曾买《金粉世家》一部十二本，又《美人恩》一部三本，皆张恨水作，分二包，由世界书局寄上，想已到，但男自己未曾看过，不知内容如何也……"

鲁迅向来对于"鸳鸯蝴蝶派"的小说很有些鄙夷，因为它"迎合了小市民的趣味"，但他对张恨水本人却从未有过褒贬，只说从未看过。而张恨水如此高产的作家，应该当得上"小说大师"的称号了，其之所以在很长时间内被打入另册，有人说是因为鲁迅给张恨水戴上了"鸳鸯蝴蝶派"的"帽子"，现在看来其实不然，张恨水冤，鲁迅也冤，好在历史对此自有公论。

张恨水在北京当他的编辑，顺带着写他的小说，而把俗世生活看得天高云淡，名利和官位都不入他的法眼。但有时，官位也会自己找上门来。那还是在《金粉世家》问世之前。他的成名作《春明外史》，从1924年4月起，就在《世界晚报》的副刊"夜光"上连载。在小说的连载过程中，曾经出现读者在报馆门前排成长龙争购报纸的空前场面。当时张学良也在北京，看了《春明外史》后非常欣赏张恨水的文采，竟然自己找上门来，与张恨水交谈许久。后来张学良又多次登门拜访，并且提出了让张恨水去做官的想法。张恨水自然不会答应，就开玩笑地说："我们本来是朋友，做了官，岂不成了你的僚属？我不是做官的材料，还是当朋友的好。"

《春明外史》写的是20世纪20年代北平社会的世情风貌，以野史的笔法来描写北洋政府统治下的北平官场，以及社会上的种种腐败现象和不公，涉及北平社会的方方面面，其中的人物多达五百多人，三教九流，无所不包。上至总统、总理、军阀，下至妓女、流氓、小市民等，各色人物在这部长篇小说的故事空间中进进出出。

据人们推测，小说中的很多人物是有生活原型的，甚至有人把小说中的人物与当时社会上的风云人物进行了一番对号入座：魏极峰——曹锟，鲁大昌——张宗昌，时文彦——徐志摩，韩幼楼——张学良，舒九成——成舍我，何达——胡适，金士章——章士钊等。当时北平的许多普通读者，也都能从中找到自己的影子。所以，人人争买报纸，为的是知道个中人物结局如何，作者也从此名扬北京。

成名后的张恨水继续写他的小说，并继续体味着北京的春花秋月。但张恨水的北京并不像曹雪芹的金陵一样，只是一个虚晃着的背景。他的北京是实实在在的，许多的地理场景都在他的描述中触手可及，地理成为重要的符号。

比如，在《啼笑因缘》里，天桥是主人公樊家树结识唱京韵大鼓的沈凤喜、卖艺姑娘关秀姑之处。对沈凤喜来说，天桥是热闹的，又是贫穷的，这是她自由恋爱的地方，自有其泼辣的生气。什刹海、陶然亭是充满乡村风味的野游之地，而公园则是浪漫爱情的发生地。在《金粉世家》中，金燕西与冷清秋初遇在公园，次要人物如小怜与柳春江，梅丽与燕西的同学也

张恨水：我与北京的"啼笑因缘"

都是在公园初见。民国初年的北京，公园是一种浪漫的象征。

在张恨水那里，北京不仅是他自己的，也是金燕西冷清秋他们的，是军阀、阔太太和天桥杂耍把式们的，是一个回响着京韵大鼓余音的北京，是民国初年夕阳残照下的北京。

到了 1930 年，为了腾出时间专门从事小说创作，张恨水辞去了《世界晚报》《世界日报》副刊主编的职务，结束了自己的北漂生涯。并且，他还用所得稿费买下了大栅栏 12 号一处"足资歌哭于斯"的庭院，生活上总算可以安顿下来，有了"偷得浮生半日闲"的处所。

张恨水寓居的庭院并非位于今日前门外的闹市，而是坐落在僻静的后街。院内树木葱郁，浓荫遍地。张恨水又亲手补种了两棵杨柳、两棵珍珠梅、两株梧桐树，还有两株丁香。他的书斋又兼茶室，室外就是那两株丁香。每到盛夏时节，丁香花芬芳醉人，而室内则是茶香袅袅，分外怡神爽心。

有时也会应朋友之邀去茶社小聚。当时中山公园内有两家茶社非常有名，即长美轩茶社和上林春茶社。这两家茶社不仅茶好，而且还供应味美价廉的茶点，如长美轩的火腿包子、上林春的伊府面，还有因受到马叙伦先生赞许而闻名遐迩的"马先生汤"。张恨水和报界同人及文友们经常来这里小坐，每每品茗叙谈及至深夜，才踏着月色欣然而归。

还有一家著名的来今雨轩，也是张恨水品茗闲谈的好去处。来今雨轩在中山公园内，茶客几乎是清一色的文人及各界名流。鲁迅、钱玄同、胡适、周作人、林语堂、梁实秋、老舍等人，都曾流连于此。20 世纪 20 年代末，来今雨轩还办起了舞场。那时北京可以跳舞的地方很少，只有几家外国饭店有这种洋玩意儿。张恨水压根儿就不会跳舞，但常来这里的舞场茶座喝茶。一来在来今雨轩舞场用些茶点，只需花几角钱即可；二来也好在喝茶的同时一面看舞，一面聊天。有一回，他在那里闲坐，一时兴之所至，随手写下了一篇三百余字的短文，第二天就登载在《世界晚报》上，说是"大家来呀，到来今雨轩跳舞去"，像是在给来今雨轩做广告。其实在他，本意根本不在跳舞，享受的只是那份闲情而已。

张恨水流传最广的小说当推《啼笑因缘》，这部小说真可算得上是老幼皆知了。小说是应上海《新闻报》严独鹤的邀请而创作的。要想在通俗文学的大本营上海滩打开局面殊为不易，但张恨水善于把握上海读者的阅读心态，他写的仍然是北京，却投其所好，利用上海滩颇为盛行的武侠热，在自己最为擅长的社会言情题材中加入武侠的猛料。这一招非常灵验，一下子就击中了上海读者的阅读兴奋点，赢得了沪上读者的认同和喜爱。

这期间，上海还传出了"张恨水十分钟内到手几万圆稿费，在北平买下一座王府"的传闻。传闻虽然过于夸张，但也并非空穴来风。实际上，在与上海世界书局的总经理沈知方先生的一次饭局上，张恨水同意将《春明外史》和《金粉世家》两部小说交由上海世界书局出版，《春明外史》是一次性买断，《金粉世家》的稿费则分四次支付，每收到四分之一的稿子，就付一千圆。张恨水又答应专门为世界书局写四部小说，每三个月交出一部，字数是每部在十万字以上，二十万字以下，每千字

张恨水：我与北京的"啼笑因缘"

八圆。这样一顿饭下来，张恨水的确将有数万圆的进账，这就是坊间流传的"十分钟成交数万银圆"神话的真相。

第二天，张恨水果然拿到了《春明外史》稿酬（一次性买断）四千银圆（折合今天的人民币二十万元左右）的支票一张，这也就是所谓的"买王府"的钱了。张恨水回到北平以后，就买下了大栅栏 12 号的那所宅院。

由于《啼笑因缘》的轰动效应，张恨水无意中带动了北平的旅游业。对于那些外地的张恨水迷来说，天桥成了来京旅游的必经之地。在张恨水的小说和散文中，陶然亭、西山、天桥、什刹海、北海、先农坛等，这些地名是亲切而富有人情味的，看过小说的人，都会对这些地方情不自禁地心向往之。

张恨水尤其对陶然亭情有独钟：

在三十年前的京华游记上，十有八九，必会提到陶然亭。没到过北平的人，总以为这里是一所了不起的名胜……及至我到了故都，不满一星期，我就去拜访陶然亭，才大失所望……那里没有人家，只是旷野上，一片苇塘子，有几堆野坟而已……我在北平将近二十年，在南城几乎勾留一半的时间，每当人事烦扰的时候，常是一个人跑去陶然亭，在芦苇丛中，找一个野水浅塘，徘徊一小时，若遇到一棵半落黄叶的柳树，那更好，可以手攀枝条，看水里的青天。这里没有人，没有一切市声，虽无长处，洗涤繁华场中的烦恼，却是可能的。

张恨水对北京有一种浸透骨髓的爱，爱之越切，也就观之越细，察之越深。他写北京的居室、胡同、花草、年节、市声等，都弥漫着一种深远的意绪，展现了一种宁静高朗的境界。

他写男欢女爱，总是风花雪月你侬我侬，这在当时那个年代似乎有些不合时宜，所以，他被归入"鸳鸯蝴蝶"一派。也许苦难和血泪更接近文学的本原，所以，张恨水的小说只能归于通俗文学一类。但是，他以通俗文学的笔法娓娓道来的众生相，以及风花雪月背后的社会真实，却比血泪斑斑的"苦难文学"更有生命力。张恨水自己这样解释他之所以写爱情："我不是为写爱情而写爱情，我写爱情是为揭露现实的丑恶、黑暗和无情，把美的东西撕碎给人看，就能吸引读者读下去。"

有一组数字令人惊异：张恨水一生办报四十年，写小说三千万字，散文四百万字，曾同时在十家报纸上开辟长篇小说连载专栏。文字生涯是个苦差事，但张恨水却挥笔有如神助，让人不得不怀疑，这架"文字机器"何以生产出那么多脍炙人口的篇章呢？

张恨水晚年时曾坦言：

> 我虽然现在天天发表文字，却只有两个目的，其一是混饭，其二是消遣。混饭是为职业写字，消遣是为兴趣写字——四十年记者生涯，以字当米一颗颗蒸了煮了吃了，甘苦自知，悲喜两忘。写字就是营生罢了，如同摆摊之类的小本生意，平淡如斯，实在如斯。

张恨水：我与北京的"啼笑因缘"

看来，这是一个深得文字游戏之乐的作家：一种可以谋生的文字消遣，玩字玩文，娱人娱己，一玩就是一生，这才是真正的职业作家。而他的"粉丝"，上至鸿儒下至白丁，几乎一网打尽。据说当年陈寅恪眼盲之时，曾专门请人为他朗读《啼笑因缘》，听得有滋有味。

张恨水与北京的因缘却是平淡的，平淡中有一种从骨子里透出来的深情。"为了北平人的'老三点儿'——吃一点儿，喝一点儿，乐一点儿，就无往不造成趣味，趣味里面就带有一种艺术性，北平之使人留恋就在这里。"他留恋北京，写了那么多北京的人和事，但他并不以为荣。唯一引以为骄傲的是自家在北平住的大宅子，是用稿费换来的，院里有枣树、槐树、樱桃树、桑树、丁香……他喜欢"隔着大玻璃，观赏着院子里的雪和月，真够人玩味"。

写小说是混饭的，散文嘛，按他的说法，是"急就章应景的补白"而已。所以，除了那所大宅子，他了无牵挂。对于自己的鸿篇巨制，他满不在乎，不在乎能否传世，也不在乎有人盗版："等我进了棺材，有人把《明珠》当金科玉律，我也捞不着一文好处；有人把《春明外史》换取洋灯，我也不皮上痒一痒。"一副我死后，哪管洪水滔天的架势。这倒是与北京的冲淡平和合作一处了。

在任何一个时代，大历史都是难以收买人心的，倒是小说家以真真假假的笔触书写一个时代的种种啼笑因缘，反而真实地透着历史的脉息。风月宛然无异，而人间却是早已暗换了芳

往事随风：旧北京的那些人那些事

华。再回头看张恨水那些老练沧桑的世情小说，看他一幅场景一幅场景地从容描绘一个似曾相识的城市，就像一个时代在百年后诉说它自己。如果你愿意，还可以做一个有关老北京的印象派之梦，只是梦犹酣畅，人已远离。

林语堂：

北京人的戏性精神

1934 年春天，身在北京的林语堂开始写作《吾国吾民》。他身材不高，有一副南方人的清秀面孔，戴着圆框眼镜的他总是面露微笑，头发梳得一丝不苟。那时候他还穿着长袍，看起来很有几分飘逸。他三十九岁了，是三个孩子的父亲，讲起玩笑来总是没完没了。

这位浪迹天涯、学贯中西、见多识广的饱学之士，最倾心的还是北京城。他曾经这样评价北京："不问是中国人、日本人，或是欧洲人——只要他在北平住上一年以后，便不愿再到别的中国城市去住了。因为北平真可以说是世界上的宝石城之一。除了巴黎和（传说中的）维也纳，世界上没有一个城市像北平一样的近于思想，注意自然、文化、娇媚，和生活的方法。"在《老北京的精神》中他又如是说："北京曾经是世界上最大的开放性的都城之一，它吸引着来自世界各地的人们。巴黎和北京被人们公认为世界上两个最美的城市，有些人认为北京比巴黎更美。几乎所有到过北京的人都会渐渐喜欢上它，它的难以抵御的魅力恰如其难以理解和描绘的奥秘。"

1941 年，他在《语堂随笔》中发表了一篇文章——《迷人的北京》，对北京的殷殷切切之情透于纸背。1961 年，他又在美国纽约皇冠出版社出版英文专著《辉煌的北京——中国在七个世纪里的景观》，翻译成汉语足有洋洋二十七万言。在书里，他把北京情调与北京人的生活艺术娓娓道来，讲述得亲切体贴，琐琐屑屑的，如数家珍一般。

在林语堂眼里，一切北京的家长里短、烦杂琐事，都是文化，都是艺术，亟待人的发现与诠释。而他自己，就是一个优秀的诠释者。值得注意的是，他并不是以一个旁观者的姿态，向强势的西方文化提供一个猎奇的目标，而是自得其乐的、不无自恋色彩的自我美化与展示，他笔下的北京，是舒适、贵族气，甚至文人化的。从这个意义上说，林语堂是面向西方世界，做着东方文化的守望者。

林语堂对于古老的北京，有着非常复杂的情感。他用这样的比喻来形容北京的复杂性："北京正如一棵伟大的古树，它的树根深入泥里，从土壤中吸取营养料。生活在它的荫蔽下以及依附在它的树身和枝叶上的是数百万的昆虫。那些昆虫怎能知道这棵树多么大，它怎样生长，它深入地下多么深，以及住在那边的枝叶上的什么昆虫？一个北京的居民怎能描写北京这样古老，这样伟大的城市？"

北京之所以伟大，在于她包容一切的气量，"北京像一个伟大的老人，具有一个伟大的古老的性格。因为城市正如人物一样，有他们的不同的性格。有些粗陋而鄙野……北京是广大的。她荫容了老旧和现代的，自己却无动于衷"。

北京虽然古老，虽然博大宽容，可以容纳万事万物，可它真的无动于衷吗？真的可以不受时间与历史的侵蚀吗？林语堂写这篇文章时已经身在美国，在异国他乡忆念古都北京，不免带有时空间隔的美化与幻想。旧街陋巷里的苦涩人生，被无奈地艺术化了。对于大多数书写北京的作家来说，那个中西合璧、新旧交替的大城，仿佛是寄托情思、魂牵梦萦的精神故园。

一座城，一些人，是构成北京魅惑力的主要因素。林语堂觉得，还是人的因素更为深层、更为根本："那些宫殿的确可以吸引游客，而北京的真正魅力却在于普通百姓，在于街头巷尾的生活。人们永远也不会理解究竟是什么使北京的穷苦百姓如此乐天而自信，原来这是他们的天性使然。"北京人天生具有幽默感与很强的自信心，这样的普通人正是这座城市坚不可摧的生命力所在。

北京的平民生活清苦但其乐融融，就连人力车夫也保持着知足常乐的生活态度，他们虽穷但"黄包车夫们滔滔不绝地说着笑话"，一般平民也总在门前养花种草，每天早晨都会散步遛鸟，悠哉悠哉。"人们生活简朴，无奢求，易满足"，这种身处贫穷却乐而忘忧，快乐悠闲的生活，正是北京这座老城最迷人的地方。

在《老北京的精神》一文中，结尾部分是这么写的："什么东西最能体现老北京的精神？是它宏伟、辉煌的宫殿和古老的寺庙吗？是它的大庭院和大公园吗？还是那些带着老年人独有的庄重天性独立在售货摊旁卖花生的长胡子的老人？人们不知道。人们也难以用语言去表达。它是许多世纪以来形成的不可名状的魅力，或许有一天，基于零碎的认识，人们认为那是一种生活方式。那种生活方式属于整个世界，千年万代。它是成熟的、异教的、欢快的、强大的，预示着对所有价值的重新估价——是出自人类灵魂的一种独特创造。"

也许老北京的精神过于强大，就连林语堂这样的语言大师也有些捉襟见肘，甚至有些语焉不详。但林语堂的北平素描却是真真切切的，真切得让人如临其境，如闻其声。他的文字仿佛残存于世的碑文，记录了老北京的日常风情：

有令人惊叹不已的戏院、精美的饭馆子、市场、灯笼街、古玩街，有每月按期的庙会，有穷人每月交会钱到年节取月饼蜜供的饽饽铺，穷人有穷人的快乐，有露天的变戏法儿的，有什刹海的马戏团，有天桥儿的戏棚子，有街巷小贩各式各样唱歌般动听的叫卖声，串街串巷的剃头理发匠的钢叉震动悦耳的响声，还有串街串巷到各家收买旧货的清脆的打鼓声、卖冰镇酸梅汤的一双小铜盘子的敲振声，每一种声音都节奏美妙；可以看见婚丧大典半里长的行列，以及官轿及官人跟班的随从；可以看见旗装的满洲女人和来自塞外沙漠的骆驼队，以及雍和宫的喇嘛、佛教的和尚；变戏法儿中的吞剑的、叫街的、与数来宝的唱莲花落的乞丐，各安其业，各自遵守数百年不成文的传统规矩，叫花子与花子头儿的仁厚，窃贼与盗贼的保护者。清朝的

林语堂：北京人的戏性精神

广渠门外的骆驼队

官员、退隐的学者、修道之士与娼妓、讲义气豪侠的青楼艳妓、放荡的寡妇、和尚的外家、太监的儿子、玩儿票唱戏的和京戏迷，还有诚实恳切风趣诙谐的老百姓。

这就是30年代的北平，混乱的时空中新旧交替，中西杂陈，却又亲切温暖。在林语堂笔下，北平的本真意味根本不在那雄伟壮观的楼宇殿堂，却在皇城脚下色彩斑斓的日常生活场景中：小吃、买卖、戏法、婚丧嫁娶等。诚然，层峦叠嶂的宫墙庙宇背后，掩饰不住没落帝国的万千气象，不过，真正体现北京城的文化质地及底蕴的，却是这些日常的细节与物事，对于老北京文化精神的把握恰恰来源于最庸常的生活享受。正如林语堂自己说："一个城市绝不是某个人的创造。多少代人通过自己的生活方式和创造成就给这个城市留下宝贵遗产，并把自己的性格融于整个城市。朝代兴替，江山易主，可北京老百姓的生活依然如故……城市永在，而他们的人生岁月转瞬即逝。可见任何城市都要比一时主宰它的人伟大。"

晚年的林语堂说："生活要简朴，人要能剔除一切不需要的累赘，从家庭、日常生活，从大自然找到满足，才是完备的文明人。"作为小说家、散文家、思想者、语言学家和"世界公民"，林语堂身处最繁华的都市，内心却向往乡村或田园之美，力求在精神上回归到本真状态。在北京，他找到了都市与乡村的契合点，并为此津津乐道。

在《京华烟云》完稿以前，林语堂曾于 1937 年 8 月 15 日在《纽约时报》发表短文，向美国读者推介北平。此时北平已陷入日人之手，但在林语堂眼里，却依旧是恬静的、迷人的。"像一个国王的梦境"，"一个饮食专家的乐园"，"是贫富共居的地方"，"是采购者的天堂"，有"旧的色素和新的色素"……最重要的是，"北平是一个理想的城市，每个人都有呼吸之地，农村幽静与城市舒适媲美"。在此后发表的《京华烟云》中，他也着意刻画了一个田园与都市结合体的北京。在北京，呼吸的是文化气息，看到的是自然的田园般的景物，又不乏现代都市生活的舒适与便利。林语堂眼中的北京是奇妙的，"山丘、树木、宫殿构成了一组迷人的景色，色彩之组合极为神奇！"自然景观和帝都气象的融合，传统与现代的交汇，北京在林语堂的心目中，简直成了超越时空的"乌托邦"。

在林语堂那里，构成"北京个性"的，是三大要素的综

林语堂：北京人的戏性精神

合——自然、艺术和人的生活："三个重要因素，结合起来便赋予了北京独有的个性：自然、艺术以及人们的生活。大自然提供了良好的自然环境，人类艺术体现于装饰北京的那些塔楼、宫殿；人们的生活方式、贫富状况、风俗习惯和节庆活动决定了城市生活是舒适、闲逸、富有朝气，还有充满了斤斤计较的、赚钱狂似的商贩们的喧嚣与粗俗。幸运的是北京的自然环境、艺术与人们的生活协调地结合在一起。北京的魅力不仅体现于金碧辉煌的皇朝宫殿，还体现于宁静得有时令人难以置信的乡村田园景象。就是从这样的城市中，人们既为它的艺术格调、建筑风格和节日风采而兴奋不已，同时也会享受到一种宁静的乡村生活。"

在老北京，人们常常可以看到这样的场景：初春的阳光温暖又清朗，院子里花木扶疏，风轻气爽。老爷子斜靠在藤椅上晒太阳，地上摊了一地的线装书。这样一种和谐的生态是林语堂和许多现代人所追求的，但这已经是遥远的梦境了。

最后可以说一说《京华烟云》了。《京华烟云》是林语堂1938年8月至1939年8月旅居巴黎时，用英文写就的长篇小说，英文书名为 *Moment in Peking*，《京华烟云》是它转译为中文后的书名，另有译本名为《瞬息京华》。

小说讲述了北平几个家族从义和团运动到抗日战争这段历史时期，几十年的悲欢离合和恩怨情仇，其间穿插了当时影响中国的重大历史事件，如袁世凯篡国、张勋复辟、直奉大战、军阀割据、五四运动、"三一八"惨案等。这部小说犹如一幅民国时期京城的风俗连环画，折射出了特定历史时期北京乃至中国社会的离合悲欢。

小说中出现的各色人等都是当时不同类型的中国人的代表，随着革命的到来和时代的发展，曾经辉煌一时的旧式人物逐渐失势，离开了历史舞台，如富贵一时的曾家，不可一世的牛财神、马祖婆在清朝被推翻以后，境况都很凄凉；而新派人物则开始翻云覆雨，如女主人公姚木兰的大女儿就有着典型的五四学生作风，在新的时代演绎着新的人生轨迹。另外，更多的则是在新旧交替中不断改变思想的众人，包括曼娘、立夫、莫愁……他们慢慢地去理解和适应这个不断变革中的社会，最终获得了内心的安宁。

繁华散尽的官场，一晌贪欢的欢场，林语堂道不尽自己的无限感喟。由于《京华烟云》表现的是乱世中的芸芸众生，其中悲天悯人的韵致，与芸芸众生同苦同悲的情态，带有一点西方式的温情，因而被美国《时代周刊》称为"极有可能成为关于现代中国社会现实的经典作品"。然而，无论他写得多么荡气回肠，多么波澜壮阔，"一切人生浮华皆如烟云"，"烟云过眼，去而不复念也"。故都的繁华旧梦，宁静的田园风光，浓郁的世态风情，这一切当真就随风而逝了么？

林语堂，一个历史的看客，一个温情脉脉的守望者。他的文字是河边的清风，是城池上的几株春草，于云淡风轻中触摸历史的脉息。《京华烟云》的血泪情仇，《吾国吾民》的从容镇定、兴致勃勃，都已将北京城的故事说透。旧京的一切都在他的记忆里沉积下来，化为浮雕，午夜梦回时，如同飘絮落下，围拢过来的是庞大的根须，上千年的光阴，上千圈年轮……那是林语堂心魂相系的文化领地和精神家园。

林语堂：北京人的戏性精神

胡适：

在容忍与自由的天平上

《论语》里曾经讲到，做人应有的境界是：质胜文则野，文胜质则史；文质彬彬，然后君子。胡适，这个"洋味扑鼻"的哥伦比亚大学的哲学博士，就有着这样平易的气质与儒者的风范。读胡适的书，感觉没有像读鲁迅那样的震动，没有梁任公少年中国说之气势，而像是与学养人品俱佳的和蔼长者，坐在书斋里慢条斯理地谈天说地。"多研究些问题，少谈些主义"，如此，硝烟味自然就淡了。

在北京城里来来去去的文化名人中，胡适的大起大落，也是富有戏剧性的。他生于1891年，1962年去世，享年七十余。十九岁时，他通过了前清华的庚款考试，先后留学于美国的康奈尔大学和哥伦比亚大学，曾师从于实用主义哲学家杜威。1917年5月，他完成了哲学博士的考试。蔡元培校长对这位"旧学邃密""新知深沉"的年轻人无比器重，再加上陈独秀的力荐，满腹西方民主思想的胡适博士出任北大哲学系教授。那一年，他二十七岁。

胡适早年受梁启超、严复的思想影响较大，他曾在自传中写道："优胜劣汰，适者生存的公式确是一种当头棒喝，给无数人一种绝大的刺激。几年之中，这种思想像野火一样，燃烧着许多少年人的心与血。"胡适这个名字就是这么来的。在回国前夕，他就在《新青年》杂志上发表《文学改良刍议》，古老的中国由此发生了一场影响深远的白话文运动，他还制定了标点符号，并第一个使用。我们今天通行的语体，亦得拜那场运动之赐。

胡适认为，新文学的生机在于民间："那无数的小百姓的喜怒悲欢，绝不是那《子虚》《上林》的文体达得出的。他们到了'酒后耳热，仰天叩缶，拂衣而喜，顿足起舞'的时候，自然会有白话文学出来。还有痴男怨女的欢肠热泪，征夫弃妇的生离死别，刀兵苛政的痛苦煎熬，都是产生平民文学的爷娘。"

从 1917 年至 1919 年，他与陈独秀等人一起领导了五四新文化运动，参加编辑《新青年》杂志，设计了新文化运动的宗旨与目标，是那一场轰轰烈烈的思想解放大潮中的思想先锋、时代领袖。他更新了中国的教育理念，关涉体育、音乐、读书、学生的修养与择业等，难以一一备述。唐德刚说："胡适之先生是现代中国最了不起的大学者和思想家。他对我们这一代，乃至对今后若干代的影响，是无法估计的。"也正因如此，在那个年代，识与不识者均以"我的朋友胡适之"作为向人炫耀的资本。

20 世纪 50 年代，中国大陆发起轰轰烈烈的批胡运动。然而随着时间的推移，胡适的思想越来越发出耀眼的光辉，他在几十年前的见解和预言，已经为世界的发展所证实。胡适研究重新成为一门显学。20世纪50年代对他的大规模批判，从另一个侧面证实了胡适的价值。

胡适爱才惜才是出了名的。当年蔡元培任北京大学校长时，便以"思想自由、兼容并包"为办学方针，延请二十七岁的胡适为北大教授，适之先生遂以青年暴得大名，"誉满士林"；三十年后，胡适就任北京大学校长，又以同样的慧眼和襟抱，委任年轻的季羡林为北大教授兼东方语言文学系主任。

他经常借钱给一些青年学生，资助他们出国，并说："这是获利最多的一种投资。你想，以有限的一点点钱，帮个小忙，把一位有前途的青年送到国外进修，一旦学业有成，其贡献无法计量，岂不是最划得来的投资？"

胡适和鲁迅的关系也叫人歆羡再三。鲁迅的《中国小说史略》出版了，胡适报以热情的夸奖，认为"这是一部开山的创作，搜集甚勤，取材甚精，断制也甚严，可以替我们研究文学史的人节省无数精力"。但是在1926年，胡适却遭到鲁迅一次莫名其妙的绝交。

当时鲁迅、周作人和陈西滢在《晨报》上发生了激烈的舌战，胡适出于好意，给周家兄弟写了封劝说信，言辞恳切，劝双方握手言和。没想到鲁迅此后便与胡适断交。1929年，胡适在给周作人的信里写了一段很有感情的话："生平对于君家昆弟，只有最诚意的敬爱，种种疏远和人事变迁，此意始终不减分毫。相去虽远，相期至深。此次来书情意殷厚，果符平日的愿望，欢喜之至，至于悲酸。此是真情，想能见信。"过后不久，在周作人的嘱托下，胡适帮助他的弟弟周建人在商务印书馆找到了一份工作。

此后，鲁迅又在多篇文章中抨击胡适，包括"胡适博士不愧为日本帝国主义的军师。但是，从中国小百姓方面说来，这却是出卖灵魂的唯一秘诀"这样的过激之语。可是，在胡适这一边，我们看到的始终是无言以辩。他对鲁迅始终保持着善意，对鲁迅的冷嘲热讽和他那绍兴师爷的脾气，则一律采取"老僧不见不闻"的态度，从不公开应战。

1936 年鲁迅去世后，苏雪林想表达一些对鲁迅不满的看法，胡适马上出来制止。他在给苏雪林的信中说："凡论一人，总须持平。爱而知其恶，恶而知其美，方是持平。鲁迅自有他的长处。如他早年的文学作品，如他的小说史研究，皆是上等工作。"他对傅斯年也曾说过："凡出于公心的主张，朋友应相容忍，相谅解。"鲁迅先生在九泉之下，看到他早年好友的这一段话，不知会有何感慨，但我却不得不更加佩服胡适的胸襟和修养。

1938 年 3 月，国民党政府三次致电在美国的胡适，敦请其出任驻美国大使。9 月 17 日，任命正式下达，胡适抵达华盛顿任职，从此正式从事战时的外交工作。抗战胜利后，国民政府任命胡适为北大校长。1946 年 8 月 16 日，胡适主持召开了北大行政第一次会议。两个月后，在北大举行的开学典礼上，胡适向全校学生发表演讲："我只做一点小小的梦想，做一个像样的学校，做一个全国最高学术的研究机关，使她能在学术上、研

胡适：在容忍与自由的天平上

究上、思想上有贡献。"同时希望学生们能够做一个独立研究、独立思想的人——"'独立'是你们自己的事，无论外面的思想环境如何纷纷扬扬，你自己思想不能独立，意识不能独立，仍然是奴隶，走上社会后只能被别人牵着鼻子走，丧失自我。"

美国在日本投下的两颗原子弹震惊了世界，也让胡适对中国的国防建设有了些新的思考。他想在北大建立一个原子能研究中心。1947年夏，他写信给白崇禧、陈诚："我今天要向你们两位谈一件关系国家大计的事……我要提议在北大集中全国研究原子能的第一流物理学者，以为国家将来国防工业之用。"胡适甚至已经满怀热忱联系了钱三强、何泽慧、胡宁、吴健雄、张文裕、张宗燧、吴大猷、马仕俊、袁家骝九人，这九人"皆已允来北大"。当然，这只是为中国的现代核物理起步超前描画的一幅梦想蓝图而已。

1948年12月，胡适匆忙离开北大，告别了战云压城的北平。他曾经对司徒雷登说过，自己最痛悔的事，就是在抗战胜利之后的这些年里，没有把精力和才能用在思想方面。

由于胡适在国内文化教育界的地位与威信，更由于他在美英等盟国政界与舆论界的巨大声望与影响力，国民党方面乃至美国方面都希望他做大使或外长，但是他连顾问性质的"总统府资政"都费尽口舌地婉拒了，这样的拉扯一直延续到国民党政府在中国大陆的最后崩溃。

他留恋的，倒是北京大学校长这个位置。在北大，他一共执教二十多年，经历了蔡元培的"新政"与蒋梦麟的"中兴"，对他自己一生的影响也非比寻常。胡适本人做校长的北大最后三年，亦是北大历史上最为艰难困窘、风雨飘摇的三年。在这之后，旧北大走进了苍茫的历史，以蔡元培、胡适为代表的自由主义教育哲学也在中国大陆宣告寿终正寝。

1949年4月，胡适自上海坐轮船赴美，从此再未回到大陆。每逢"五四"或北大校庆日，他都要与北大校友聚会，发表谈话，以示纪念。故国遥遥，风雨如晦，北大始终在他的梦中萦绕。

20世纪下半叶，形势陡转，胡适的形象一落千丈。当时他在纽约寓居，大陆和台湾先后进入了痛批胡适的"激情岁月"。胡适在纽约却乐得个逍遥自在，他有时间就陪着夫人打麻将，和穷学生讨论学问，同时亦不失其"宁鸣而死，不默而生"的独立与抗争的精神。1952年11月，胡适大发书生"脾气"，训斥蒋介石："台湾今日实无言论自由。第一无人敢批评彭孟缉（时任台湾警备司令）。第二无一语批评蒋经国。第三无一语批评蒋总统。所谓无言论自由是'尽在不言中'也。我说：宪法只许总统有减刑与特赦之权，绝无加刑之权。而总统屡次加刑，是违宪甚明。然整个政府无一人敢向总统如此说！"

可见这个自由派的知识分子并不是一个对国民党政府唯命是从的过河卒子，他的骨头也是硬的，当然是那种柔中有刚、绵里藏针的硬。他认为个人自由的获得，即是国家自由的实现："争你们个人的自由，便是为国家争自由。争你们自己的人格，便是为国家争人格。自由平等的国家不是一群奴才建造得起来的！"当然，他也反对脱离社会的个人主义："我们的根本观念是：个人是社会上无数势力造成的。改造社会必须从改造这些造成社

胡适：在容忍与自由的天平上
161

会、造成个人的种种势力做起。改造社会即是改造个人。"

胡适终身服膺民主、科学，并为这一目标奋斗终生。可以说，他是现代中国的"催生婆"之一。虽然政治上的"左"和"右"不断地撕扯着他，但他却非常明了自己的责任和目标。他超越了国家主义和党派之争，是一个当之无愧的世界主义者。他有一篇日记名为"大同主义之先哲名言"，日记中抄录了一些先哲关于"世界公民"的名言：

亚里斯提卜说过智者的祖国就是世界。

——第欧根尼·拉尔修：《亚里斯提卜》第十三章

当有人问及他是何国之人时，第欧根尼回答道："我是世界之公民。"

——第欧根尼·拉尔修：《亚里斯提卜》第十三章

苏格拉底说他既不是一个雅典人也不是一个希腊人，只不过是一个世界公民。

——普卢塔：《流放论》

我的祖国是世界，我的宗教是行善。

——T.潘恩：《人类的权利》第五章

世界是我的祖国，人类是我的同胞。

——W. L.加里森：《解放者简介》

这几乎可以看作他自我的宣言。

1962 年 2 月 24 日，胡适先生静静地走了。根据遗嘱，他留在内地的一百零二箱书籍和文件赠给北京大学。他的遗体上覆盖着一面北京大学的校旗。

朱学勤曾这样评论说："胡适始终以一种从容的态度批评着那个时代，不过火，不油滑，不表现，不世故。仔细想想，这样一个平和的态度，竟能在那样污浊的世界里坚持了六十年，不是圣人，也是奇迹。胡适的性格，与这一性格生存的六十年环境放在一起，才会使人发现，也是一件值得惊讶的事。"

事实的确如此，胡适不愿以暴力对暴力、以恶言对恶语。对于他的对手，他始终保持着真诚的尊重。他对师友微笑，对论敌微笑，对素不相识的人也同样微笑。他那经典的"胡适的微笑"，从不吝啬也从不矫饰，让"他的朋友"们无不如坐春风。他通过自己的言行，给国人展示了一种罕见的现代生活理念——这种理念是几十年间在阶级斗争的阴影中成长起来的几代人所深深匮乏的。世上一切丑恶的事物，用口号和激情是难以清洗的，只能用宽容与温情疗伤。

所以胡适会在今天被我们重新发现——世道莽苍中，他从不嫉俗愤世，总是和颜悦色；透过重重叠叠的政治"影像"，我们又见到了他温润的光芒——"山风吹散了窗纸上的松痕，吹不散我心头的人影"；那人影就映衬在半个多世纪前幽暗的夜空，将那时的月色折射到我们心头。

胡适：在容忍与自由的天平上

徐志摩：
一个诗人的云水襟怀

> 他长相英俊，是个很受欢迎的杰出青年诗人，对
> "中国雪莱"的雅称颇为自得。他常坐在我的客厅里高谈
> 阔论，一聊就是几小时。说话时好挥手，手势丰富优雅。
> 直到如今，一想起他，就预先想见他的手。他是北方人，
> 身材伟岸，仪表堂堂。他的手掌宽大，形状完美，且光
> 洁得像女人的手一样。

赛珍珠在自己的作品里曾这样回忆徐志摩，回忆这位生前
乃至死后都有争议的诗人。他悄悄地来，又悄悄地去了。但他
却在许多后世人的心里顽强地存在着。他有着强烈的民族意识
和爱国热情，曾向港英当局举报并最终破获一起毒品走私案件；
他曾经有过救国济世的凌云之志，曾关注并一度欲投身于中国
新农村的建设，如果不是在雾中撞机身亡，说不定他会在这个

领域有所成就。

他常常在日落时分，骑着自行车像夸父逐日一样疾驶在英国乡间的小路上，追逐着渐渐西沉的太阳。西天上的云彩覆盖下来，夕阳在云层里放射出万缕金辉。天和人离得很近，仿佛可以一直骑到云中去，这时，在金光万道的夕阳的光辉下，在原野之中，突然出现了一大群放牧归来的羊群。这一时刻，激烈的冲动，爱情的焦躁与渴望都消融了，徐志摩说自己只觉得眼前的这些事物，包括这千万缕的夕阳光辉，都有着神圣的境界，使他情不自禁地跪拜下去。

胡适说："徐志摩的人生观真是一种'单纯的信仰'，这里面只有三个大字，一个是爱，一个是自由，一个是美。他梦想这三个理想的条件能够会合在一个人生里，这是他的'单纯信仰'。他的一生的历史，只是他追求这个单纯信仰的现实的历史。"所以世人看到更多的，是他的诗文才情，是他孩子气的天真、不可救药的浪漫情怀，以及悲剧性的流星般的闪现。

他是一个富家子弟，却放弃唾手可得的经济学博士学位而离美赴英。他一生谢绝政府的邀请不愿当官，而愿意与平民百姓交好。他对人热情，富有同情心，活泼好动，长于交际。他有雄心，爱幻想，又容易陷入虚无的感受中。有时他想远离人间，忘掉苦恼，所以有时要到穷山僻野的寺院中去住，但却又不能忘情于世事。

留学美国、英国期间，徐志摩浸染罗素、嘉本特、曼殊斐儿等一流文化人的自由思想与人生观，"我不敢说受了康桥的洗礼，一个人就会变气息，脱凡胎。我敢说的只是——就我个

徐志摩：一个诗人的云水襟怀

人说，我的眼是康桥教我睁的，我的求知欲是康桥给我拨动的，我的自我的意识是康桥给我胚胎的。"在他的《猛虎集》序言中这样写着："……整十年前我吹着了一阵奇异的风，也许照着了什么奇异的月色，从此我的思想就倾向于分行的抒写，一份深刻的忧郁占定了我；这忧郁，我信竟于渐渐的潜化了我的气质。"这股奇异的风，铺展出了他的思想与日后人生的结局。

同时，他与北京的渊源也相当深厚，曾两度在北京大学任教。20世纪30年代的北大，在人文科学的领域上崇尚独立的精神，葆有自由的校风。徐志摩一方面受到北大自由民主的风气的熏陶，一方面也和胡适一道，带给北大文学思想上进一步的解放与启发。

那是一个很有激情的年代，一些著名的文学社团相继蜂起，有茅盾、叶圣陶等人成立的文学研究会，有郭沫若、郁达夫等人成立的创造社。1923年，徐志摩与胡适发起了第三个文学社团，他们在北京西单石虎胡同7号租了一个院子，成立了新月社，并创办了《新月》杂志。

杂志特意选用了颇有古意的"毛装本"，在方方正正的封面背后隐隐显露出不曾裁边的纸页，令人一窥这些"唯美主义"者的良苦用心。梁实秋后来回忆道："新月杂志的形式与众不同，是一多设计的。那时候他正醉心于英国19世纪末的插图画家壁尔兹莱，因而注意到当时著名的'黄书'（The Yellow Book），那是文图并茂的一种文学季刊，形式是方方的。新月于是模仿它，也是用它的形式，封面用天蓝色，上中贴一块黄纸，黄纸横书宋楷新月二字。"

"我们舍不得'新月'这名字，因为它虽则不是一个怎样强有力的象征，但它那纤弱的一弯分明暗示着、怀抱着未来的圆满。"徐志摩无比喜爱"新月"这个名称，以至于他和梁实秋等人在上海开书店，办刊物，店名为"新月书店"。至于"新月"的由来，有说是源于印度诗人泰戈尔的《新月集》，还有一说是源于陆放翁的诗句："传呼快马迎新月，却上轻舆趁晚凉。"

徐志摩为《新月》写了"创刊辞"，在这篇才情横溢的文字中，一种完整清晰的文学新主张已呼之欲出——"要从恶浊的底里解放圣洁的泉源，要从时代的破烂里规复人生的尊严——这是我们的志愿。成见不是我们的，我们先不问风是在哪一个方向吹。"

"几个爱做梦的人，一点子创作的能力，一点子不服输的傻气，合在一起，什么朝代推不翻，什么事业做不成？"(《致新月》)在石虎胡同7号，新年时有年会，元宵时有灯会，平常也有数不清的读书会、书画会、古琴会……新月社的成员们躺在舒服的沙发上，在一种怡情自娱的氛围里，品茶、喝酒、高谈文艺，或是痛陈国事。

> 我们的小园庭，有时沉浸在快乐之中；
> 雨后的黄昏，满院只美荫，清香与凉风，
> 大量的蹇翁，巨樽在手，蹇足直指天空，
> 一斤，两斤，杯底喝尽，满怀酒欢，满面酒红，
> 连珠的笑响中，浮沉着神仙似的酒翁——
>
> ——徐志摩《石虎胡同七号》

徐志摩：一个诗人的云水襟怀

以徐志摩为代表的新月诗派也就此出现，给当时的诗坛也带来了"一阵奇异的风"。包括闻一多先生在内，新月诸君大多为自由主义者。英国贵族化的唯美主义、印象主义、艺术至上的创作思想，给了他们决定性的影响，同时，他们又在形式上吸取了中国古典诗词、散曲、民歌的精华，对新诗的音节、韵律等进行了长期的探讨和实践，还结合现代诗歌的特点来表现新的情感、新的体验。就在那一时期，徐志摩开始被人称为"中国的雪莱"。他的作品《志摩的诗》《翡冷翠的一夜》《猛虎集》《巴黎的鳞爪》等至今遗惠世间，传诵人口。

徐志摩以其诗文获得不朽声名，却也因对自由与爱情的执著使其毁誉参半。人多指志摩多情、不专一，不过审阅他的爱情纪事，亦能发现他是在追寻短暂人生中真实的灵魂伴侣，追寻能为之生为之死的纯真恋人，与那些喜新厌旧的人自不可同日而语。不但公然发表离婚宣言，还写诗歌颂爱情。这使他成为民国史上寻求婚姻自主的开先河者。

对于中国人来说，沈三白与芸娘这一对算得上是婚姻的最好典范，"执子之手，与子偕老"，能一起享受柴米油盐的寻常生活之乐，亦是人们深切的盼望。在徐志摩三十五年的生命中，曾与三位女性有着斩不断的情愫。她们给予徐志摩文学创作灵感的泉源，也成为他人生悲剧的根源。说起情感一事若何，终归是"清官难断家务事"，旁人插不了嘴，唯有当事人才能心领神会，说得真切。不过冰心倒是说过这样一句公道话："谈到女人，竟是'女人误他'？也很难说。志摩是蝴蝶，而不是蜜蜂，女人的好处就得不着，女人的坏处就使他牺牲了。"

　　徐志摩原配夫人张幼仪，出身名门，秀外慧中，1915 年在浙江硖石老家奉父母之命，和徐志摩结成伉俪。婚前曾遭徐志摩拒绝，接下来徐志摩又与自己的父亲有过激烈争吵，但最后他不得不接受这桩没有爱情基础的婚姻。次年徐志摩就出外求学。知书达理的张幼仪留在家里，帮助公公掌财理家。

　　徐家是江南富商，家里开办有电灯厂、布厂、裕通钱庄等。1921 年张幼仪曾到英国陪读。这桩婚姻最后还是以离婚收场，1922 年 3 月，两人在柏林离婚，徐志摩还在国内发表了离婚宣言，宣示中国青年追求恋爱自由的新世纪已经到来，成为当时轰动一时的新闻。

　　接下来就要说到林徽因了。1921 年春，林长民赴英游学，同时送爱女到英国读书。徐志摩对正值芳年的林徽因一见钟情，林徽因则要求徐志摩先离了婚再来谈他们的婚事。但徐、张于1922 年 3 月协议离婚后，林徽因却已悄然随父回国，成了孤家寡人的徐志摩，随着他的浪漫天性陷入了一场空前的情感灾难。

　　后来林徽因与梁启超之子梁思成相爱，二人秉承梁启超之意，双双赴美读书，学成之后再结婚。林徽因和徐志摩刚刚有个美丽的开始便已结束，但其后二人为何又频频书信往返，当事人至死也未有说明。倒是张幼仪曾说徐志摩"到头来又是为了林徽因"，透露着徐志摩终其一生始终没有忘怀林徽因。而林徽因心底也深藏着对徐志摩的思念——据费慰梅讲："她（指林徽因）对我用流利的英语进行题材广泛、充满激情的谈话可能就是他们之间生动对话的回声，那在她作为一个小女孩在伦敦时就为她打开一个更广阔的世界。"当然二人间恋情真相究竟如何，至今依然是个谜团。

在认识陆小曼之前，徐志摩遇见了慧妍多才的凌叔华，她个性温顺善解人意，与徐志摩是"真能体会，真能容忍，而且真能融化"的知己，是真正了解徐志摩"灵魂想望"的朋友。她与志摩有过短暂交会，但不久便与北大外交系教授陈西滢结为连理。凌、陈结婚两个月后，徐志摩与陆小曼就结婚了。

对徐志摩后半生影响最大的是陆小曼。陆小曼的父亲陆宝曾是日本名相伊藤博文的得意门生，回国后任赋税司长达二十余年。1920年小曼父母选中曾留学美国西点军校、时就职于北平警察局的王赓为婿。不顾家人和朋友的劝阻，陆小曼最终离开了她的第一任丈夫王庚——这位曾与艾森豪威尔同学的青年军官。徐志摩和陆小曼在北平相识相爱，在家庭、老师、社会一片反对声浪中，徐志摩仍要执意地寻找自己的灵魂伴侣。他们在经受了许多痛苦折磨后终成眷属，又成为当时最轰动的社会新闻之一。

在北平的北海公园举行婚礼时，场面颇为壮观热烈，然而前来赴宴的胡适、梁实秋等好友对徐陆的婚后生活都充满了隐忧。更有意思的是徐志摩执意请梁任公证婚，任公说必须让他在婚礼上行训斥礼，徐志摩慨然应允。大庭广众之下，试看任公的证婚词：

> 志摩、小曼皆为过来人，希望勿再作过来人。徐志摩：你这个人性情浮躁，所以在学问方面没有成就，

你这个人用情不专，以致离婚再娶……陆小曼：你要认真做人，要尽妇道之职。今后不可以妨害徐志摩的事业……你们两人都是过来人，离过婚又重新结婚，都是用情不专。以后要痛自悔悟，重新做人！祝你们这一次是最后一次结婚！

婚礼上给予的不是祝福而是斥责，梁启超自己在给孩子们的信中讲到这件事情时颇为得意："在礼堂演说的一篇训词，大大教训一番，新人及满堂宾客无一不失色，此恐是中外古今闻所未闻之婚礼矣。"

徐志摩是梁的挂名弟子，按照梁启超的说法，怕他沉沦堕落，不惜在婚礼上给他醍醐灌顶，不过用费慰梅的观点说，林徽因是梁家内定的儿媳，梁启超不过是为了要保护他儿子的婚姻而敲打徐志摩罢了。

徐志摩跟陆小曼的结合，不仅仅只是追求和一个聪明俊俏女子共结连理那么简单，个性上的率真、浪漫，使他企望将自己的婚恋情事，当作一树盛大的美丽花事，演给别人看。他希望陆小曼与他一起完成"一般人做不到的事""实现一般人梦想的境界"。这正是徐志摩典型的性格与理想，他总是把刹那的光辉当作永恒，要将寻常婚姻"涂上不少璀璨壮丽的色彩"。

对此郁达夫曾有过很深入的剖析："志摩生前，最为人所误解。而实际也许催他速死的最大原因之一的一重性格，是他的那一股不顾一切，带有激烈的燃烧的热情。这热情一经激发，便不管天高地厚，人死我亡，势非至于将全部宇宙都燃烧成赤地不可。发而为诗，就成就了他的五光十色、鲜艳迷人的七宝楼台，使他的名字永留在中国的新诗史上。以之处世，毛病就出来了；他的对人对物的一身热恋，就使他失欢于父母，得罪于社会，甚而至于还不得不遗诟于死后。情热的人，当然不能取悦于社会，周旋于家室，更或至于不善用这热情的。"

而在陆小曼这边，因为徐志摩的"痴心相向，而又受到初恋的痛苦，而不愿让他失望"，舍弃了前一个没有真爱的夫君，换来了一个爱意浓密的徐志摩。一对佳偶情性相吸、感怀能通只能是第一步，现实生活的磨难，还在后面。

果然，新婚后的合欢未能长久，后来更是演化成没顶的悲剧。徐志摩离婚再娶，触怒父亲，断了经济后援，而陆小曼生活挥霍无度，更使得徐志摩终日为生活奔波而陷入枯窘。这些都注定了来日的摆荡飘摇。对于陆小曼奢侈的毛病，徐志摩婚前就在日记里规劝道："我不愿意你过分'爱物'，不愿意你随便花钱，无形中养成'想什么非要得到什么不可'的习惯；我将来决不会怎样赚钱的，即使有机会我也不干，因为我认定奢侈的生活不是高尚的生活。……论精神我主张贵族主义，谈物质我主张平民主义。"

然而久劝无效，他除了硬着头皮去挣钱，填补家中的那个无底洞外别无选择。应老友胡适之邀，他兼教于北大，赚些外快贴补家用。他还托朋友搞到了一张邮政飞机的免费机票，常在上海、南京、北京间飞来飞去。

陆小曼体弱多病，这又多了一笔巨大的开支。据陆定山的《春申旧闻》记述，陆小曼身体弱，得过晕厥症，后来结识世家子弟、越剧小生翁瑞午，此人有一手推拿绝技，常为陆小曼推拿，真能手到病除。徐志摩天性洒脱，对于翁瑞午和陆小曼的罗襦半解与妙手抚摩，他亦视之坦然，甚至为他们辩解："这是医病，没有什么嫌可避的。"爱无所不至，只要陆小曼喜欢，他什么都可以牺牲的。

后来为能减轻她的痛苦，翁瑞午还让她试吸鸦片，一吸之下，陆小曼更觉精神陡长，百病全消，自然而然就上了瘾。待徐志摩觉得苗头不对，紧急要求她吹灭烟灯重新振作时，可叹为时已晚。陆小曼一吸成瘾，便整日在烟榻上浑浑噩噩地吸烟，竟弄得不可收拾了。

结婚八个月后的徐志摩，已是身心俱疲。"我不知道风，是在那一个方向吹；我是在梦中，她的负心，我的伤悲。"他的诗魂也倦倦地伏下翅膀："脑筋里几乎完全没有活动……想做诗吧，别说诗句，诗意都还没有劲儿。想写一篇短文吧，一样的难，差些日记都不会写了。"他婚后的书信文章里，遍布这样的怨懑与萧索之感。琐碎现实的婚姻生活就像一把利刃，是对人间眷属无可逃遁的考验与磨难。婚前人间美眷，婚后成了冤家怨偶。他们的婚后生活虽然未必沉沦得一塌糊涂，但也绝非一对琴瑟和鸣的佳偶，这一点却是无可否认了。如果当初他们能够将婚姻看得平凡世俗些，是否结局会好一些?

一无灵感，一无生机，也就谈不上什么作为与事业了。这此后三年的生命里，徐志摩大抵只做了两件事：一是拼命地兼职、写稿、翻译著作，挣钱供陆小曼挥霍；二是选择浙江做农村改革试验基地，但旋即宣告失败。

徐志摩：一个诗人的云水襟怀

今人再读其在剑桥写下的文字，读其在新月时期的诗作，会感慨万端。"他的诗，永远是愉快的空气，不曾有一些儿伤感或颓废的调子，他的眼泪也闪耀着欢喜的圆光。这自我解放与空灵的飘忽，安放在他柔丽清爽的诗句中，给人总是那舒快的感悟。好像一只聪明玲珑的鸟，是欢喜，是怨，她唱的皆是美妙的歌。"（陈梦家《新月诗选·序言》）但到了他的生命的最后一年，在1931年的《诗刊》创刊号上，他发表《爱的灵感》，写下的诗句更让人惊怵。他浪漫如火的感情几经挫折，已变得沉默而异化。那仿佛竟是这位诗人对世间的诀别之辞：

> 现在我
> 真正可以死了，我要你
> 这样抱着我直到我去
> 直到我的眼再不睁开，直到我飞，飞，飞去太空
> 散成沙，散成光，散成风
> 呵苦痛，但苦痛是短的
> 是暂时的；快乐是长的
> 爱是不死的
> 我，我要睡……

无忧的诗人终是累了。他终于不想再飞了。

> 天上那一点子黑的已经迫近在我的头顶
> 形成一架鸟形的机器，忽的机沿一侧

往事随风：旧北京的那些人那些事

一球光直往下注，硼的一声炸响

——炸碎了我在飞行中的幻想

青天里平添了几堆破碎的浮云

　　徐志摩的早期诗作《想飞》中的这几句，更仿佛是一篇预言式的"诗谶"。1931年11月19日，徐志摩因飞机失事身亡。死时只有三十七岁。

　　出事的当天，徐志摩搭乘的是运送邮件的飞机。这种小飞机是十分颠簸的，但是他为什么还要坐呢？据邓云乡先生回忆，是因为陆小曼在上海开支不够，正巧友人蒋百里要卖掉一座大房子，让他来上海在契约上签个字，做个中人，可以分一笔"中佣钱"，以补贴家用。签完字分到钱后，又急着去南京处理一件要事，然后还要去听林徽因在北京给外国人做中国古代建筑艺术的演讲，因来去匆匆，便选择了搭乘邮便飞机。顶着浓雾飞向北京的飞机，撞在了济南远郊的山头上，骤起的烈焰结束了一切。

　　就像普希金死于维护爱情尊严的决斗，雪莱死于大海的拥抱，拜伦死于狂风与雷雨之中一样，我们的诗人的天腕绝笔，同样壮怀激烈。他用浓烈的鲜血，在世纪的星辰长风里，盖下了一枚浓郁的印章，然后就长眠在恩空怨幻的虚光中，留下的一切，让活着的人喋喋不休争论好了。

　　徐志摩的遇难惊醒了陆小曼缠绵在烟榻上的灵魂。她戒了烟瘾，素服终身，青灯守节，每日供着志摩的遗像。她还潜心编成《徐志摩全集》，其中的跋"编就遗文答君心"，可看出其一片悔恨之心。

徐志摩的朋友们后来拟成立"徐志摩纪念奖"。《纪念奖金章程草案》全文如下：

（一）已故诗人徐志摩的亲属朋友捐集基金一万元，用两年储存的息金作为此项纪念奖金。（二）此项奖金的目的在于提倡中国创作文学的发展。诗歌、小说、戏剧、散文，都在奖励的范围之内。（三）此项奖金每两年赠与一次，每次奖金至少一千元，赠与此两年中发现的一个最有创造力的文学作家。（四）此项奖金之赠与，由徐志摩纪念文学奖金审查委员会推选、审议、决定。如审查委员会认为某两年之中无有合格人选，那一期的奖金可以展缓一年，或并入下一期的奖金。（五）此项奖金的基金募集之后，由发起人委托中华教育文化基金董事会代为保管。（六）此项资金审查委员会的组织选举方法，及其他细则，另行规定。

这是一个非常好的策划，也寄托了朋友们对徐志摩的深切怀念。但由于时局动荡不安，新月派文人们最后流徙四方，方案未能施行，这不能不说是一个极大的遗憾。徐志摩在北平成立新月社的地方——石虎胡同，过去就在西单南口，现在那里商厦林立，面目全非。读其文，想其人，往事终是难追了。

林徽因：
一身诗意四月天

在今天，一代才女林徽因依然拥有众多的追随者。不同于张爱玲的以文字立身，对林徽因来说，则是以身世个性传奇。她身世氛围，更多地折射着那个时代的文化风尚，流逝的时光之水也冲洗不掉她的传世风华，反而更加迷人，令人追寻。

林徽因秀外慧中、多才多艺。她曾旅英留美，深得东西方艺术之真谛，英文水平极佳。她兼具中西之美，既秉有大家闺秀的风度，又具备中国传统女性所缺乏的独立精神和现代气质。

在北京的文化圈里，她一直以才貌双全而闻名。由于徐志摩的文学引领，她写得一手音韵极美的新诗，是才华横溢的女作家。以她为中心，聚集了一大批当时中国的第一流文化学者，而她就是一个高级文化沙龙的女主人。

她是建筑史研究中卓有建树的学者，卷起袖子就可以赶图设计新房舍。她骡子骑得，鸡毛小店住得，20 世纪 30 年代以来，她不顾重病在身，经常颠簸在穷乡僻壤、荒山野岭，在荒寺古庙、危梁陡栱中考察研究中国古建筑。

她还是三个著名的爱情故事的女主角：一个是与徐志摩共同出演的青春感伤片，浪漫诗人对她痴狂，并开中国现代离婚之先河；一个是和梁思成这个名字并置在一起的婚恋正剧，建筑学家丈夫视她为不可或缺的事业伴侣和灵感的源泉；另外，还是一个悲情故事的女主角，她中途退场，逻辑学家金岳霖因她不婚，用大半生的时间"逐林而居"，将单恋与怀念持续终生。

可想而知，她确实是一位倾倒众生的佳人。在她身后，似乎还真难找到一个能及得上她的成就和魅力的女性。

1931 年夏天，徐志摩在《猛虎集序》中坦言，他在二十四岁以前，与诗"完全没有相干"。是在"整十年前"由于"吹着了一阵奇异的风"，照着了"奇异的月色"，他这才"倾向于分行的抒写"，而且"一份深刻的忧郁"占定了他，渐渐潜化了他的气质，而终于成就了他这位诗人。徐志摩这里所说的"整十年前"，当指 1921 年，正是在这一年，他在伦敦结识了林长民及其女林徽因，他的新诗创作，也从这一年起步。

与林徽因相见之时，徐志摩已是一个两岁孩子的父亲了。而林徽因却只是个穿着白衣、容貌纤细的十六岁少女。从他们相遇的那一刻开始，她就成为诗人心里永恒的素材、寄托的梦想，一个被诗人无数次理想诗化的女子，一个脱离了现实只存在梦幻之中的女子。徐志摩单恋上她，为她写作无数动人心弦的情诗，甘做她裙边的一株杂草。1922 年，"林徽因在英，与志摩有论婚嫁之意，林谓必先与夫人张幼仪离婚后始可……"（陈从周《徐志摩年谱》)。

同年3月，徐志摩在柏林提出与原配张幼仪离婚。张幼仪虽然感到太突然，但仍理智地对待这件事，随即带着孩子远走他乡，到德国留学去了。事实上，徐志摩也做了第三者，因为林徽因当时也已经许配了梁思成。很有意思的是，作为父亲的林长民竟然也犹犹豫豫地默许了女儿与徐志摩之间的爱情，浑然忘记自己已经把掌上明珠许配了梁家大公子。

应该说，徐志摩对林徽因的影响还是很大的，他是林徽因文学道路上的引路人。林徽因曾对她的子女们亲口讲过，徐写过很多诗送给林，最有名的是《偶然》。

然而，她对于诗人的热情，有着不可信任的直觉，徐志摩的浪漫与飘逸是她所欣赏的，但也是她无法把握的，以至于自己无法焕发出同样的激情去应和。最终，她没有像同时代的丁玲、石评梅、庐隐那样，从追求自由的爱开始，然后又为爱所困，她成为一个出身名门游学欧美视野开阔见识广博的知识分子。正如张幼仪对林徽因的评价，当她知道徐志摩所爱何人时，曾说"徐志摩的女朋友是另一位思想更复杂、长相更漂亮、双脚完全自由的女士"。

林徽因对于徐志摩的"你是我波心一点光"的爱最终遗弃，究竟是因为她的明智。选择一个一生的爱人，要考虑的因素很多。林徽因遇到徐志摩的时候，她只有十六岁，可能会被徐的性格、热忱和他对自己的狂恋所迷惑；他的出现是她生活里的一个奇遇，然而，却不至于让她背弃家里为她安排的主流的人生道路。

林徽因：一身诗意四月天

林徽因，这个徐志摩穷其一生追求的奇女子，终究没有许给徐志摩一个未来。她的家庭背景、教养，以及她天生的理智，都促使她做出最明智的选择，在浪漫洒脱的诗人与稳重儒雅的建筑学家之间，她一定要选择脚踏实地的那个。

　　林徽因的朋友费慰梅女士曾说过："徽音对徐志摩的回忆，总是离不开那些文学大家的名字，如雪莱、曼殊斐儿、吴尔芙。我猜想，徐在对她的一片深情中，可能已不自觉地扮演了一个导师的角色领她进入英国诗歌和英国戏剧的世界……同时也迷惑了他自己。我觉得徽音和志摩的关系，非情爱而是浪漫，更多的还是文学关系。在我的印象里，徽音是被徐志摩的性格、热忱和他对自己的狂恋所迷惑，然而她只有十六岁，并不是像有些人想象的那样世故。他不过是父亲身边的一个女学生而已。徐志摩的热烈追求并没有引起这个未经世事女孩子的对等反应。他的出现只是她生活里的一个奇遇，不至于让她背弃家里为她已经选好的婚姻。"

　　多年以后，林徽因也曾对自己的儿女说："徐志摩当初爱的并不是真正的我，而是他用诗人的浪漫情绪想象出来的林徽因，而事实上我并不是那样的人。"同时，她的理性也能使她游刃有余地把握着距离的分寸，让自己永远理想地存活在诗人的梦里。

　　的确，徐志摩满脑子想的其实是他理想中的英国才女，那是他对理想爱情的一种投射——而林徽因毕竟不是曼殊斐儿或布朗宁夫人。那种镜花水月的爱情，固然是一种可贵的浪漫情怀，但少了理智的自制及对他人的体恤，亦使他本人深受其害。

　　时光暗换，当徐志摩与林徽因再见时，林徽因已与父亲的好朋友梁启超的儿子梁思成订了婚。金岳霖曾题"梁上君子、林下美人"的对联赠予与梁思成、林徽因夫妇，倒也贴切天成。徐志摩是梁启超的学生，在老师面前，除了克制自己外，还能做什么呢？

虽然如此，他们一起组织新月社活动，一起演戏，愉快地合作，常有书信来往。林徽因在北京西山养病期间，徐志摩经常去西山看望她，并帮助她发表了一些诗作。

1924年4月，六十四岁的印度大诗人泰戈尔访华，徐志摩和林徽因两人共同担任翻译，并精心安排这位贵客的行程。在北京欢迎泰戈尔的集会上，徐志摩、林徽因陪同左右，侧立两旁，当天北京的各大报纸都开辟醒目版面，渲染这次集会的盛况，其中李欧梵在《浪漫一代》中说："林小姐人艳如花，和老诗人挟臂而行，加上长袍白面郊寒岛瘦的徐志摩，有如松竹梅的一幅岁寒三友图。"长者衣袂飘飘，一对青年男女宛若璧人，民国初年这如诗如画的一幕，至今仍传为美谈，引人无限遐思。

费慰梅在《梁思成与林徽因》一书中也写到了这一幕，并且还说了一段鲜为人知的话：5月20日，是泰戈尔离开中国的日子，老人对于和林徽因离别却感到遗憾，年轻可爱的她一直不离左右，使他在中国的逗留大为增色。对徐志摩和林徽因来说，这一次离别又有一种特别的辛酸味。徐志摩私下对泰戈尔说他仍然爱着林徽因。老诗人本人曾代为求情，但却没有使林徽因动心。泰戈尔只好爱莫能助地作了一首诗：

天空的蔚蓝，爱上了大地的碧绿，他们之间的微风叹了声："哎！"

徐志摩的爱情逸事，就在这一声叹息里画下了句点。接着，徐志摩陪同泰戈尔去了日本，林徽因和梁思成到了宾夕法尼亚大学，三年的时间里，"岁寒三友"离去如风，当徐志摩与林徽因再次见面的时候，已是四年之后。这期间，林徽因名花有主，她与梁思成用心磨合，营造了一份经得起反复推敲和多方考验的感情。而徐志摩怀着无限怅惘之心，最终也"使君有妇"。

按照邓云乡的说法，林徽因和梁思成的结合在当时可以说是新旧相兼，郎才女貌，门第相当。他们在婚前既笃于西方式的爱情生活，又遵从父母之命所结的秦晋之好。又因林长民是段祺瑞内阁中的司法总长，梁启超做过熊希龄内阁的司法总长、段祺瑞内阁的财政总长，所以说是门当户对。总之，是几乎可以媲美李清照、赵明诚的最令人艳羡的美满婚姻。《林徽因传》里则有一个非常贴切的比喻："如果用梁思成和林徽因终生痴迷的古建筑来比喻他俩的组合，那么，梁思成就是坚实的基础和梁柱，是宏大的结构和支撑；而林徽因则是那灵动的飞檐，精致的雕刻，镂空的门窗和美丽的阑额。他们是一个厚重坚实，一个轻盈灵动。他们的组合无可替代。"

除了梁思成的爱情、朋友们的友谊，林徽因还拥有来自"老金"（金岳霖）的真诚情意。梁林夫妇住在北京总布胡同的时候，金岳霖就住在后院，但另有旁门出入，平时走动得很勤快，就像一家人。1931 年梁思成从外地回来，林徽因很沮丧地告诉他："我苦恼极了，因为我同时爱上了两个人，不知道怎么办才好？"梁思成非常震惊，然而经过一夜无眠翻来覆去的思想斗争后，第二天他告诉林徽因："你是自由的，如果你选择了老金，我祝愿你们永远幸福。"后来林将这些话转述给金岳霖，金岳霖回答："看来思成是真正爱你的，我不能伤害一个真正爱你的人，我应该退出。"从此他们再不提起这件事，三个人仍旧是好朋友，不但在学问上互相讨论，有时梁思成和林徽因吵架，也是金岳霖做仲裁，把他们糊涂不清楚的问题弄明白。金岳霖再不动心，终生未娶，待林梁的儿女如己出。

这个故事很能说明三人之间情感的上乘品质。世间无数的情爱纠葛，若当事人都能这样设身处地为他人谋想，会省去多少麻烦和悲剧？事后三人心中全无芥蒂，金岳霖仍是"太太的客厅"中的常客。

梁思成说过："林徽因是个很特别的人，她的才华是多方面的。不管是文学、艺术、建筑乃至哲学她都有很深的修养。她能作为一个严谨的科学工作者，和我一同到村野僻壤去调查古建筑，测量平面爬梁上柱，做精确的分析比较；又能和徐志摩一起，用英语探讨英国古典文学或我国新诗创作。她具有哲学家的思维和高度概括事物的能力。"

此言并非全是恭维，林徽因不到二十岁时，就立下了学建筑的志愿，因为她觉得建筑是一个"把艺术创造与人的日常需要结合在一起的工作"。而且建筑所需的不只是奔放的创造力，更需严谨的测量、技术的平衡以及为他人设想的体恤和巧思，这能让她的聪慧、才干和天分都得以施展。1936年，为了实地测量古建筑，林徽因与梁思成一起登上了宁静肃穆的天坛祈年殿屋顶。她是中国历史上第一个敢于踏上皇帝祭天宫殿屋顶的女性。

而当时的梁思成，还在清华校园里又吹小号又吹笛，完全是一个兴趣未定的小伙子。当梁思成提出要承父业学西方政治时，就被林徽因的一番高论改变了主意。到了谈婚论嫁的时候，她也以梁思成必须去学建筑为条件；据梁思成自己说："我当时连建筑是什么还不知道。徽因告诉我，那是融艺术和工程技术为一体的一门学科。因为我喜欢绘画，所以也选择了建筑专业。"在当时的社会，女性能够自我实现并对此有充分自觉，是需要理性与智慧的。同时，也对梁思成一生的立志起了很关键的作用。

一旦走出"太太的客厅"，离开典雅的艺术沙龙，林徽因便成了一个严谨求实的科学工作者。从1930年到1945年，他与梁思成共同走了中国的十五个省，两百多个县，考察测绘了两百多处古建筑物，获得了许多远溯唐宋的发现，很多古建筑就是通过他们的考察得到了世人的认识并加以保护，比如河北赵州石桥、山西的应县木塔、五台山佛光寺便是如此。

林徽因早年患有肺疾，抗战期间颠沛流离，病情不断加剧，最终恶化为肺结核，这在当年属于不治之症。她病体支离，却还要陪着梁思成翻山越岭到处寻访古建筑。两个人到处寻访那些古桥、古堡、古寺、古楼、古塔，透过岁月的积尘，勘定其年月，揣摩其结构，计算其尺寸，然后绘图、照相、归档，他们的足迹错错落落地刻印在了中华大地诸多的历史和地理场所。

战乱岁月人命唯浅，而且建筑学的研究并不是应急之务，然而他们跋山涉水，念兹在兹，乐此不疲。美国学者费正清教授曾这样评价说："倘若是美国人，我相信他们早已丢开书本，把精力放在改善生活境遇去了。然而这些受过高等教育的中国人却能完全安于过这种农民的原始生活，坚持从事他们的工作。"

1937 年，日本侵华战争全面爆发了。梁氏夫妇先避难到了长沙，接着辗转又来到了西南的昆明、重庆。因为物价昂贵，物资匮乏，有时他们要靠朋友们的资助才能维持日常的家庭开支。林徽因"在菜籽油灯的微光下，缝着孩子的布鞋，买便宜的粗食回家煮，过着我们父执辈少年时期的粗简生活"。最难得的是，他们在战火纷飞的年月还保持着一种"倔强的幽默感"，以戏谑的眼光来看待这杂沓纷乱的一切。

在一封 1941 年写给慰梅的信中，林徽因是这么写的："思成是个慢性子，一次只愿意做一件事，最不善处理杂七杂八的家务。但杂七杂八的事却像纽约中央车站任何时候都会抵达的各线火车一样冲他驶来。我也许仍是站长，但他却是车站！我也许会被碾死，他却永远不会。"

在一封 1940 年 11 月写给费正清夫妇的信中，她谈到了哲学教授金岳霖的战时生活，令人在叹息中忍不住莞尔一笑：

> 可怜的老金每天早晨在城里有课，常常要在早上五点半从这个村子出发，而没来得及上课空袭又开始了，然后就得跟着一群人奔向另一个方向的另一座城门、另一座小山，直到下午五点半，再绕许多路走回

林徽因：一身诗意四月天

> 这个村子，一整天没吃、没喝、没工作、没休息，什么都没有！这就是生活。

长达八年的颠沛流离，她的健康被严重地损坏了，她经常发烧卧床不起，成了一个苍老憔悴、不停咳喘的重病人。限于战争时期的医疗条件，梁思成学会了注射，每天亲自为妻子打针服药。

还有一封写给费慰梅的信也令人感叹，写的是向昆明逃难的经过："我们在令人绝望的情况下又重新上路。每天凌晨一点，摸黑抢着把我们少得可怜的行李和我们自己塞进长途车，这是没有窗子、没有点火器、样样都没有的玩意儿，喘着粗气、摇摇晃晃，连一段平路都爬不动，更不用说又陡又险的山路了……"一路上她又发冷又发热，车子还在被称为"七十二盘"顶上突然抛锚，全家只好几乎冻僵地摸黑走山路——在这其惨无比的境遇里，她的心情却能峰回路转：

> 间或面对壮丽的风景，使人比任何时候都更加心疼。玉带般的山涧，秋山的红叶和发白的茅草，飘动着的白云，古老的铁索桥、渡船，以及地道的中国小城，这些我真想仔细地一桩桩地告诉你，可能的话，还要注上我自己情绪上的特殊反应……

凭这两封信，就可以让我们体会林徽因的性情一二。在混乱的年代里，任谁都无法更改她的积极与乐观，像她自己所说：

"我认定了生活本身是矛盾的，我只要生活，体验到极端的愉快，灵质的、透明的、美丽的、近于神话理想的快活。"

1950 年，林徽因受聘为清华大学一级教授，被任命为北京市都市计划委员会委员兼工程师，梁思成是这个委员会的副主任。夫妇二人对未来首都北京的建设充满了美好的憧憬。他们曾着力研究过北京周围的古代建筑，并合著《平郊建筑杂录》一书，其中有一段精彩的表述：

> 北平四郊近二三百年间建筑遗物极多，偶尔郊游，触目都是饶有趣味的古建……
>
> 无论哪一个巍峨的古城楼，或一角倾颓的殿基的灵魂里，无形中都在诉说，乃至歌唱，时间上漫不可信的变迁。

这不像是理论研究书籍中的文字，简直是为北京地区的古代建筑唱的一首情真意切的赞美诗。在他们眼中，那些饱经沧桑的亭台楼阁、寺庙塔院也有其灵魂，它们在为昔日的繁华吟咏着缠绵悱恻的挽歌，而且是神秘的历史最可信赖的证物。

他们想把北京城这"都市计划的无比杰作"，作为当时全世界仅存的完整古城保存下来，成为一个"活着的博物馆"留给后人。然而，他们一生志业所系的古建筑研究与保护工作，尤其是北京城前景的规划，注定要在此时遭到最严重的挫败。

从 1953 年 5 月开始，对古建筑的大规模拆除开始在北京这个城市蔓延。时任北京市副市长的吴晗担起了解释拆除工作的任务。为了四朝古都仅存的一些完整牌楼街不致毁于一旦，梁思成与吴晗发生了激烈的争论。由于情绪过于激动，梁思成被气得当场失声痛哭。《城记》里有这样的记载："毛泽东对上述争论定了这样的调子：'北京拆牌楼，城门打洞也哭鼻子。这是政治问题。'"

但更令他难过的还在后面。当时的北京还有四十六公里长的明清城墙完整而巍然地环抱着，林徽因称之为"世界的项链"。1935年，她在自己的小诗《城楼上》还曾写道："你爱这里城墙/古墓，长歌/蔓草里开野花朵。"她有一个绝妙的构想，让城墙承担北京城的区间隔离物，同时变外城城墙和城门楼为人民公园，顶部平均宽度约十米以上的城墙可砌花池，栽种花木；双层的门楼和角楼可辟为陈列馆、阅览室、茶点铺，供市民休息娱乐、游戏纳凉。

林徽因为自己的设计画出了草图，幻想着全世界独一无二的"空中花园"，幻想着一场视觉的盛宴。然而，城墙公园计划注定只能是一个纸上风光。北京市的规划不仅拆毁了物质性的城墙、城楼这些"土石作成的史书"，也葬送了林徽因的杰作。

> 五百年古城墙，包括那被多少诗人画家看作北京象征的角楼和城门，全被判了极刑。母亲几乎急疯了。她到处大声疾呼，苦苦哀求，甚至到了声泪俱下的程度。……然而，据理的争辩也罢，激烈的抗议也罢，苦苦的哀求也罢，统统无济于事。（梁从诫《倏忽人间四月天》）

所有保护北京的建筑、历史和文化遗产的努力，因为与新时代的城市规划大相抵牾，一条完整的明清城墙转瞬之间即化整为零，大部分城砖被用作修房子、铺道路、砌厕所、建防空洞。这对于林徽因来说无疑是一场噩梦。一次出席文化部酒宴，正好碰上也是清华出身的北京市副市长吴晗，她竟在大庭广众下谴责他保城墙不力。她痛心疾首地预言：等你们有朝一日认识到文物的价值，却只能悔之晚矣，造假古董罢。

历史验证了她沉痛的预言。四十年后，大约是 1996 年的岁末，北京市开始修缮一小部分破损的明清城墙，整个北京城都掀起了一场捐献旧城砖的活动。当然这个景观林徽因没有看到，恐怕也是她不想看到的。

古都北京终于在林徽因的美丽梦想中沉沦了。五百年来从

长安街扩建

林徽因：一身诗意四月天

改朝换代的兵灾中得以完整幸存的北京古城墙，却在和平建设中被当作封建余孽彻底铲除了。她在病榻上眼睁睁地看着，却无能为力。

1955 年，林徽因住进了医院。为避免刺激，众人封锁了批判梁思成的种种消息，但她从细微处都察觉出来了。忧愤交加，拒绝吃药，终于在那个冬天，林徽因离开了梁思成，也离开了这个世界。史景迁说，她是"在寒风凛冽的北京，在最后一堵庞大的古城墙颓然倒塌之时"死去的。

林徽因的遗体安葬在八宝山革命烈士公墓，整座墓体是由梁思成亲手设计，墓身没有一字遗文。然而就像北京的城墙没有幸免一样，她的墓碑在"文化大革命"中被清华大学的红卫兵砸碎；她在病榻上为人民英雄纪念碑所画的图稿被付之一炬，她成熟时期的诗作文章，也有很多在浩劫中毁失。

"一身诗意千寻瀑，万古人间四月天"。世人断不了昨日的旧梦，跨入 21 世纪后，海峡两岸又开始共同打造一个"崭新的"林徽因——因为那一代知识分子群体的独特气质已无从复制，我们这个时代可以生产成批珠光宝气、魅影四射的明星，但却已经不可能再造具有同样气质的"林徽因"了。所以在大众媒体中，林徽因以一种令人诧异的形象出现，比如在《人间四月天》里，一代才女却变成了卿卿我我的小女生。这的确是一种遮蔽、遗忘与误读，引来林氏后人严重抗议，也是不足为奇的。当然更令人遗憾的是，那个时代的温润风华，早已不堪历史激烈演进的冲击而渐行渐远了。

沈从文：
北京城里的乡下人

　　王安忆曾经说过，香港是一个大邂逅大奇遇，这句话比之沈从文与北京的半生缘大抵也还合适。虽是外来户，但是落地生根，这座没亲没故的城市，早成为他的第二故乡了。小说家坐在自己家中的书桌前，感觉从没有如此安稳实在。太阳底下无新事，这种人与城的遇合，那是千万年千万人中的缘分，当然是弥足幸运的。

　　据他在自传里的回忆：

　　　　从湖南到汉口，从汉口到郑州，从郑州转徐州，从徐州又转天津，十九天后，提了一卷行李，出了北京前门的车站，呆头呆脑在车站前面广坪中站了一会儿。走来一个拉排车的，高个子，一看情形知道我是乡巴佬，就告给我可以坐他的排车到我所要到的地方去，我相信了他的建议，把自己那点简单行李，同一

个瘦小的身体，搁到那排车上去，很可笑地让这运货
排车把我拖进了北京西河沿一家小客店，在旅客簿
上写下——沈从文，年二十岁，学生，湖南凤凰县
人——便开始进到一个使我永远无从毕业的学校，来
学那课永远学不尽的人生了。

乡下人沈从文来到了北京，开始了不一样的人生。北京给
了他全新的体验，让他大开眼界。

他终日在琉璃厂、前门等地流连，那里的文化氛围叫他惊
喜，叫他着迷。他住进了前门外的湖南会馆，从那里出门，向
西走十五分钟就到了琉璃厂，那里是中国古代文化的荟萃之地。
大大小小的古董店，各式各样的古玩，其中不乏珍品，俨然一
个中国文化博物馆的模样。

再往东走二十分钟，就来到了前门大街。那里是北京最繁
华、最热闹的商业街。店铺林立，金碧辉煌，看得沈从文眼
花缭乱，就像刘姥姥进了大观园。看到镖局的招牌，他会想到
十三妹也许就在里面，兴许燕子李三也在里面。这样一联想，
沈从文更是觉得，这里就像明清两代六百年的文化博物馆。

这就是北京留给沈从文的第一印象——明清两代六百年的
文化博物馆。他没有想到，自己的后半辈子就是在博物馆里度
过的，面对的就是那些曾经叫他欣喜的大大小小的物件。不过，
初来北京的沈从文只是惊奇而已，他的志趣不在于此。

他是为了圆他的文学梦来北京的。刚开始的时候，他写了
许多短小的散文、诗歌和小说，到处投稿，结果却都是泥牛入

海。盘缠用尽了，吃饭常常是有一顿没一顿，有时连张邮票也买不起。冬天屋子里冷得像冰窖，他也没有棉衣，只好捂着棉被，用冻僵的手写作。偶尔稿件被采用了，他到报社去领几块钱稿费的时候，要先给门房交上二、三毛钱的小费才会让他进去，因为他衣衫破旧，一看便知是个"乡下人"。

北京似乎对初来乍到的沈从文并不友好。一年以后，贫困交加的沈从文终于遇到了人生中的第一位伯乐。1923年冬天，当时受聘于北大的创造社著名作家郁达夫看到了沈从文的散文作品，对这个文学青年的天分颇为赞赏，便亲自登门造访，光顾了沈从文的"窄而霉小斋"。

那是一个大雪纷飞的冬日，小屋子里却没有生炉子，沈从文正用棉被裹着双腿坐在桌前写作，双手冻得又红又肿，沈从文便不时地停下来搓手。这一切看得郁达夫的心里很不是滋味。已经是下午了，沈从文却还没有吃饭。郁达夫便拉着沈从文到附近的一家餐馆，请他吃葱炒牛肉。看着沈从文狼吞虎咽地吃完，郁达夫掏出五块钱付了账，将找回的钱都给了沈从文。临走时，郁达夫还把脖子上的一条羊毛围巾摘下来，掸去上面的雪花，披在了沈从文的肩上。摸着这条暖暖的围巾，沈从文禁不住流下了热泪。

慢慢地，沈从文终于被北京这所大城接受了。其实，北京同他的家乡湘西一样，有一种浓重的乡土味，这一点沈从文想必也感受到了。同时，北京又是一个皇城，它有一种海纳百川的博大和宽容，在沈从文之前和之后，有许多个沈从文都在这里找到了自己的位置。沈从文就是在这里写出他的代表作《边

沈从文：北京城里的乡下人

城》，从而真正地走出边城的。

沈从文生命中另一位举足轻重的人物是名动一时的大诗人徐志摩。徐志摩接编《晨报副刊》后，大量刊发沈从文的文章，他欣赏沈从文自然清新的文风，不遗余力地加以扶植，让沈从文从"遥夜"（1925年发表于《晨报副刊》的散文《遥夜》）里看到了前行的勇气和希望，同时也解决了最为迫切的生计问题——他有了较为稳定的稿费收入，再也不用为吃饭问题发愁了。

1925年11月11日，在《晨报副刊》发表沈从文的散文《市集》时，主编徐志摩专门写了一段附记《志摩的欣赏》，称赞沈从文这篇散文描绘了"多美丽多生动的一幅乡村画"，对他丰富神奇的"想象力"推崇备至。徐志摩的评论无疑宣布了一个文学新人的出现，他还把沈从文带进了当时北京城里最活跃的文化人交际圈，从而结识了胡适、杨振声、朱光潜、林徽因、凌叔华、朱湘、刘梦苇、饶孟侃等人。沈从文融入了这个知识广博、思想活跃的诗人、作家群体，对于文学创作的见解日益成熟起来。后来，据施蛰存先生回忆，他说当时的沈从文"虽然不像个洋绅士，但他也是个土绅士"，也就是说，他在行为举止上已经像个绅士了。

到了30年代，沈从文当上了《大公报》文艺副刊的主编。当那些文学青年来到北京，想要实现他们的文学梦的时候，他们首先要拜访的就是沈从文。遇到这些热情有余而火候不足的文学青年，沈从文自然会联想到十年前的自己，他会以北京这个城市的主人的身份来接纳和鼓励这些年轻人。他常常邀请他们到中山公园喝茶，为青年们营造一种较为宽松的氛围。沈从文拥有了《文艺副刊》，就等于是北京给了沈从文坚持自己的乡土情结、坚持自己的美学追求的园地，他还利用这块园地，培养了许多像他一样执著的文学新人。

是北京成就了沈从文，而沈从文自己对于北京又有什么样的印象呢？在《北平的印象和感想》中，他这样写道："北平入秋的阳光，事实上也就可以教育人。从明朗阳光和澄蓝天空中，使我温习起住过近十年的昆明景象……我奇怪北平八年的沦陷，加上种种新的忌讳，居然还有白鸽成群，敢在用蓝天做背景的寒冷空气中自由飞翔。微风刷过路旁的树枝，卷起地面落叶，稀稀疏疏如对于我的疑问有所回答：凡是在这个大城上空绕绕大小圈子的自由，照例是不会受干涉的。这里原有充分的自由。"

在北京，沈从文有了思考和创作的自由，而不必被一些社会力量和意识形态所左右。正如瑞典的汉学家马悦然说："这种乡下人的固执给了沈从文——作家和人——一种道德力量，一种知识分子的廉洁，它们与他很多作家同行所接受的受西方影响的时髦意识形态形成强烈对比。""沈从文的作品——文学和科学专著——在很大程度上反映了他对独立人格、勇气和坚强性格的强烈要求。"

"乡下人"和都市知识分子的双重身份给了沈从文一种坚守的力量，和强化这种力量的能力，因而，沈从文笔下的乡土并不是纯粹的"乡下"，他的小说也并不是纯粹的牧歌，而是蕴涵着深沉的思考和复杂的审视。就像他对于北京的情感，同样是

沈从文：北京城里的乡下人

复杂而意味深长的。

北京之于沈从文，其意义并不亚于他魂牵梦萦的湘西。但是，"乡下人"的固执使他对北京抱有一种既亲近又情怯的感受。当年刚到北京的时候，他对于电车的隆隆声非常恼火，他拒绝这种代表都市文明的新事物。后来，因为鸡的缘故，他对北京的印象又发生了微妙的变化。1925年，他偶然来到了香山，在这里，他听到久违了的鸡叫声，这让性格温和的他兴奋不已。不过，一番感慨之后，他又觉得北京的鸡还是不如湘西的鸡活泼。鸡叫声让沈从文发现了一个乡土化的北京，感情上亲近了几分。而北京郊野的景色又唤起了他的乡土情结，令他时时想起"梦里的美人"。这个"梦里的美人"就是他的家乡。他在北京的郊野发现了他梦里一直在寻求的"美人"，这一发现使他产生了超越乡土以外的共通性和亲切感。

沈从文一步步地接近北京，骨子里却又顽强地排斥着。当然，北京这个大城自有其大城的风范，这种博大、深厚的文化底蕴浸润着沈从文的思想，这在他的创作中有所体现。很多人认为，沈从文在北京写的《边城》就和其他乡土小说有着很大的不同，《边城》看起来完全是湘西文化的一个缩影，但却有一种阔大、庄严的浑厚之气，摆脱了单纯的乡土记忆，表现的是一个乡土的中国，因而是乡土小说中最有价值的作品。这不能不说是北京对于沈从文的影响。

都说沈从文的小说是乡土小说，但他偶尔也会写到北京。这篇写北京的小说叫《十四夜间》，似乎远没有他那些写湘西的小说那样痛快淋漓。说的是一个北京城里的小官僚，想要找一个妓女来满足自己的性欲，但考虑到自己的名声和地位，他始终犹豫不决。后来又叫堂倌去找，一会儿要找，一会儿又说不找了。为什么要从性的角度来写这个人的怯懦呢？沈从文说，性爱是体现人的生命力的。他要借此来说明北京人生命力的衰退。

在湘西，乡下人敢爱敢做，不会这么犹犹豫豫的。也许，沈从文对于北京，还是有一种文化上的自傲感，同时也是自卑感。不过，沈从文同时意识到了他的湘西和北京都在没落，那种文化上的没落和美感的消退。无论是博大精深的北京文化，还是淳朴而粗犷的湘西文化，都在现代化的进程中无可挽回地褪色了。所以，他的乡土牧歌往往会掺入哀歌的调子，死亡常常是他的作品的主调。他的哀歌既是献给故乡湘西的，同时也是献给北京的。沈从文对于北京的这种矛盾心境始终贯穿在他的文学创作中，北京城是熟悉的，又是陌生的。但沉默的北京城却为沈从文们提供了安身立命的地方，也是他们最后的家园。

沈从文是爱北京的，他把他的爱交付在他为北京城描画的蓝图中。在1947～1948年间，沈从文用巴鲁爵士这个笔名发表了一组北平通信，就如何改造这个古都作出了一系列的构想。其中最具代表性的一篇为《苏格拉底谈北平所需》。在这篇文章中，沈从文假托先贤之口，把北平营造成一个艺术的理想国。这个艺术之都由深谙古典建筑之美的梁思成担任副市长，主持都城保护。警察局局长由戏剧导演或音乐指挥担任，而教育局长则应为工艺美术家。北海边的草地上建起六组汉白玉和青铜雕像群，纪念文学、艺术、戏剧、音乐、建筑、电影六门类半

沈从文：北京城里的乡下人

个世纪以来的发展和贡献。以美术、音乐等艺术来管理这个城市，以美育陶冶民众，综合美术与科学，作为人类新信仰的基础。这样的构想听起来使人发笑，但这个书生气的梦想也许恰恰预示着北京城的未来。

1948年底，作为北大教授的沈从文面临一次艰难的人生选择。此时，他的恩师胡适已经南飞，北大校方也送来了直飞台湾的飞机票。另外，北大学生、中共地下党员乐黛云及左翼进步学生李瑛等人登门游说，请他留下来迎接解放，为新中国的文化教育事业出力。对于革命和政治一无所知的沈从文只想逃避，他想回到家乡去隐居，或者到厦门大学或岭南大学去教书。但是最终，他选择了留在北京。据他自己说，之所以做出这样的选择，主要是为家人考虑。

留在北京的沈从文没有想到，北京让他过早地体会到了"死"的悲哀。就在1948年，郭沫若的一篇《斥反动文艺》的文章，将他定性为"桃红色"的"反动"作家。1949年元月上旬，北大学生在教学楼上挂出了"打倒新月派、现代评论派、第三条路线的沈从文"等大幅标语。这给了沈从文致命一击。经过一段时间的内心挣扎，沈从文选择了"死"。这一年3月的一天，沈从文用小刀割破了脖颈和两腕脉管，还喝下了一些煤油。疼痛使他不自觉地呻吟起来。张兆和的堂弟张中和觉得不妙，踹开了卧室的门，将沈从文从死神手里夺了回来。

夫人张兆和是最了解他的，她在4月2日致沈从文大姐、大姐夫的信中详细讲述了这件事，并且分析了沈从文自杀的原因："当然，一个人从小自己奋斗出来，写下一堆书，忽然社会变了，一切都得重新估价，他对自己的成绩是珍视的，想象自己作品在重新估价中将会完全被否定，这也是他致命的打击。"

沈从文活过来了，但那个出版了四十六部小说和散文集的作家沈从文却已经"死"了，活着的只是文物研究者沈从文。在以后的三十年中，中国少了一个作家，而北京午门城墙下却多了一个指点解说、抄写说明的老人。正如夫人张兆和所说，"书自然不能教了，出院后必须易地疗养"，伤愈后的沈从文被调去故宫当了一名文物研究员。"独自站在午门城头上，看看暮色四合的北京城风景"，另一个沈从文在对古代文物的研究中谱写着另一段历史，直至八十八岁去世时为止。

比起老舍、郭沫若、巴金，沈从文是幸运的。早年在湘西那种动乱、流血的环境中，他学会了非同寻常的生存本领，所以在"文化大革命"中能夷然存活下去，不做金刚怒目的抗争，也不趋炎附势、同流合污。他带着一种最动人的谦逊和稳练生活了近一个世纪，最后在暮色中静坐的影像令人心折。

沈从文同北京的渊源可以从 1922 年开始算起。那一年，二十岁的他离开湘西来到北京，住进了一家小旅馆，没过多久，就搬进了前门外杨梅竹斜街 61 号的湖南酉西会馆，1988 年，沈从文在崇文门东大街 22 号的寓所里辞世。

他一生中有四分之三的时间是在北京度过的。北京，是他"命"中的城。

沈从文：北京城里的乡下人

梁实秋：

秋水文章不染尘，京华乡梦未曾休

> 我并没有失去我的故乡。当年离家时，我把那块根
> 生土长的地方藏在瞳孔里，走到天涯，带到天涯，只要
> 一寸土，只要找到一寸干净土，我就可以把故乡摆在上
> 面，仔细看，看每一道褶皱，每一个孔窍，看上面的锈
> 痕和光泽。
>
> ——王鼎钧

1949 年前后，有上百万军民渡过一湾海峡，来到台湾。

时移物易，忧患飘零，这些背井离乡的人们，从精壮岁月
到垂老之年，愁肠百结，难以自遣，一生常怀家园之思；故土
如同胎记，深嵌在他们的肌肤上。北京人梁实秋就是他们中的
一员。

1937 年北平沦陷后，梁实秋就曾全家南下，先后在昆明、

重庆和广州等地辗转。抗战结束后，他们一家迫不及待地回到了北京，但是战火并没有就此熄灭。1948年底，国内的形势已经开始剧变，各种传闻像北方的晨雾一样四处飘散。那是一个人心惶惶的年月，对于梁实秋这位左翼文坛昔日的论敌而言，走与不走，存在着一种微妙的两难。

据梁实秋的女儿梁文蔷回忆："父亲带我和哥哥先从北京赶赴天津，想抢购船票去广东。母亲留在北京处理亲戚的房产，准备第二天去天津与我们会合。不料当天晚上铁路中断，我们父子三人进退维谷。母亲急电，嘱我们立即南下，不要迟疑。第二天，我们三人惶恐不安地登上了轮船，却不知以后会怎么样。"

他们漂泊了十六天到达广州后，梁实秋夫人成了北京城最后起飞的两架客机上的乘客之一。那时北京还没有天安门广场，于是把东长安街上的树砍倒，作为临时跑道，她们乘坐的飞机擦着树枝尖起飞。这惊险一幕，为家国离乱写下了个人的见证。

这一家人于是在广州又团聚了。"当时大姐文茜已从北大毕业，因为结婚嫁人，没有同我们一起走。而哥哥文骐正在北大读书，到了广州后，哥哥觉得台湾没有什么好大学，最后决定回北京继续上学。结果我们自此与哥哥、姐姐生死不明地分隔了几十载。当时没有人会预料到分隔得那么久，如果预料到那种结果，我想我们一家死也不会分开的。"

后来，梁文蔷在台湾与父母一起生活了十年，因为哥哥姐姐的黯然离散，成了"独生女"。烽火离乱，因缘聚散，在动荡的时局里，一个乱世书生颠沛流离，多少亲情爱情乡情从此都

梁实秋：秋水文章不染尘，京华乡梦未曾休

没了着落。

由于心理时间与历史时间的错位，一个巨大的历史时差形成了。故都北平的百般韵致从此被抛到身后，一位作家回望故乡的地理空间由是落定。梁实秋从此成为游子，在黑暗阒寂里，一次次梦游者的旅行开始了，他苦苦寻觅着故乡的心影，如同在找寻有关自己前世的印记。

北京的内务部街20号（即今天的39号院），从此成了梁实秋一生魂牵梦萦的地方。1903年，他就出生在这个院子的西厢房中。那一天正巧是农历腊八节。

北京的内务部街原本是一条不起眼的小胡同，名为"勾栏胡同"。后来，清廷将内政部设在这条胡同里，"勾栏胡同"便改称为"内政部街"。到了民国，内政部更名为内务部，这条街也就随之更名为"内务部街"。20号院是一座典型的四合院，院落很大，共有三十多间房屋。

梁家从梁实秋的祖父梁芝山这一辈起，就迁到了北京。梁芝山利用自己在广东做官时存下的积蓄，买下了内务部街的这所老宅。

梁实秋从小亲历故都风情，童年过得闲适而写意，"我生在一个四合院里，喝的是水窝子里打出来的甜水，吃的是抻条面煮饽饽，睡的是铺席铺毡子的炕，坐的是骡子套的轿车和人拉的东洋车，穿的是竹布褂、大棉袄、布鞋布袜子，逛的是隆福寺、东安市场、厂甸，游的是公园、太庙、玉泉山"。北京是他"儿时流连的地方，悠闲享受的所在"。套句《百年孤独》里最为人熟知的句法，"很多年以后"，他才知道，那是他一生中无

东四牌楼大市街

法复制、永远不再的好时光。

在我们读到的中国现代文学史中，与光芒万丈的鲁迅先生相比，梁实秋的面容要相对模糊得多。由于他的闲适主张和雅致话语，他很少被视为一个有社会责任感的作家。

梁实秋的真正成名，起始于他与鲁迅之间的那场长达八年的著名论战。梁实秋被鲁迅贴上了一个"丧家的资本家的乏走狗"的标签；而梁实秋认为文学应表达永恒的人性，人性中有爱有恨，百味杂陈，文学不应该充当泄愤和进攻的武器。他说，人在情急时固然可以抄起菜刀杀人，但杀人难道是菜刀的使命吗？

梁实秋曾坦率地谈论自己对鲁迅的看法：

梁实秋：秋水文章不染尘，京华乡梦未曾休

鲁迅一生坎坷，到处"碰壁"，所以很自然的有一股怨恨之气，横亘胸中，一吐为快。怨恨的对象是谁呢？礼教，制度，传统，政府，全成了他泄忿的对象……北洋军阀执政若干年，谁又能对现状满意？问题是在，光是不满意又当如何？我们的国家民族，政治文化，真是百孔千疮，怎么办呢？慢慢的寻求一点一滴的改良，不失为一个办法。鲁迅如果不赞成这个办法，也可以，如果以为这办法是消极的妥协的没出息的，也可以；但是你总得提出一个办法，不能单是谩骂，谩骂腐败的对象，谩骂别人的改良的主张，谩骂一切，而自己不提出正面的主张。而鲁迅的最严重的短处，即在于是。

多年以后，梁实秋的女儿梁文蔷提起了父亲与鲁迅之间的这一段是非：

那时我们在台湾，鲁迅与毛泽东的书一样，都属禁书，所以年轻时我并不知道他们有什么"过节儿"。直到后来到了美国，我才陆续读到他们当年的文章。有一次我问父亲："你当年和鲁迅都吵些什么？"

父亲回答很平静，他说，他们之间并没有什么仇恨，只不过对一个问题的看法不同，其实他还是很欣赏鲁迅的。鲁迅认为文学是有阶级性的，而父亲更强调文学的人性，比如母爱，穷人有，富人也有，不论阶级，不管穷富，母爱不是政治的工具，它是永恒的人性，这就是父亲的信念。

对于鲁迅，梁实秋还曾评价他的杂文"用意深刻、文笔老辣"，但他毫不客气地指出：鲁迅胸中只有恨而没有爱，所以，他不能算是一个伟大的作家。不过梁实秋也承认："五四以来，新文艺的作者很多，而真有成就的并不多，像鲁迅这样的也还不多见。"

1949年以后，台湾一度笼罩在威权统治的白色恐怖中，有人说鲁迅是"赤色怪兽"，梁实秋却站出来为鲁迅张目，他公开声明："我首先声明，我个人并不赞成把他（鲁迅）的作品列为禁书。我生平最服膺伏尔德的一句话：'我不赞成你说的话，但我拼死命拥护你说你的话的自由。'我对鲁迅亦复如是。"可见对于鲁迅当年说过的刻薄话，梁实秋并没有以怨报怨。

我很晚才读到，在黑暗的北洋政府统治时期，这位"丧家的走狗"曾有过这样公开的言论：

批评政治的报纸杂志随时有禁止取缔的危险，人民随时有被党部行政机关及军队逮捕的危险，……人民随时有被非法征税的危险……在中国真有自由的，只有做皇帝的，做总统的，做主席的，做委员的，以及军长师长旅长，他们有征税的自由，发公债的自由，拘捕人民的自由，包办言论的自由，随时打仗的自由，自由真是充分极了！可是中国人民有什么自由呢？（《孙中山先生论自由》）

梁实秋：秋水文章不染尘，京华乡梦未曾休

华北事变后，民族危机空前严重。1935 年 12 月 9 日，北平学生数千人举行了抗日救国的示威游行。梁实秋又在《宪法上的一个问题》一文中直言：

> 假如一个政府对外只知道在睦邻的美名之下屈服，而对内则在建立中心思想的名义之下实行统制，我敢断定这个政府是不会长久的。

在一种激越愤懑的情怀里，"闲适"的梁实秋执起如椽之笔，针砭人事，几十年后依然撼人心弦。那些带着风火雷电、带着剑气箫声的文字，和我们以往的印象是何等不同啊。

可见，梁实秋这个自由主义作家完全不乏勇气和胸怀。只是当昔日的论争已成往事，时间错置，历史位移，在亲身经历了战乱流离的困苦生涯后，再回顾那许多激流中的往事，他心中是否会泛起一层望尽天涯路的悲哀？

1937 年北平沦陷，梁实秋因热心于抗日救亡宣传被日寇侦缉队列入黑名单。他辗转来到重庆，写下了尽是些散淡琐事的《雅舍小品》。所谓"雅舍"，是指抗战期间梁实秋在重庆北碚和同学吴景超合买的隐居之处，"雅舍"的名字来源于吴景超的夫人龚业雅。说是"雅舍"，其实不过是山坡上的几间茅草屋——

> （它）并不能蔽风雨，因为有窗而无玻璃，风来则

洞若凉亭，有瓦而空隙不少，雨来则渗如滴漏。纵然不能蔽风雨，雅舍还是有它的个性。有个性就可爱。

乱世浮生里，总有不由己意的遭遇、无可如何的妥协。梁实秋力图保持自己超然独立的自由主义立场，在困境中自谋心境的平和豁达，追求一种雅致、幽默和富含智慧的人生。

1938 年 9 月，"中央日报"在重庆复刊，梁实秋担任《平明》副刊主编。梁实秋在发刊之日写了一篇《编者的话》，文中说道："现在抗战高于一切，所以有人一下笔就忘不了抗战。我的意见稍有不同。与抗战有关的材料，我们最为欢迎，但是与抗战无关的材料，只要真实流畅，也是好的，不必勉强把抗战截搭上去。"梁实秋从此戴上了文学"与抗战无关论"的帽子。

直到 1986 年 10 月 13 日，当时曾经历此事的柯灵才给了一个公允的判断："完整地理解前面引述的那段文字，却无论怎么推敲，也不能说它有什么原则性的错误，把这段文字中的一句话孤立起来，演绎为'抗战无关论'或'要求无关抗战的文学'，要不是只眼看字，不免有曲解的嫌疑。""抗战期间，一切服从抗战需要是天经地义，但写作只能全部与抗战有关，而不容少许与抗战无关，这样死板的规定和强求，都只能把巨大复杂、生机活泼的文化功能缩小简化为单一的宣传鼓动。"

在抗战期间的重庆，还有一件事值得一提。当时老舍是中国文艺界抗敌协会的负责人，有一次，协会举办筹款劳军晚会，老舍自告奋勇要说相声。因为梁实秋也是北京人，说一口地道的北京话，老舍便请梁实秋做他的搭档，两人合说相声。他们选择了《新洪羊洞》和《一家六口》两个段子。

演出结束后，两个老北京作家从此天各一方。

赴台以后，梁实秋满怀都是旧京泛黄的剪影。"人与疲马羁禽无异，高飞远走，疲于津梁，不免怀念自己的旧家园"。笔淡情深，令人有情何以堪的茫然之感。

在台湾忆念故都北京，有时不免带有隔了悠远时空的美化与悬想，但梁实秋的"北京情结"，并不完全是游子对故乡的眷恋使然，他的感情也是从这里开始生成、放射的。北京是他与程季淑相识相恋的地方，中山公园的四宜轩就是他们当初定情之所。在四十八年的漫长岁月中，他们相濡以沫，两情缱绻。然而到了1974年，程季淑却因偶然被梯子砸中头部而告不治，将一缕香魂留在了异国他乡（其时他们住在美国西雅图）。

一对相恋相伴四十八年的恩爱夫妻从此阴阳两隔，一曲终了，生者不免恻然。于是，梁实秋哀婉地写下一册《槐园梦忆》，娓娓道出两人绵绵密密的情意："在回忆中，好像我把如梦如幻的过去的生活又重新体验一次"，"缅怀既往，聊当一哭！哀心伤悲，掷笔三叹！"往事鲜活如故，意态宛然，忍痛沉思，长歌当哭。

1987年，小女儿文蔷到北京开会，专程到中山公园拍了许多四宜轩的照片，梁实秋看了以后很不满足，说还想要一张带匾额的全景。可惜四宜轩早已物是人非，匾额也已不知去向。后来大女儿文茜又去照了许多，托人带给父亲。

在梁实秋北京故居的卧室后面，有一棵年代久远的大枣树，品种为北京所特有，果实大而脆甜爽口。为了慰藉父亲的思乡之苦，梁文茜于 1981 年专程寻访梁氏故居，并从院子里的大枣树上摘下一枝缀有青枣的枝叶，由小妹文蔷带到美国送给了父亲。

见到这来自故居的实物，梁实秋激动不已，老泪纵横。他将这枚青枣浸泡于玻璃杯中，日日相顾，以告慰思乡之情。这个枣子成了梁"唯一的和我故居之物质上的联系"；"想起这栋旧家宅，顺便想起若干儿时事。如今隔了半个多世纪，房子一定是面目全非了，其实人也不复是当年的模样，纵使我能回去探视旧居，恐怕我将认不得房子，而房子恐怕也认不得我了"。

如今，内务部街 39 号院已残破不堪，当年梁家门上的对联"忠厚传家久，诗书继世长"，和横匾"积善堂梁"早已不见踪影，只有门口的一对石墩子还在，而那棵让梁实秋牵肠挂肚的大枣树也已消失了。

偶因怀乡，谈美味以寄兴；聊为快意，过屠门而大嚼。在台湾时，梁实秋刻意回避着两岸各自震耳欲聋的宏大的历史叙述，而他的"京华乡梦"，大多由寻常衣食构成。历史的怅惘终究无所寄托，独立苍茫，也只有转向日常生活的吉光片羽、感官经验的瞬间记忆。梁实秋把一个"乡土北京"充分地感性化了。

他怀念全聚德的烤鸭、六必居的酱菜、玉华台的核桃酪、信远斋的酸梅汤；还有老北京的豆汁、灌肠、老豆腐、羊头肉……在他们那一代老北京的心中，这些东西都会引动乡愁。

梁实秋：秋水文章不染尘，京华乡梦未曾休

或许有人认为这些官能的体验也许浮浅空泛，然而对于梁来说，却成为追忆京华旧梦的最佳门径，杯匙之间，是其离乡背井后的感情投射，蕴藉的文化和绵长的乡愁已尽在其中。

他的女儿梁文蔷回忆说，到台湾、美国后，梁实秋还时常念叨着什么爆肚、炒肝、糖葫芦之类，后来也有朋友从大陆带一些老北京的小吃给他，他尝了后，总是摇头叹气："不一样，不一样！"

梁实秋晚年孑然一人回到台湾的时候，偶遇小他三十岁的歌星韩菁清，这让他彻底摆脱了丧妻之痛。爱火重燃，梁实秋焕发出青年人一样的激情和勇气。他在两个月中写了长达二十多万字的三十多封情书，终得美人心，上演了轰动两岸的"倾城之恋"。

1987年11月3日，梁实秋在台北因心脏病发作去世。他原本打算第二年就回大陆，重返故土，探亲访友，圆他四十年的思乡梦。日暮时分，倦鸟归林，白云思返，万籁欲静，群动将息，也正是人归家园之时。但是一切终成泡影，遗憾相伴终生。余英时先生有一首关于故园的诗："一弯残月渡流沙，访古归来兴倍赊。留得乡音皤却鬓，不知何处是吾家。"描述的是天涯羁旅、无尽伤怀，家园的流离倍增浪迹漂泊之遗恨，更哪堪此时的落日余晖，已经变成斜雨敲窗？四句诗道尽了一个中国知识分子的凄怆。

"一个人应该像一朵花，不论男人或女人。我的朋友之中，男人中只有实秋最像一朵花……"这是冰心对梁的评价。但我总会想起梁实秋面容清癯，穿着得体的西装，提着皮箱，夹杂在混乱不堪的人流中南下的情景。家国前途未卜，虽然不断地更换着人生的行程，但是北京的文化根须却纠缠在他的心头。我仿佛看到，他的眼镜片后，除了那绵长的乡愁，还闪动着历史的玄思与迷茫。

老舍：
用光荣的名字温暖一座城

每个人心中都有一座城，每个人对城市的情感与记忆，都有他不可替代的特别部分，有的时候，那是他本人的性格、气质、生活方式打下的印记。同时，赵园在《北京：城与人》中说过，每一座城都在找精神与之契合的理想的人，但不是任何一座历史悠久富含文化的城都能找到那个人，他们也许彼此寻觅，却交臂失之。而对于北京来说，老舍正是这样一个人，他就像是一座岛屿，尽管它的植被和泥土，被历史的进程冲刷得面目全非，但岩层与基石仍在，就像巨大岩石的骨骼，顽强地挺立在一个城市时光的激流之中。

他与一座城市心心相印，他的文学精魄，虽然已无可寻觅，然而他的人生与一座城市的历史相逢，便已在眷恋到心痛的回味中，穷尽过去与未来。在文学再现层面，人与城一如鱼和水，那份亲近、思念、怀旧乃至归宿感，实在是令人感动。他们彼此都是幸运的。

看老舍先生的照片，西装穿得沉稳得体，一双眼睛闪耀着聪敏和幽默，还有一股洞悉浮生的味道。然而众所周知，他是一个入世极深的人，在洞明世事之后，还是能够怡然踏破红尘。他一生总是和颜悦色的，从不愤世嫉俗。

这个地地道道的北京人，一生六十七年中有四十年是在北京度过的，最后又逝于北京。他写了一辈子北京，他的作品《骆驼祥子》《离婚》《四世同堂》《正红旗下》《我这一辈子》《月牙儿》《龙须沟》《茶馆》……绝大多数取材于北京。以至于作家与北京之间，构成了一种共生的文化关系，成为彼此印证的主体。

据老舍先生自己说："我的最初的知识与印象都得自北平，它是在我的血里，我的性格与脾气里有许多地方是这古城所赐给的。"老舍的出生地，就在小羊圈胡同，如今已改名为小杨家胡同，由西四北大街往北走，过了护国寺街口，再往前的东边第一条胡同就是。

在这里，他看到和亲身感受到的是一个底层的、平民化的北京，"那里的人、事、风景、味道，和卖酸梅汤、杏儿茶的吆喝的声音，我全熟悉。一闭眼我的北平就完整的，像一张彩色鲜明的图画，浮立在我的心中。我敢放胆地描画它。它是条清溪，我每一探手，就摸上条活泼泼的鱼儿来"。

随着老舍的目光，那个时代的北京城，以及城里的人群渐渐在我们面前铺叙开来：街头巷尾蹲着拉车的人，各种做小买卖的人瞅着来往的路人，下等妓女，杂耍艺人，跑街的巡警，小商铺的老板，大杂院里的老头、妇女和孩子，这些人曾经生

老舍：用光荣的名字温暖一座城

活在老舍周围，后来就在老舍的字里行间瑟瑟发抖，又哭又笑。

这是一个不太一样的北京，与京派作家惯以自傲的大气、沧桑确实不尽相似。不是人们想象的红墙黄瓦、流金溢彩的皇城，雄伟壮阔的城墙门楼，回廊广厦的豪门大宅，没有士子文人的吟风弄月，也没有满汉全席、南北珍馐的庆典华筵，有的只是七拐八弯的窄胡同和破房子，贩夫走卒甚至窝囊"废物"，过着望不到头的苦涩人生。穷人天天忙活的，就是一张要吃饭的嘴。为了这张嘴，车夫卖力，妓女卖肉，艺人卖手艺，巡警卖良心……

这样的场景混合而芜杂，这样的情景迷离而伤惘。老舍对于底层市民生活太了解了，毕竟他和他们一起挨饿，一起哭一起笑，一起过着艰难而有滋有味的生活。他同情那些贩夫走卒的鄙俗，就连那些衣着寒酸的二流子的粗口，他也同样宽容和理解。同鲁迅的嬉笑怒骂不同，老舍"笑骂又不赶尽杀绝"，这也许是老舍个人性格所致。世上的苦难用口号和激情难以清洗，老舍先生也只有用满腔的风露清霜，静静为所有的不幸来疗伤。

民国及其以后的北京，历经着前所未见的时代裂变，历史的记忆支离破碎，随风飘散，同时也真正显现了时间流转、传统纷呈的多种可能。我们看到了一幅巨大而模糊的旧京景象：提笼架鸟的破落旗人子弟、拉弦卖唱的街头艺人、晚清、民国、50年代、四合院、胡同、旧王府、没落贵族、市井风尘……老舍绘出的是"清明上河图"式的京城市井生活百相图，积淀、并列着历史的想象与律动。

老舍笔下的地理环境都是真实的，大都有名有姓。从叙述中所显露的地理感，成了一种特殊的、有关北京市民生活图景的修辞，只此一家，别无分号。而他的大部分作品涉及的北京地理场景，大都集中在北京城的西北角，从阜成门到德胜门这一带。这一带在当年北京的整个布局中，无论从地理位置还是从文化位置来说，都是略显边缘的地带。这种边缘性对于老舍作品的倾向性无疑有着潜在的影响。

根据老舍之子舒乙先生的说法："从分布上看，老舍作品中的北京地名大多集中于北京的西北角。西北角对老城来说是指阜成门——西四——西安门大街——景山——后海——鼓楼——北城根——德胜门——西直门——阜成门这么个范围，约占老北京的六分之一。城外则应包括阜成门以北、德胜门以西的西北郊外。老舍的故事大部分发生在这里。"

同时，老舍笔下的北京是相当真实的，山水名胜古迹胡同店铺基本上用真名，大都经得起实地核对和验证。举例来说：

《老张的哲学》——德胜门外、护国寺街

《赵子曰》——旧鼓楼大街

《离婚》——砖塔胡同

《骆驼祥子》——西安门大街、南北长街、毛家湾、西山

《四世同堂》——护国寺小羊圈胡同、土城、西直门外护城河

《正红旗下》——护国寺小羊圈胡同、新街口、积水潭

老舍：用光荣的名字温暖一座城

鼓楼大街
87年.

八十年代地安门大街

这些真实的地理环境，与作品中人物命运的有机结合，形成一种互相依傍，更互相托举的关系，二者不可剥离。在《四世同堂》中，祁天佑在遭受日本人的欺辱后，选择了古老壮观的平则门（阜成门）外的护城河，作为自己的舍命雪耻之地。再比如《离婚》中的老李，就住在西四砖塔胡同，那里离过去的衙门不远，他体会到的是阴森恐怖，仿佛"地狱的阴火，沙沙的，烧着活鬼"。这和人物的遭遇和心境相吻合。而《骆驼祥子》中祥子被虎妞勾引"失身"后，面对冷寂萧索的北海，心中的羞愧烦恼无处宣泄，他"真想一下子跳下去"，"像个死鱼冻在冰里"。

不管是《老张的哲学》中提到的妙峰山、莲花顶、卧佛寺的香火也好，《赵子曰》中钟鼓楼的钟声也好，还是《正红旗下》中同仁堂老药铺、便宜坊、柳泉居的兴旺也好，对地理环境的真实描绘，使老舍笔下的北京成为读者心目中耳熟能详的地方，其中充满了醇厚悠远的古都之风，又似乎触手可及，就连卖酸梅汤、杏儿茶的吆喝声都声声在耳。

他把一个"乡土北京"充分地感性化、肉身化了。"我所爱的北平不是枝枝节节的一些什么，而是整个儿与我的心灵相黏合的一段历史、一大块地方。多少风景名胜，从雨后什刹海的蜻蜓一直到我梦里的玉泉山的塔影，都积凑到一块，每一小的事件中有个我，我的每一思念中有个北平，这只有说不出而已……"

在西方现代作家的都市体验中，满眼尽是异化、无家可归等主题，巨型城市与面目不清的陌生人构成的背景，更加深着人的孤独感。相形之下，在老舍的作品里，人与城竟然一如鱼和水的感受，再苦再难，那份亲近、思念、怀旧乃至归宿感始终挥之不去。

老舍的名字就像前门、大栅栏这些地名一样，代表了北京城的历史和文化；老舍的文字就好像残存于世的碑文，见证了一幕一幕老北京的人间喜剧。在他的作品中，北京人身上的那种平民精神几乎无处不在，宽厚亲切，纯朴实在，大大咧咧，对谁都一团和气，但骨子里又透出一种自尊和骄傲。这种精神在老舍笔下熠熠生辉，老舍本人就是这种精神的集中体现。他的性格是"外圆内方"的，"软而硬"，质朴、优雅却又刚毅不阿。即使在"文化大革命"时腥风血雨的大批判会场上，老舍对批判者也尊称为"您"，语调平缓儒雅，一如往常。

老舍小说中的语言更是北京的。他用的是纯正的北京方言，里面的人物来自小胡同和大杂院，说的是一口"嘣响溜脆""甜亮脆生"的京片子，是老北京中下层市民阶层文化的体现。它有着独特的韵味：醇厚质朴、谦和温婉、机智幽默，在语速上是不紧不慢的，在语感上是优雅明亮的，从不拖泥带水。

鲁迅说老舍"油滑"，似乎有失偏颇。不是老舍油滑，在语言上，他采集那些被人们呵出的热气熏得变了味的词，收集被人丢弃在街头巷陌的俗语，因此也就难免沾染上"京油子"的"油"了。隔着半个世纪的风霜，那些言辞依旧鲜活，并未失掉固有的光泽。

到了晚年，老舍的文字达到了炉火纯青之境。虽然同是北京话,"京油子"的痕迹已荡然无存,眼见得干净朴素、意味隽永而幽默依旧。他提炼了老北京升斗小民的语言,那些被学者、诗人鄙视的俚语和土话,经由他的妙手,变得那么快意动人。

九岁时,老舍"像一条不体面的小狗似的",在他人的资助下才得以读完私塾。十四岁时他就离开了小羊圈胡同,抗战结束后,又远赴美国讲学。作为一个深受北京文化影响的地道北京人,老舍尽管几度出游海外,但他与北京这方水土血肉相连,最终还是选择回到北京。1949年以后,老舍在王府井附近、闹中取静的丰富胡同,买下了一所据说已有百年历史的小院。

之所以选择这里,是因为当时的北京市文联就在附近,老舍开会、接待外国友人都很方便;北京人民艺术剧院、青年艺术剧院、儿童艺术剧院都在附近,便于和导演、演员们排戏;这儿离东安市场也很近,买菜、理发的问题也好解决;"东来顺""萃华楼"也不远,时不时地要光顾一下,也就不用为请人吃饭而犯难了。

小院并不大,两进而已,院里有两棵高大的柿树。这两棵柿树是1953年春天老舍亲手种下的,每到金秋时节,就会有火红的果实挂满枝头,擅长丹青的夫人胡絜青就将自己的家雅称为"丹柿小院"。院子里还种了许多时令的鲜花,包括几棵牡丹和菊花,几只经常"抱着花枝打秋千"的小猫更是增添了无限的生机与活力。老画家于非闇曾为老舍绘"丹柿图",并在上面题了字:"老舍家有菊花,见丹柿满树,亟图之。"

老舍爱花,也爱养花。养花是他生活中的一大乐趣。不管花开得是大是小,是好是坏,他都不以为意,只要开花了,他都会欣喜若狂。看到一棵好花死了，他会难过得流泪。当他写累了的时候，侍弄花草就是最好的休息。每年秋天，他都会养上好多菊花，不同品种、颜色的菊花争奇斗艳，煞是好看。他会热情地邀请朋友们到家里来，一同喝茶赏菊，分享花开的喜悦。欣喜之余，他常常会把心爱的花拱手送人，毫不吝惜。

老舍在 1951 年获得了"人民艺术家"的称号。他是那样的平民化，也一直想努力跟上"形势"，但在那样一场文化浩劫中却未能幸免。1966 年 5 月底，邓拓服药自杀。此时的老舍虽然对于继续写作已不抱希望，却相信文化革命"革"不到他头上。当时的革命对象是所谓的"三反分子"，即"反党、反社会主义、反毛泽东思想"。他觉得自己从来都不沾边，所以他还非常乐观。7 月间见到上海作家巴金时，老舍很有信心地对他说："请告诉朋友们，我没有问题……"

但是他还是不可避免地迎来了一段疑云弥漫、愁雾深锁的岁月。终于，这位出身平民的作家成了"牛鬼蛇神"，处在"横扫"之列。他更不会想到，自己回到了在海外时梦系魂萦的精神故园，然而就在这片土地上，他将遭受百般的羞辱和无情的殴打。他生命的长卷，至此也雨打风吹，满纸血泪的鞭痕。

1966 年 8 月 24 日早晨，夏末的阳光热力不减，一团团树影散漫地洒在草坪上。几只乌鸦在一碧如洗的天空上悄然而飞，一会儿就看不见影。就在这一天，十四岁的少年陈凯歌和一个伙伴，从离家不远的太平湖边经过。

湖岸垂柳依依，游人稀少。迎面走过来一位步履蹒跚的老人，两腿微跛，脸似乎有些肿胀，手中握着一卷纸，神情恍惚，

老舍：用光荣的名字温暖一座城

若有所思。老人慢慢走远后,伙伴突然有所醒悟:"那不是老舍吗?""是吗?不像!"陈凯歌随口答了一句。此时的凯歌已无心顾及他人,几天前,红卫兵抄了他的家,他的父亲被拘禁在电影制片厂,母亲也抱病在床。但伙伴很坚决:"肯定是他。"

两个少年没有想到,他们看到的,将是这位北京作家留在尘世的最后一个影像了。天地间混沌苍茫,湖面上暑气弥漫,没有声响,绝对空寂,他一个人,连影子都没有。他大张着双臂,四下里张望,感觉自己既无来路,也无归处,粼粼水光在接近掌心的瞬间一闪即逝,自己怎么也接不住那些闪亮的碎屑。往远处看,隐约还能看到整整齐齐的鱼鳞瓦,衬托在很蓝的天空下,阳光浩浩荡荡地直射下来,这不正是自己心目中永远美丽安详的北京城吗?

8月25日,老舍之子舒乙拿着北京市文联"我会舒舍予自绝于人民,特此证明"的通知,匆匆赶到太平湖边,看到了投水自尽的父亲。"头朝西,脚朝东,仰天而躺,头挨着青草和小土路……他没戴眼镜,眼睛是浮肿的。贴身的衣裤已经凌乱,显然受过法医的检验和摆布。他的头上、胸口上、手臂上有已经干涸的大块血斑,还有大片大片青紫色的淤血。他遍体鳞伤。"

他的遗体被匆匆火化了,连骨灰都不准保留。十年后的追悼会上,那个冰冷狭小的匣子里放着的,是他的眼镜、两支笔和一些茉莉花。

老舍曾经说过:生命是闹着玩的,事事显出如此。从前我这么想过,现在我懂得了。在他生命将逝的那一刻,不知他是否想起了《茶馆》里的那句著名独白："我爱国，可谁爱我呀？"

"人之云亡，邦国殄瘁。"动荡变异的时代风潮里，家国梦想的断裂，竟然如此沉郁荒谬，又如此的通俗传奇。我们也只能在数十年之后，冥想着命运不可解的迷魅，挥之不去此恨绵绵的彷徨。

林海音：

我的年华，在幸福中忘却

> 林先生心上的北平不在了，林先生笔下的北平还在：中国乡愁文学的最后一笔，终于随着运煤骆驼队走进淡淡的水墨山影里，不必叮咛，不带惊讶，依稀听到的是城南那个小女孩花树下的笑语和足音。林先生永远不老，像英子。
>
> ——董桥

童年就是童年，因为懵懵懂懂，一切都是随缘而来，尽兴而去，所以对于大多数人的童年来说，大可用一部《最美好的时光》的电影来形容。如果人人一提起童年，都会声泪俱下地控诉"旧社会"，忙不迭地与自身历史撇清关系，这样的新社会，恐怕会人人自危的。如果你看了女作家林海音带有自传性质的小说《城南旧事》，难免就会有上述这些感想。

我们就来看看 20 世纪 20 年代末，六岁的小姑娘林英子的童年生活，她就住在北京城南的一条小胡同里。

　　英子家的邻居里，有一个"疯女人"叫秀贞，别人都不理她，只有英子愿意跟她玩。后来英子发现一个叫妞儿的小朋友，竟然就是秀贞在六年前跟一个大学生相爱生下的私生女小桂子，而导致秀贞发疯的真正原因，是那个大学生因为参加社会运动被抓了，她父母又将初生儿小桂子丢到了城门外。于是英子安排她们相见，并把妈妈的金手镯送给她们作路费，让她们乘火车去找昔日的那个进步学生。

　　英子在附近的废园子里认识了一个大男孩，发现他是个小偷。后来英子意外发现，这个小偷是毕业班成绩第一名的同学的哥哥，他是为了供弟弟读书才去偷的，英子与这个善良的小偷交上了朋友。不久，巡警抓走了小偷，英子很难过。

　　英子小学毕业那天，她希望爸爸能参加她的毕业典礼，分享她为毕业生致谢辞的荣誉，可惜患了重病的爸爸却卧病在床，不能亲身到学校观礼。当英子回到家里时，爸爸已经与世长辞了。伤心的英子明白自己以后的路并不易走。"爸爸的花儿落了，我也不再是小孩子了"，小小年纪就有了风霜感，英子和妈妈、弟弟乘上马车，带着种种疑惑和不解，告别了北平，也告别了童年。

　　"惠安馆传奇""我们看海去""兰姨娘""驴打滚儿""爸爸的花儿落了，我也不再是小孩子了"——《城南旧事》讲述了相互关联的五个故事，将这五个故事联系在一起的，是小英子纯净无尘的眼睛。在时空错落中，一切都是那样的熟稔而又清晰，芳草碧绿，天空亮丽，旧京的风土人情、市井人物、悲欢离合，那些已然远逝的光景，都在我们的面前扩展开来。林海音继承了五四女作家的温婉一脉，用平淡娟秀的文字过滤着成人世界的迷离和伤惘，并重启了我们对于童年鲜活场景的回忆。

林海音生于 1918 年，祖籍台湾，父母早年在日本经商，她的出生地就在日本大阪。三岁时，林海音随父母返回台湾，当时台湾已被日本侵占，父亲林焕文不甘心在日人的统治下生活，举家迁居北京，住在南城（今宣武门一带）。林海音到北京时只有五岁。林海音先后就读于北京城南厂甸小学、北京新闻专科学校，十九岁从北京新闻专科学校毕业，毕业后任北京《世界日报》记者。二十一岁时与该报编辑、出身书香世家的夏承楹结婚，1948 年 8 月，同丈夫带着三个孩子赴台定居。

这位才女的爱情是那种典型的办公室恋情。1935 年，她正式进入《世界日报》工作，采访文教及妇女新闻。而夏承楹则是一名编辑，主编"学生生活"版。《世界日报》社位于西长安街，办公室很紧凑，编辑部里摆了一长排桌子，为了节省空间，上晚班的和上白班的共享一张办公桌。

在上司的随意安排下，林海音和夏承楹共享一张办公桌。夏承楹是编辑，上白天班，下午发完稿就下班；林海音白天在外面跑新闻，晚上才回报社写稿。两人各持有一把办公桌中间抽屉的钥匙，正是因为这把钥匙，他们之间也就悄悄地有了一些小秘密。等到这些小秘密被人窥破的时候，他们的一世情缘已经牢不可破了。1939 年，林海音二十一岁的时候，和大她八岁的夏承楹举行了婚礼。

1948年，三十岁的林海音与丈夫、孩子一起到了台湾。在动荡不安的岁月里，林海音不得不放弃工作，每天围着孩子和锅台转。好在她既有高雅的贵族情致，也能淡泊从容，所以她并没有放弃写作，理家之余笔耕不辍。

1955年，林海音出版了她的第一本散文集《冬青树》。她一出手就不同凡响，大家气派、雍容丰赡，虽然"满是人间烟火味，却无追名逐利心"。丈夫夏承楹欣然为其作序，称结识林海音是他生命中最大的收获。他更认为，女作家写家庭生活是顺理成章的事，"家齐而后治国"。

每个作家都有文学创作的母土。虽然林海音的创作是自来台后才正式开展，但北京已为林海音的生命与文学打下了底子，影响力要更甚于台湾。这个流徙四方的游子，原来是胡同和四合院里走出来的孩子。在北京，她度过了一生中最重要的青少年时代，共有二十六年，她生命中最重要的事——恋爱、结婚、生儿育女，都是在北京完成的。

波伏娃说："童年时代和青年时代对妇女的影响要比对男子的影响深得多，因为她仅仅局限在自己的历史范围内，往往不可能永远摆脱早年生活给她留下的烙印。"在度过了童年和青年时期后，林海音的文学创作，便终生烙印着她不可磨灭的个性创造，承载着她生活、恋爱和痛苦等太多层面的现实折光。

她的作品从始至终有浓厚的北平味儿，甚至"比北平人还北平"。作品里人物的对话与叙述语言，都是地道的北京话，充满了京味儿中特有的含蓄隽永、宽厚平和，让人想起《骆驼祥子》，想起《春桃》《那五》。

朝阳门内南小街

《城南旧事》留住了绿琉璃瓦的北平城那渐次辽远起来的身影，使之成为封存于真空状态下鲜艳生动的标本。小说曾被《亚洲周刊》评选为"20世纪中文小说一百强"。到了1985年，更被大陆电影人改编成电影，由吴贻弓执导，沈洁、郑振瑶、张闽、张丰毅主演。经由他们的努力，老北京的影像在发黄的故纸上、在黑白的老片中越来越清晰。对于那些或辗转迁移、或因战乱流亡的老北京而言，林海音的作品更像是葱茏的阳光射进暖房，成为千里之外人们的渴望。

所以董桥先生对《城南旧事》有着极高的评价：我想不到文学价值那么高的作品可以写得那样不带丝毫的文学自觉。那是林海音给中国现代文学带来的最美丽的惊喜。我也想不到一段段那么邻里那么平凡的故事，真的载得起文学最大最重的意义与功能。而余光中曾说得更为言简意丰："上海是张爱玲的，北京是林海音的。"

长住台湾以后，林海音无时无刻不在思念北平，她继续在纸上构筑一个想象中纯粹的原乡，一个寄托遥深的精神故园。人们经常可以看到，她对故宫、琉璃厂、景山公园、南长街、虎坊桥、天桥、南柳巷、厂甸等地的描绘，那些过往的回忆，就像一坛深埋在地下的珍酿，是她最值得骄傲的私产和最珍贵的宝藏，不管隔开多少年，只要打开泥坛，就会发出一阵阵浓烈的酒香。

"我漫写北平，是为了多么想念她，写一写我对那地方的情感，情感发泄在格子稿纸上，苦思的心情就会好些。"常常以为早已忘却的那些事、那些人，却一直潜藏在心底，躲在某个角

往事随风：旧北京的那些人那些事

落里，不经意间却毫无先兆地涌现在她心里。"然而这一切，在这里何处去寻呢？像今夜细雨滴答，更增我苦恋北平！"落花流水千帆过尽，除去日久年深的摩挲与怀想，那种斯土斯人的写实心愿，竟然已成一种令人怅然的异乡情调了。

1990年，林海音终于回到了阔别四十多年的大陆，回到了她日思夜想的北京。家早已不复是当年的家了，但情怀依旧，乡音未改。返乡之旅让她"过足了说京味儿的话，听京味儿的戏，吃京味儿的吃食的瘾"。她那爽脆的京腔、热忱真率的直性子，本身就是京味儿的具体化身，所到之处，赢得无数认同。

林海音还在夏祖焯的陪同下来到上海电影制片厂，见到了导演吴贻弓，还特地与英子的扮演者沈洁见了面。几年以后沈洁留学日本，林海音还在日本和她重逢。2001年，林海音病重弥留之际，沈洁还专程从上海赶到台北探望。当时，林海音已经不能说话，意识很模糊，但沈洁说，她看出来林海音一定认出了她，认出了她心目中永远的小英子。

林海音的一生，不是暗夜里一闪即逝的流星，而像是一树不受季节牵制的繁花。她是台湾最著名的编辑和出版家之一，是令人崇敬感佩的老前辈。从1953年起，林海音就担任了台湾最大的报纸《联合报》的副刊编辑，在十年时间里培养了大批文学新人，其中有黄春明、王拓、七等生、张系国、钟理和、钟肇正等人。1967年，林海音创办了《纯文学月刊》，并在《纯文学月刊》出刊的第二年成立了纯文学出版社，此举带动了台湾整个的文学出版事业。到了晚年，她又开始以个人的影响力为两岸文学交流奔走。她把自己的一生变成了一场蓬勃盛大的花期，每一个花蕾都在天地间尽情地繁荣。

北京南柳巷的晋江会馆，是林海音当年在北京最后居住的地方，也就是现在的 40 号和 42 号院。当初，林海音一家搬到这里来的时候，弟弟被日本鬼子杀死在大连，父亲一病不起，不久便吐血而死。家里的日子难以为继，林海音的妈妈只好找到这里，以老乡的名义在这里免费住宿。

在林的一些老街坊和几位专家的呼吁下，在北京旧城改造的推土机的轰鸣声中，晋江会馆得以幸存，并建成了林海音故居。1990 年和 1993 年，林海音两次回到故居，还和当年也居住在这个院里的两位老人在院门口照过相。42 号院门口现在还有一个门墩，不知是不是当年英子倚着门口看骆驼、看"疯女人"、看胡同口唱戏、看敲着铜锣卖酸梅汤的小贩的门墩儿？

走进院里，花木萧萧，还能看到正房顶上细密的鱼鳞瓦。独自一人在某个空寂的老房子里站一会儿，近一个世纪前老北京的月华，从天井里洒落下来，《城南旧事》主题音乐的旋律，断断续续错杂响起，我们依稀还能看到一袭微茫的背影，跟城南那个小女孩缓缓重叠，逐渐沉醉不知归路。

袁克文：
负尽狂名的末世王孙

在阴晴不定的政治气候中，历史患有一种选择性的失忆症。"京华名士"袁克文，就曾经这样被遗忘和错过了——他留给我们的印象是如此模糊，以至于只有少数人粗略地注意到，他是某一个时代行将结束时掩面沉没的旧日王孙。

的确，面对这样的人，当时甚至以后的几个时代，都会感到很为难，并不一定是对他心怀敌意，而是不知道该怎么界定他，该怎样评价他才算公允。

就在这样迟疑不决的顾虑中，袁克文被我们错过了。当轰轰烈烈的时代熔岩渐渐冷却后，他化成了一把攥不紧的黄沙，从时间的指缝里悉数漏走。随之流失的，是他那种独立于诡谲、纷杂的世事之外的处世品格。除此之外，由于他的身世，他的才华因为没有受到时代之光的正面辐射，显得有些憋屈与扁平，就像浮雕的美感，只能存活在缝隙和褶层之中一样。

看袁克文一生的经历，就好比看一段旧日的时光，以及那些温润沉静的景致。袁克文是窃国枭雄袁世凯的二公子，"洪宪皇帝"的命运暴起暴落，袁克文也就随之成就了一番盛衰气运。旁人观之会觉得很是凄凉，他自己却笑笑不以为意。岁月的风雨一层一层剥蚀掉了贵族世家的尊荣与体面，他也随之被摈弃，一步一步走向消亡，直至荡然无存。然而，在且近且远的历史印记中，却也不失他那雕花般陈旧的美丽。

袁克文和恭亲王奕訢的孙子溥侗、河南都督张镇芳的儿子张伯驹、东北王张作霖的儿子张学良，并称为"民国四大公子"。在北京显赫风光的时候，他又被时人称为"京华名士"，和许多传统的中国士人一样，他也在北京城里得到了精神上的滋养、遇合。

他不太喜欢王府里幽暗的檀香气息，却对古都北京的胡同、城墙、茶馆、典籍以及那些充满历史感的古旧地名深感兴趣，这些事物散发着一种厚重的传统气息，为袁克文提供了温情脉脉的中国血缘式的记忆，他后来收藏书籍与古币的兴趣，就是在北京这个城市培养起来的。

北海和中南海是他曾经的居所，他享受过北京城给他的繁华与荣耀，也没有躲过与之相伴相生的屈辱与炎凉，因为他的身前身后，都不可避免地笼罩着袁家的血脉和命运。然而，出身的显赫也掩盖不住他才华的不群。他精通翰墨，诗词堪绝，善工书法，在京剧上的造诣亦达到极高意境。除此之外，他还身兼青帮大佬，真算得上是一个顶尖的奇人了。他的形象具有足够的立体感和浑圆感，他个性的优点和弱点都特别吸引眼球。

这样的"京华名士"，可能也和他老子苦心孤诣做了一回皇帝一样，属于昙花一现的事物，自此便要永远在中国绝迹了。在大半个世纪的岁月氤氲下，他就像是朵云轩信笺上一轮陈旧而迷糊的月亮，于沧桑倒转岁月轮回的幻丽之外，孤独地悬挂在半个世纪前幽暗的夜空。

袁世凯共有三十多个儿女，袁克文在儿子里排行老二。他是个混血儿，出生在朝鲜，其母金氏是朝鲜王室的外戚。袁世凯即是从朝鲜开始在政治上起家，袁克文的出生，也就带着些政治上的意味。他从小就天性顽劣，不正经读书，但是聪慧异常，偶读诗书，便一目十行，过目不忘。他继承了他母亲容貌出众的基因，长大后有玉树临风之貌，且又多才多艺，深得父母的宠爱。他平素不蓄胡须，常戴一顶六合帽，帽上缀一颗光色温润的宝石，很是有些官宦子弟之气派。他自称"六岁识字，七岁读经史，十岁习文章，十有五学诗赋，十有八荫生授法部员外郎"。因为任性使气，不拘细行琐德，最后终于弄得狂名远播。

袁世凯对他一向是很偏爱的，甚至一度想让他继承自己的事业。对外的比较重要的信件，有的时候也由他代笔。袁世凯罢官回到老家项城的时候，袁克文每日随父亲疏池沼、植树木，饮酒赋诗，养寿园内的联匾，大多是出于他的手笔。

但袁克文在本质上是一个地道的文人，一点不像他的父亲和兄长那样沉迷权术，成日做皇上太子的痴梦。他并不擅长，也不热衷宦海生涯。袁世凯在北京正式出任大总统后，袁克文在政治上显得漠不关心，他整日寄情于戏曲、诗词、翰墨，与北京的一帮文坛名流和遗老遗少厮混，常设豪宴于北海，与易顺鼎、梁鸿志、罗瘿公等人结成诗社，常聚会于他居所之南的"海流水音"，赋诗弄弦，你唱我和。

1916年，为袁世凯登基做准备的"大典筹备处"，分别给袁世凯的公子们各自度身定做了一身庄重华贵的"皇子服"。试礼服的时候，其他"皇子"们喜不自胜，一个个情绪高涨地穿上礼服摄影留念，唯独袁克文一人态度冷淡。不仅如此，他还写诗一首，以抒襟抱：

乍著微棉强自胜，阴晴向晚未分明。
南回寒雁掩孤月，西去骄风黯九城。
驹隙留身争一瞬，蛮声催梦欲三更。
绝怜高处多风雨，莫到琼楼最上层。

这首诗劝喻父兄之意很是明显，尤其最后一句，简直是谶语般的一声急迫呼喊。袁克文与长兄袁克定向来不和，一贯明言反对老父称帝，然而袁世凯十分疼惜这个二儿子，父子三人的关系，很是类似于曹操、曹丕和曹植三父子。当然要说他"极端反对"帝制，恐怕也是言过其实，他只是对于政治争斗毫无参与的能力和兴趣，也有着一种逃避和恐惧的情绪。

民国五年（1916年）五月初六，在举国上下一片责骂声中，袁世凯撒手归西，洪宪春梦杳然成空，袁氏一家老小上百人树倒猢狲散，飞鸟各投林。经历了身世浮沉的袁克文，和自己的兄弟们一样，如同一只回旋往复的孤燕，不知在何处安家。花落飘零的惆怅之感的确挥之不去，然而在家族的急速没落中，袁克文表现得不失尊严。家世败落是一出现实版的惊梦，带给他更多的不是此恨绵绵的彷徨，而是晨钟暮鼓般的启悟。在其他兄弟忙着分家产的时候，他依旧若无其事地流连在梨园里，串演昆曲《千钟禄》（亦称《千忠戮》）和《审头刺汤》，放任自己穿行于梦幻与现实。

《千钟禄》描写的是燕王朱棣攻占南京后，建文帝仓皇出逃，一路上看到山河变色的种种惨状，悲愤万分。全出由八支曲子组成，每曲都以"阳"字结束，故又名"八阳"，出自清初李玉之手，流传甚广：

> 收拾起大地山河一担装，四大皆空相。
>
> 历尽了渺渺程途，漠漠平林，垒垒高山，滚滚长江。
>
> 但见那寒云惨雾和愁织，受不尽苦雨凄风带怨长。
>
> 雄城壮，看江山无恙，谁识我一瓢一笠到襄阳……

这是《千钟禄》中的一段著名唱词。星海辽阔，虚空旷劫，悲怆到骨子里的曲调，唱出了一种难以言说的尘世大悲，给人一种云垂海立般的震撼。早年间的少年公子袁克文，锦衣玉食为赋新词强说愁，偶然听到这几句时，电光石火间，他的内心就大受震动。那漫天翻卷压城欲摧的寒云意象，成为他生命中一个隐晦的暗喻。这一段自此成为袁克文终生喜爱的曲目，他的字"寒云"也是由此得来。

风月宛然无异，而人间却已暗换了芳华。此时再登台，自然别是一番心境。时值洪宪帝制落败，袁克文和朱棣一样，也有朝鲜血统。这时串演《千钟禄》，袁克文饰演建文帝，简直有如登台说法了，据张伯驹回忆："项城逝世后，寒云与红豆馆主溥侗时演昆曲，寒云演《惨睹》一剧，饰建文帝维肖……寒云演此剧，悲歌苍凉，似作先皇之哭。"他剥离了人物"皇族子弟"的身份，他登台不是为了怀念或者留恋，他只是在对人世、对命运，进行着冷淡的审视和观照。

在一种时空错置的氛围里，建文帝流落江湖，最后不知所终；寒云公子的云水生涯也即将开始。千古盈亏不必再问了，看过了大起大落的人，知道这世上，你方唱罢我登场，兴衰原是寻常事。那一刻，他们的灵魂是相通的。

时人有一首《寒云歌都门观袁二公子演剧作》，道出了袁克文内心的感触："阿父皇袍初试身，长兄玉册已铭勋。可惜老谋太匆遽，苍龙九子未生鳞。输着满盘棋已枯，一身琴剑落江湖。横槊赋诗长已矣，燃箕煮豆胡为乎。"霓裳羽衣飘飘旋转，翻卷着飞花无尽烟雨无声的历史，在一个时代最后的末世王孙的身前身后，流成一阕悠长无尽的挽歌。

"苍凉一曲万声静，坐客三千齐辍著。英雄已化劫余灰，公子尚留可怜影。"在《审头刺汤》中，袁克文又饰演了一个与建文帝角色完全不同的丑角——忘恩负义、恩将仇报的势利小人汤勤，也颇有讽喻之义。"翻覆人情薄如纸，两年几度阅沧桑"，一切都是这样触及自己身世，所以他唱得越发的沉郁凄清、回肠荡气。空无一物的舞台上，"京华名士"袁克文分花拂柳，翻山越岭，道尽自己半生的辗转，观者时有潸然涕下者。

值得一提的是，在北京的数年间，袁寒云票京剧就票成大家，他为梅兰芳修改戏词，梅颇为赞赏，当时著名的梨园名角，他差不多都同台合作过。而上面的两出戏，后来就成了"名票"袁寒云在京剧界留下的绝唱。

落拓江湖的袁寒云，以其固有的一种旷达继续着自己的生活。离开了京城后，他先后在天津、上海居住。不见他有愤懑与仇恨，依旧爱好冶游唱曲，放浪形骸。袁世凯死后，袁克文分得了两份遗产，遗产由徐世昌分派，每份八万元。因袁世凯之妾沈氏无后，袁克文曾被过继，所以多得了一份。

但他身上不可有钱，有钱即随手而尽，最后终于山穷水尽。不过他倒是不焦不躁，他说自己"守得贫，耐得富"，淡眉静目之间，确有一份从容笃定的气度。不久他就开始变卖收藏，随后又卖文卖字，凭本事挣生活。这不打紧，他的才华自此也一一显露于世，让更多的人看到了这个浪荡公子文采风流的一面。

他用字换钱，有时卖不动，就登报减价，有一次大减价后，一日书联四十副，一夜之间就卖光了。不过他是尝过富贵浮云滋味的过来人，在很多情况下，如果他手上有十块钱，他就不肯再写。有人见过他躺在烟铺上提着笔悬肘写对联和扇子。他给张宗昌写一个极大的"中堂"，那张大纸又宽又长，袁克文干脆就把纸铺在弄堂外面，脱去了鞋，提着个最大号的抓笔站在纸上写。

他是在世道中打过滚来的人，因此学会平淡处之。他老子跟日本签署的丧权辱国的"二十一条"，到"五四"时受全国的强烈反弹，他也愤然以之为国耻，作诗云："炎炎江海间，骄阳良可畏。安得鲁阳戈，挥日日教坠。五月九日感当年，曜灵下逼山为碎。泪化为血中心摧，哀黎啼断吁天时。天胡梦梦不相语，中宵拔剑为起舞。誓捣黄龙一醉呼，会有谈笑吞骄奴，壮士奋起兮毋蹰躇。"他把这首诗写一百幅扇面，部分送人，部分出卖。

因为在辛亥首义中立功不小，江湖上的青帮当时在社会上很是张扬招摇。袁克文早在洪宪帝制之前，就慕名拜青帮头领张善亭为师，正式入帮，列"大"字辈。青帮按二十四个字排辈分，民国前排到元、明、兴、礼，民国后多为大、通、悟、觉。所以年轻的袁大公子，早就已经是帮里名高望重的大哥了。可见他对这个人世并不隔膜，也懂大势所趋，也懂顺应潮流，毕竟是一个入世极深的人。

在北京、上海一些报纸杂志上，袁克文开始用笔记的文体，记录1911年至1916年间的政界掌故，清末民初的前尘影事、故园故人夹杂其中。他的文字透着一种沧桑的温润，闲闲淡淡一派消沉的智慧。袁克文的文字透着古典文学气息下打磨出的亮色，且文中确有许多外界闻所未闻的珍闻，所以一经刊出，大受欢迎，刊载其专栏的报纸均销量猛增。

这些笔记大致有《辛丙秘苑》《新华秘记》《三十年闻见行录》《洹上私乘》，以及其日记著作，人称《寒云日记》。追忆过往遗事，必多感喟。然而他看人看事都很是清醒，无论自省，抑或是旁观，身世的沉浮已令他更能看懂历史的轮回。晚清与民初的那一页页往事，在他的笔下灵动地缓缓浮现。

往事随风：旧北京的那些人那些事

他的白话、文言文都写得不错，作品里还有一些小说，走的是偎红倚翠、精美旖旎一路。他笔下的人物有如绣像，带给人一种安静苍远的心境。他笔下的女子多袅娜淑丽，读起来令人有低徊不已的怜惜之感。可见其在小说创作的领域也是有天分的，只可惜至今只能见到四篇作品，不然或许可以在民国小说史上留下一笔。

袁克文毕生寄情粉墨，他走马灯式地娶姨太太以及和一批女人先后姘居。原配夫人是河南老家的。在北京期间，袁克文身边的妻妾前后有过一二十人，如无尘、温雪、柄琼、眉云、小桃红等，但这批妾侍不是同时娶的，一般是此去彼来，他自己说："或不甘居妾滕，或不甘处淡泊，或过纵而不羁，或过骄而无礼，故皆不能永以为好焉。"

在天津的时候，他总是夜不归宿，有时是住旅馆，有时就住在"班子"里，对于天津河北地纬路的家，他能不回就不回。有的时候偶尔回去，原配夫人刘氏会给他制造一些可想而知的冲突，他只是温和地笑笑，笑完了，就又出门往"班子"里去。他的心是一座宽敞的宅院，任由身边俗世的各种声音进进出出，只是不会让它们稍作驻留。

他风流成性，却并不放荡，他不随便接近女优，对朋友的妻妾女眷都非常严谨端肃，即使到青楼去嫖妓，也彬彬有礼，如同是去寻红颜知己，从无轻薄之态。他与新欢旧爱吟咏风月，记游、怀想、诗词往来不断，一如与友朋的交往，这真是一种难得的修养、才子的襟怀。他曾有一妾名叫温雪，曾于离开他后谈论道："寒云酸气太重，知有笔墨而不知金玉，知有清歌而不知华筵。"

这个温雪原本就是袁克文在风月场所认识的，还给袁克文生过一个孩子，但是因为不喜欢王府里的气氛，最后竟然离开袁克文重张艳帜。这种戏剧性的情感，让袁克文的爱情履历多了几分异样的色彩。"惆怅晓莺残月，相别从此隔音尘。如今俱是异乡人，相见更无因"。爱情结束了，袁克文百般阻止无效，在无奈之余，又凑了大把银子相送，浮华落尽仍有真淳。

一个众星捧月的贵族子弟，从绮罗庭院的大宅门里走出来了，他为笙歌巷陌里的女孩子们流连忘返，只因为自己想活得简单。他将自己云水生涯里残余的闲逸心思，全部缱绻在一片青花粉彩之间，消受着一片孤寒之中难得的温暖。

他的风雅与恶习中，都不缺少真性情。他吃、喝、嫖、赌、抽、收藏、票戏、捧角等，旧式中国公子文人的癖好无一不沾。然而，他从不愤世嫉俗，总是和颜悦色，这是身份与经历磨出来的一股明净。一次，一个叫陶寒翠的作者，拿着自己的未完成的大作《民国艳史》，请他为之题写封面，他一挥而就。后来小说出版后送给他一册，他一览之余，才大为吃惊，原来书中大骂其父袁世凯，但他也就一笑了之。生活中不顺人心意的一切，都已经不再能给他增添任何烦恼和负担。他就这样带着满腔俗气和一身傲骨，潇洒地穿行于世。

1931 年春天，风流倜傥、卓尔不群的袁寒云病逝于天津，享年四十二岁。袁二公子的家里要办丧事，家人翻箱倒柜，最后才在他书桌上的笔筒里找出了二十元钱，那是袁寒云身后留下的所有遗产。在江山易色权力更迭的大时代里，这样的结局，也应算是寻常。

不过，最后他的丧事还算得上风风光光。据唐鲁孙回忆，袁寒云"灵堂里挽联挽诗，层层叠叠，多到无法悬挂"。北京广济寺的和尚、雍和宫的喇嘛、青帮的徒弟，从他的住处直到他的墓地间，在沿途搭了很多的祭棚，天津的僧俗各界也来了不少。当然最突出的景致，还是那些系着白头绳、面容姣好、来路不明的女性。

最后值得一提的是，袁寒云的儿子袁家骝是世界著名高能物理学家，夫人是号称"中国的居里夫人"的吴健雄。袁世凯的后人里，还有不少这样低调而出类拔萃者。

历史是庄重的，但也是世俗的。所有的激情、混乱、动荡、身前身后的功名——这一切都被一代代的人们苛刻地拷问着，然而在历史话语的嘈杂和喧嚣中，很多追问往往无疾而终。历史信手涂抹的几笔重彩，不一定会被时间看在眼里。袁寒云在人们的记忆里，颜色退得越来越淡，他生命的原色，都已浸润、依附在那个时代特有的文化风情之中了。

才子佳人、墨香情暖是中国文人自古以来的雅梦，然而几人能做得？凡人大约都只学到其皮毛。而袁克文既能洞明世事，又能够怡然地踏破红尘，在烦嚣的闹市、险恶的世路里，他为自己的心灵辟出一方净土，既有精微的贵族情致，又不致出尘超凡；既能狗苟蝇营，也能从从容容。庐山烟雨会随着位置变化而变幻莫测，让历史记住一个人也可以有不同的理由。袁克文在一个混乱的时代里，划出一道略显颓唐的美学弧线，将自己永久地定格于民国昏黄的时空。

袁克文：负尽狂名的末世王孙

沈佩贞：

流光容易将人抛

　　人们想象中的民国女子，大概都有些像旧时月份牌上那些
广告美人，性情温婉，含蓄蕴藉。但有些民国女子的确非常的
明朗爽利，她们大大方方的，大大咧咧的，大步流星的，在历
史的旧光影中，绽放着一种豪情的气质。

　　鲁迅先生就曾提到过一位沈佩贞女士："辛亥革命后，为了
参政权，有名的沈佩贞女士曾经一脚踢倒过议院门口的守卫。
不过我很疑心那是他自己跌倒的，假使我们男人去踢罢，他一
定会还踢你几脚。这是做女子便宜的地方。"

　　这位沈女士在当时的政治舞台上，有许多动人的表现，有
人说她是民国初年的"政治宝贝"，就像前几年风行一时的"上
海宝贝"一样，是那个时代赚足了眼球的视觉中心。

　　早在辛亥革命爆发时，沈佩贞就已经开始了她的革命活动。
沈是杭州人，早年曾经留学日本，素有胆识。辛亥革命时，她
是杭州女子敢死队中的一员虎将（当然是雌虎）。这支队伍一度

名声震天，队长是沈警音，后来改名为沈亦云，嫁给了黄郛，就是曾经担任过"摄行大总统"的黄郛。

女子敢死队解散以后，沈佩贞又在1912年初组织女子尚武会，招募女子五百名，训练成女兵，准备参加北伐，直捣黄龙。南北和谈成功以后，这支女子北伐军奉命解散，沈佩贞则转而投身女子参政运动，成立男女平权维持会，开始了力争女权的奋斗，沈也从此成了中国女权运动的先锋人物。

在沈佩贞的时代，中国的女权运动还处于风云初起的燃情岁月，刚刚有所觉悟的女性个个都意气风发，痛恨父权主义的压迫。当然此时的女权运动还处于萌芽状态，儿童公育、职业妇女受尊重、避孕方法的改进这些还都谈不上，她们争女权的目标很明确，就是要为自己争得与男人等同的地位，并将此与国家的强盛和民族的自立联系起来。

1912年4月，孙中山辞去总统职位，辛亥革命的胜利果实被袁世凯窃取。袁世凯把临时政府、参议院迁到了北京，女子参政运动更加举步维艰。沈佩贞的男女平权维持会遂与其他各省的女子参政运动骨干在南京组成女子参政同盟会。会后，沈佩贞和唐群英等人不顾袁氏一党的阻挠，坚决北上进京请愿，要求国会在制定选举法时，明确女子有选举权和被选举权，并且声明：如果参议院不赞成这个提议，将以武力方式解决问题。

进京以后，沈佩贞和唐群英等三十多人，全副武装地闯入参议院，坚决要求女子参政。一见这些来势凶猛的女人们，参议院的男人们个个手足无措。后来，有胆大一点的出来说，现在约法案尚未最后确定，还需再议，到时必议之。百般劝慰之下，女将们才转身离去。

第二天下午，沈佩贞们再往参议院，却被挡在了门外，她们怒火中烧，愤而将玻璃窗击破，手上鲜血直流，警卫上前劝阻，沈女士飞起一脚就把他踢倒在地。虽然鲁迅先生疑心那是警卫自己跌倒的，但沈佩贞的拳脚功夫看来的确也不同凡响。

这是沈佩贞第一次在公众面前展露自己的拳脚。沈女士的第二场打戏发生在湖广会馆，被打的男主角竟然是国民党的创始人之一宋教仁。

1912年8月25日，同盟会改组大会在湖广会馆举行，会议的主题是吸纳四个小党，成立一个大的政党——国民党，进而实现组阁的目标。沈佩贞和她的姐妹们非常兴奋，尽管湖广会馆内人头攒动，闷热异常，大家挥汗如雨，但她们期待着与男人们平起平坐，分享权利。

然而，接下来的事情却给了她们当头一棒。当秘书长宋教仁用湖南话磕磕巴巴地念完国民党新党章时，沈佩贞们怀疑自己听错了。

党章里根本没有任何关于"男女平权"的条款，只有一条：不接受任何女性加入。沈佩贞和唐群英挤在前面，听得还算真切，应该不会有错。

唐群英站起来大声质问，但别人的鼓噪声完全湮没了她的声音。沈佩贞不由分说，拉起唐群英就冲上了主席台，扭住宋教仁就打，据当时的媒体描述，那场景是"举手抓其额，扭其胡"，"以纤手乱批宋颊，清脆之声震于屋瓦"。

整个会场乱成了一锅粥，宋教仁令人赞叹地展现了良好的君子风度，他打不还手，骂不还口，只是捂着脸从容退场。直到孙中山和黄兴出面，会场总算安定下来。

继湖广会馆上演全武行之后，沈佩贞、唐群英又专门谒见了孙中山，这次女英雄们给了孙总理面子，倒是没动手，但沈佩贞"哭声震屋"，挥泪诉说她和唐群英等女子把生死置之度外，奔走于炸弹队，志在救国，目的就是为了争取自由、争取平权，使日后女同胞人人享有幸福，可是没想到"国基已定，所要求者既不能达到其目的，则从前之尽瘁何为？"

9月1日，沈佩贞还在"万国女子参政同盟会"上发表演说，感慨中国女子为共和大业付出了生命代价，可是共和告成却将女子排除在革命同志之外，不能享受共和时代的幸福。她宣称：如不能达到参政之目的，就要以极端手段对待男子。何为极端手段，就是"未结婚者，停止十年不与男子结婚；已结婚者，亦十年不与男子交言"。

砸玻璃、打耳光、"不结婚、不交言"，这些其实还都是小意思，按沈佩贞这一干女将们的宣言，对于不承认男女平权的臭男人，真惹恼了她们，她们是不惜以炸弹和手枪来应对的。大概是当时沈佩贞们还不太熟悉买卖军火的渠道，一场对臭男人的战争才没有打起来。

但无论沈佩贞们的言辞多么激烈，行动多么果敢，在那样一个男权世界中，女人们手中没有权力，她们的姿态就始终只是一种弱女子的姿态，女界争取参政权利的斗争和努力注定要付诸东流，不仅女子参政提案未被参议院通过，女子参政同盟会也在1913年11月被袁氏政府强令解散。就这样，中国妇女史上首次具有独立意义的参政运动以失败而告终。

斗争失败之后，这批女权运动者们何去何从？她们中有的人矢志革命，流亡海外继续斗争；一些人则丧失了革命意志，陷入悲观境地，有的愤而自杀，有的抑郁而死，有的遁入空门，甚至还有的沦为妓女。最令人瞠目的是沈佩贞，她竟然摇身一变成为"总统门生"和"洪宪女臣"，在北京城里闹出不小的动静。

1915 年，袁世凯复辟的时候，沈佩贞印制了一张大名片，中间一行大字是"大总统门生沈佩贞"。原来沈女士年少时曾在北洋学堂就读，而袁世凯是该校的创办人，称袁世凯为老师也算是顺理成章了。据说袁世凯也收到过这张名片，居然就点头默认了。袁世凯政府还曾任命她为总统府顾问，并曾赴绥远担任将军府高级参议。她始终要与眼下的处境和需要相适应，身份不是固定的，它可以随着处境和需要的改变而改变。

从政后的沈佩贞做事更为泼辣，有一次命京城警厅冲进某豪门抓赌，抓到交通总长一名，参谋次长、财政次长各一名，关了一小时才放。她这样的行为多了，别人便对她另眼相看，多半是侧目而视。她索性也豁出去了。

沈佩贞在民初政坛上行事全无忌惮，其实她心里面全然没有政治那根弦，快口直言不仅树敌，而且犯众，经常贻人口实，也被人诟病不休。当时的北京城鱼龙混杂，蛇鼠成群，眼红沈佩贞出风头的大有人在，小报便时不时地放出几支冷箭，中伤挖苦她。那一年《神州报》便发布了一条爆炸性八卦消息，指名道姓地称沈佩贞与步军统领江朝宗在北京城里的醒春居酒楼，

"划拳喝酒嗅脚"。

这条消息一连登了三天。这"嗅女人小脚"本来是中国旧式文人之异常嗜好，而《神州报》以此所谓的秘闻揭沈佩贞的短，实则攻击袁派，有着明显的政治意图。据说《神州报》主编汪彭年插手政治，正在北京谋取议员一职。

然而汪氏此举等于踩了马蜂窝，沈佩贞对自己的名节很是在意，做女侠可以，但风流韵事是绝对没有的。名节受损，自然要以出格的行为对付，她见报后勃然大怒，立即要求汪彭年摆酒席请罪，并登报声明，但汪不予理睬。

两下说不通，娘子军自然不惜动手，她亲率二十多名女将，还有几十名卫士保驾护航，一路杀进了汪公馆。汪彭年一见来者不善，赶紧从后门开溜，叫姨太太出去顶缸。沈佩贞倒是很有男子气概，不和女流之辈纠缠，只是大叫大嚷：把汪彭年交出来！这时，众人随声附和声震云霄，又有几十名全副武装的士兵一旁助威，场面颇为壮观。

这世上偏有不明事理的人。众议员郭同与汪彭年是同乡，正客居在汪公馆，听到喧哗声就开门出来看个究竟，话没出口，众女将一拥而入，沈佩贞上前扭住前胸，拳脚相加，刘四奶奶、蒋三小姐等闺中好友不甘落后，将郭同一顿拳打脚踢。郭同气得破口大骂，挥拳相抗，但哪里是女英雄们的对手。沈氏飞起一脚，直捣郭同胯下，郭疼痛难忍，便蹲地不起。沈佩贞见对手已不能动弹，便将室内家具物件打得稀烂，方率众人扬长而去。

沈佩贞大闹汪宅，误伤了众议员郭同，郭同岂能咽下这口恶气？他一纸诉状告到了法院。法院开庭审理时，各大小报纸的记者悉数到庭。沈佩贞怒打郭同时，双方曾大打口水战，污言秽语出口成章，那些话在法庭上由证人转述时，听得检察长心惊胆战，连连摇头，旁听席上一干官员记者与闲人们却兴奋得大叫："大胆地说，不犯法！……"

法院最后判决郭氏胜诉，处沈佩贞拘役半年。

世事迷幻莫测，从此以后，在一个喧噪的中国，沈佩贞永久地沉默了，报上也没有了她的任何消息。政客们失去了打击目标，自然对她再也没有什么兴趣。一代女子参政的干将，就这样在男人世界中沉没了。当然，她最后一次大闹，就已经跟男女平等没有多少关系了。不过，中国的女权主义运动如果没有了沈佩贞的存在，也未免太过寂寞了。如果将来哪一天，要刻一块"女权主义纪念碑"的话，第一个要刻的名字可能就是这个沈佩贞。

生逢清末民初的乱世，北京这个舞台给沈佩贞提供了施展才智和魅力的机会，然而她的政治理想随着时势动荡高开低走，终至镜花水月，完全落空，这显然不只是其个人梦想的落空，也是时代悲剧。光华改观，浮沉异势，徒然增加了历史的戏谑意味。许多年后，有一位中国作家写下了这样一句话：为理想而痛苦并不可怕，可怕的是看着它最终成为笑谈。

民国年间的朱氏八卦

欲把东亚变西欧，到处闻人说自由。

一辆汽车灯市口，朱三小姐出风头。

这首打油诗风行于 1915 年的北京。朱三小姐，就是当时内务总长朱启钤的女儿，大名叫朱淞筠，因排行老三，故北京人都称之为"三小姐"。此时，正是袁世凯闹复辟的时候，这位朱三小姐被人编入打油诗，全拜她那位老父所赐。

朱三小姐的父亲朱启钤，字桂莘，号蠖园，1872 年生，贵州开州（今开阳县）人。光绪年间中举人，历任道员、京师大学堂译书馆监督等职。1904 年任北京外城警察厅厅丞、内城警察总监，后任蒙古事务督办、津浦铁路督办等职。从 1912 年7 月起，陆续担任陆征祥、赵秉君、段祺瑞政府的交通总长。1913 年 7 月至 1916 年任熊希龄、徐世昌内阁内务总长、代理国务总理。1915年支持袁世凯复辟帝制活动，任袁世凯登基大典筹备处处长。1916年袁世凯去世后被指为"帝制祸首"而遭通缉，藏匿于天津租界，1918年获赦。

朱启钤身份显贵，因护袁而成了舆论的众矢之的，当时，上海的进步人士便在其喉舌《时报》上发表了上述政治讽刺诗，借朱三小姐的由头讽刺朱、袁等人的"自由"政治。这首诗不胫而走，把美丽而矜贵的朱三小姐也推上了时代的风口浪尖。

1919年，南北和谈开始，朱启钤代表北方主持大局，饱受攻击，不得已辞职告退。这时，市面上又出现了一批攻朱"妙文"，又拿朱三小姐说事。其中有一位化名为虞公者，所撰《民国趣史》竭尽猎艳搜奇之能事，其中就有《三小姐与汽车》《三小姐与西犬》两篇，表面上看是街头八卦，实则是在为攻朱添加柴火，制造炮弹。

《三小姐与汽车》的故事情节很有些色情意味，说的是某巨贵（暗指朱启钤）家的三小姐姿色超群，又善交际，是北京社交界的一朵"名花"。满城公子无不艳羡小姐芳名，愿肝脑涂地、鞍前马后地为她效劳，当然最终目的无非是陪侍东床。面对众多的追求者，三小姐无法取舍，正在左右为难之际，有人向她献一"锦囊妙计"，三小姐照猫画虎，于是，古今最奇异择婿法新鲜出炉了。

三小姐每晚出门，必定自驾汽车，如风驰电掣一般绝尘而去。这天，她与众情人相约，自己驾车疾驰，众后生跟在车后徒步追逐，谁能追上汽车且能并驾齐驱者，谁就是她的如意郎君。此法甚为公允，绝无偏袒之可能。众情人闻听此言，争先恐后去追逐汽车，但不久即败下阵来，只有一位姓毛的后生竟然追上小姐香车，三小姐言出必信，当即表示愿意下嫁毛先生。

事后，众人无不羡慕毛生艳福不浅，又说三小姐之择婿法甚为高明，因为毛先生如此体健，功夫必定十分了得，三小姐有福了。但二人婚后不到十天，夫妻间就形同陌路，毛生非常不满，寻了个机会追问三小姐，三小姐冷笑一声说："我之所以要嫁给你，可不是为了托付终身。我有那么多情人，哪个不是英俊潇洒、才貌出众？凭什么要嫁给你？嫁给你不过是为了找一个名义上的丈夫，掩人耳目罢了。你我名义上是夫妻，但各有各的自由。我和我的情人们约会，你何必过问？戴一只绿帽子有什么大不了的？"毛生气得无话可说。

《三小姐与西犬》的故事则有些恶毒，让三小姐红颜失色。故事里说三小姐粉面含春，腰肢婀娜，妩媚多娇，犹如仙子下凡。三小姐嗜花如命，最喜欢穿素白衣裙，旁人见了都惊为天人，只道是美人丽质天生，平日里偏爱素洁，却不知此中另有隐情。

当初，有一位湖南张生，生得一表人才，又胸怀大志，只身闯荡京门。但时运不济，非常穷困潦倒。这一年的浴佛节，张生来到寺庙拜佛，正好遇到三小姐，当即就被她的美貌所倾倒。三小姐顾盼有情，让张生更是意动神摇，只可惜没有机会当面表白。

回去以后，张生失魂落魄，为三小姐害起了相思病。张生每日里不思茶饭，只知探寻三小姐芳踪。有一天，得知三小姐将在舞会上现身，便在舞场外苦苦等候，却始终不见小姐踪影，正欲离去，却见一头西洋小犬摇尾而过，张生认出这是小姐之物，便欣喜若狂，一把抱起小犬藏至阴影处。

未几，一个丫鬟追上前来怒斥张生："大胆狂生，为何偷盗别人之物？"张生见这丫鬟娇小可爱，便也张狂起来，笑问犬为谁物？为何如此慌张？小丫鬟说："是三小姐之物，小姐从不离身，能不急吗？速速还我，勿生事端。"张生大胆言说："要我归还小狗倒也不难，但我须亲自交到主人手里方才安心。"丫鬟无奈，转身离去。

片刻之后，小姐果然来了，落落大方，询问张生姓甚名谁，家住何方，张生反而局促起来。定了定神，他才语无伦次地说："小生穷途末路，羞言家世。只是目睹小姐芳颜，难以释怀。自知无缘，死而后已。小生别无他求，还望小姐念我这异乡之客，为我坟上添一把土，我就心满意足了。"说完，双手归还小犬，小姐无言，只说了声"后会有期"就匆匆告别。

过不多久，张生就被聘为某部职员，前程看好。张生知道是三小姐从中周旋，怀着感恩之心，向小姐表达了爱意，欲结秦晋之好。不料，半路杀出个程咬金，某警官垂涎小姐美色已久，得知后便从中作梗，此事无疾而终。张生忧思成疾，缠绵病榻，奄奄一息，小姐大哭一场后便素衣白裙，以示纪念。某警官以为情敌已死，便借此机会大献殷勤，小姐竟对他冷若冰霜，似有不屑之意。一来二去，警官恼羞成怒，便想出了一个很促狭的办法报复三小姐。

这天傍晚，天气酷热，三小姐姗姗而至中央公园。一时间异香袭人，似有春兰秋菊齐放，游客纷纷翘首以观。小姐视而不见，独自步入餐馆。餐后，三小姐信步林中，幽雅从容。忽见一条白丝巾在灯光下闪耀夺目，一定是某位大家闺秀遗留之物，小姐便随手捡起，丝巾上有奇香扑鼻，小姐爱不释手，便将它装入衣袋内。回到茶座，刚想坐下来，突然间一只黑色哈巴狗猛扑过来，小姐花容失色，大叫不止。随从的丫鬟想上前帮忙，根本无法近身。周围的茶客闻声而来，有熟人上前解救，却遭到黑犬撕咬。三小姐惊恐之极，倒在座位上以手掩面，一身素白衣裳破碎不堪，黑犬一见衣袋内白色丝巾就咬住不放，嗅之再三而后衔丝巾而去。

这时，旁观者中有人惊呼："这是警犬，小姐一定是遭人暗算！"小姐一听便知此事是何人所为，她难掩心中羞愤，咬牙切齿地说："三天内若不能杀了这畜生，我绝不苟活！"不出三天，某警官就被削去公职，沦为流民，那只黑犬更是不知去向。

上述奇闻逸事基本无法坐实，纯属民国时期的八卦。作者借朱三小姐的风流名声，行讽刺攻讦之实，可谓用心良苦。

不过，朱三小姐和一帮时髦女子们的风流韵事却并不是凭空捏造的，在整个北京城传得沸沸扬扬，京城的报章也不失时机地来凑热闹，为市井百姓们徒增许多谈资。舆论甚至牵连到了袁世凯本人，这样一来，袁大总统坐不住了，不得不下令整饬风俗。他责令肃政史夏寿康查办风纪。夏寿康的奏折中有这样的"名句"："处唐虞赓歌之世，而有郑卫秉简之风。自古帷簿不修，为官箴之玷；室家弗治，乃礼教之防。其何以树朝政而端国俗！"

这些"名句"在京城流传甚广。作为内务总长的朱启钤当然不能坐视不管，一来这些事是他的职责范围，二来自己家的三小姐就处在潮流旋涡的中心，于是乎，内务部严令在京官眷约束她们的行为，甚至责令城区警察实行宵禁。

1919年南北和谈破裂后，朱启钤辞职告退，此后便远离政治，一心一意研究起古建筑来，1929年在北京创办了中国营造学社，并创办了中国第一家专事研究古代建筑的刊物《中国营造学社汇刊》，先后出版建筑著作三十余种。1930年，张学良任命他为北平市市长，他也拒不就任。

除古建筑之外，此公还有另一大爱好，就是收藏刺绣织物。他的收藏品位之高、价值之高令人瞠目。朱老先生家中专门建有"存素堂"，用来收藏那些缂丝织物。20世纪20年代，就有日本大财团出资百万现洋想买下朱老先生的收藏品，被他一口拒绝了。到了1930年，他却忍痛割爱，把家中收藏的全部宋、明、清刺绣以二十万现洋的价格转让给了张学良。日本人占领东北期间，曾搜劫了张家的一些缂丝珍品，剩下的一批据说至今还保存在辽宁省博物馆。

30年代，朱启钤不问政事，埋头研究建筑和刺绣，但他的女儿却不甘寂寞，又闹出了不小的动静，不过这回可不是那位大出风头的朱三小姐，而是狂放不羁的朱五小姐。

朱五小姐大名叫朱湄筠，她的出名与张学良有关。1931年九一八事变爆发，日军炮轰沈阳，张学良的东北军全线撤入关内，东北三省相继沦陷。国人纷纷指责张学良，称之为"不抵抗将军"，甚至有传闻说，日军在炮轰沈阳、杀我同胞时，张学良还在北平抱着胡蝶跳舞。后来才知道，其实张学良是奉蒋介石的命令被迫撤退，但在当时，国人并不知情。所以，身在上海的国民党元老马君武出于义愤，作感时诗讽刺张学良，诗曰：

赵四风流朱五狂，翩翩胡蝶正当行。
温柔乡是英雄冢，哪管东师入沈阳。

告急军书夜半来，开场弦管又相催。
沈阳已陷休回顾，更抱佳人舞几回。

世人皆知赵四小姐，而"朱五"却并不为人所熟知。她就是朱启钤的女儿朱湄筠，她排行第五，后来嫁给了张学良的好友朱秀峰。胡蝶是当红的电影明星。

此诗一经发表，举国上下一片哗然，愤怒声讨张学良的言论铺天盖地。但事实并非如此。朱五是被冤枉的，日军攻占沈阳之夜，她根本不在舞场，也未同张学良等人在一起。而张学良的确在北平，当晚他偕夫人于凤至和赵四小姐在前门外的中和戏院，看梅兰芳主演《宇宙锋》。至于胡蝶，她和张学良素未谋面，更无跳舞一说。马君武是根据传闻写下这首诗的。

对于舆论的谴责，当事人胡蝶在报上刊登声明，说自己到北平五十余日，从未涉足舞场，她还义正词严地表白："蝶亦国民一分子也，虽尚未能以颈血溅仇人，岂能于国难当前之时，与负守土之责者相与跳舞耶？'商女不知亡国恨'，是真狗彘不食者矣。"一些电影导演也再三为胡蝶辟谣，事态稍稍有所平息。

正阳门城楼

张学良倒是并未站出来为自己辩解，大概是觉得自己百口莫辩，只好自称"不肖"，并写下一副对联自嘲：

两字听人呼不肖，
一生误我是虚名。

至于朱五小姐，平白被人编排一回，成了众矢之的，也算是大大的出名了。不过，就凭朱家小姐的美貌与风流，怕也不是浪得虚名。

朱启钤老先生原本在民间并不出名，沾了两个女儿的光才名噪京华。不过，朱老先生还是以自己的学养底蕴做了一些很有成效的文化工作。1949 年以后，他年事已高，虽未从事任何职务，却开创了一些建设性的事业，尤其对北京的市政建设作出了不小的贡献。1964 年，朱启钤以九十三岁高龄病故，去世前还将他的大部分藏书捐赠给了北京图书馆。

八旗子弟的颓废美学

　　历史是时间的蝉蜕，清朝八旗贵族的历史，就是一堆往事的遗骸。从山海关的铁骑纵横，扬州城的血火淋漓，到京师贵族的大宅门生活，再到三百年后不堪回首的境遇——当一切都已关灯打烊，当歌声已远，回忆最终变成了遗忘，只留下北京城仍在不断地迁徙、变易。

　　清朝本就是一个骁勇粗犷的民族，在入关之前，就制服了曾经横扫天下的蒙古族，入关后，他们那雄浑不羁的精力与豪情，犹自方兴未艾。接下来，他们逐步征服了全中国，以少数民族入主中原，凭借的正是金戈铁马的纵横驰骋，以及八旗子弟的骁勇善战。

　　说到八旗制度，早在清军入关之前即已形成，它是努尔哈赤在战争中所创立的，原有正黄、正白、正红、正蓝四旗，后又增镶黄、镶白、镶红、镶蓝四旗，合称八旗，是当时后金政权兵民合一的组织形式。八旗子弟自幼苦练射骑，勇猛善战，平时耕猎为民，战时披甲为兵，在入关前后，确实很有战斗力，一度是大清帝国国家安全的保证。

八旗军以满族后裔子弟为主，其官兵为了满族统治的利益而世袭从军。很多八旗子弟从生下来的那一刻起，就开始享受一份军饷，即使是最下层的满族子弟的一份军饷，也相当于一个清王朝七品官的薪水，足可以养活一家老小。

清朝取代明朝，清军以征服者的姿态入主中原，他们的后裔驻扎在全国各省，成为帝国政权的象征。入关以后，世居京师，他们离东北白山黑水的"发祥地"已越来越远，记忆早就变得模糊，北京早已被他们认成自己的家乡，一百多年下来，他们已然成了北京城里地道的"土著"居民。

在最初的阶段，八旗官兵还保持着当年骁勇善战的作风，按时操练兵马，坚持不怠。在他们文化心理的底部，还沉淀着质朴、强悍、具有尚武精神的满族原初乡野文化。但是到了清雍正时期，随着和平时期越来越长久，八旗军练兵的次数逐渐减少。那些上层官员"出行则皆乘舆，以骑马为耻，武艺日益荒疏"，即使进行军事训练，也无非是"以图塞责，不过闲谈饮茶而散"。

到了乾隆年间，八旗军的腐化堕落已日见明显。有一次乾隆皇帝亲自校阅八旗亲军，测试射箭，结果大部官兵"所射非不至布靶，即擦地而去"。这些日子越来越舒坦的八旗后裔，已经没有什么战斗力而言了。

由于八旗制度不允许旗人在吃粮当兵之外有其他生计，统治者用"铁杆庄稼"（即所谓"旱涝保收"的钱粮）买走了他们的终身自由，一代代的旗人子弟，都被束缚在当兵吃饷的道路上。同时又长久地没有战事，所以从上层贵族到下层旗兵，整个八旗实际上都是有闲阶层，他们终日肥马轻裘，挥霍无度，精神空虚到了极点。

这种悠闲而又有相当社会地位的处境，使得他们的文化心态开始急剧异化，浮夸柔弱的风气代替了剽悍骁勇的尚武精神，漫长的富裕和闲雅时光，把他们身上最后的一点草原血性慢慢磨掉。从此，他们便驯服的在繁文缛节和声色犬马中消遣人生。终于，他们竟然成为一群"不士、不农、不工、不商、不兵、不民"，只知道追求声色之美的纨绔子弟、无赖儿郎。

他们学习汉文明，却又瞧不起汉人，在有选择地吸收汉文明的同时，他们同时也在小心翼翼地避免同化，用严格的措施将自己与汉人区别开来，以维护自己的权威。然而，最终的事实证明，这一切都是徒劳的。整个清朝统治集团，汉化得越来越深。历史舞台上重复着长演不衰的征服者被征服的故事：他们在军事上征服了汉民族，经过若干年代，又在文化领域中反而被他们的征服者所征服，最后则被自身的腐败所征服。而八旗子弟更是靡然从风，他们征歌逐色，宴饮无节，似乎生活得不像个汉族士人，就不足与他们的高贵身份相称配。这在当时已成为不可抗拒的历史潮流了。

由于不被许可从事任何经济活动，又不许擅离驻地，八旗子弟们要像鸟儿一样被关在笼子里一辈子。为了找到心灵上的平衡与慰藉，艺术开始成为他们调节生活的重要途径。于是，爱新觉罗家族的后人们在吹拉弹唱、戏曲曲艺等方面，投入了大量的精力，整个族群的艺术化的倾向愈演愈烈。

对于当时的八旗贵族而言，他们的生活空间是相对狭小的，皇帝手中掌握着上三旗，还有五旗则在八大铁帽子王爷手上，这些王爷手握重兵，相互走动多了就容易出事。怕王府间勾结谋反，清王朝有一个规定：王族宗室未经过批准，不准出内城四十里。正因如此，王爷们闲得无聊，也就只能在自己家里闹腾，过自己的文艺生活。据溥杰说，肃亲王府的日常生活就有这样一个特点，就是每天都要在王府里热热闹闹地唱戏，一天不落，而当时剧院一年中也不过上演二百场。其他的王府也各有各的爱好，这也就不难理解，为什么王爷们大都艺术造诣很上乘，直到清朝崩溃后，那些王族的后裔中还在源源不断地出艺术家。

在一种纵情声色、挥洒自如的氛围中，他们用诙谐幽默的生活情趣来排遣光阴，甚至于还把日常的礼节礼貌都安排得充满艺术性。泡茶馆是他们日常生活中最重要的一项，老北京的茶馆，有只供应清茶、偶尔加上点杂耍的清茶馆，还有表演各种评书、京韵大鼓、梅花大鼓的书茶馆。茶客们一杯清茶、一盘五香瓜子，就能得半日逍遥。老北京的茶馆屋子非常高大，摆着长桌与方桌、长凳与小凳，都是茶座儿。隔窗可见后院，高搭着凉棚，棚下也有茶座儿。屋里和凉棚下都有挂鸟笼的地方，玩鸟的旗人每天在遛够了画眉、黄鸟之后，要来这里歇歇腿儿，喝喝茶，并使鸟儿表演歌唱。北京的茶馆，涵养出了满人闲适、优雅的气质风度。

除了喝茶，旗人日常生活还有一个重要的消遣就是养鸟。

旗人养的鸟有南北之分，北鸟鸣声婉转，种类一般分为画眉、百灵、红子、黄鸟、胡伯劳、蓝靛颏、红靛颏、柞子等；南鸟则外观美丽可人，以观赏为主，种类一般有鹦鹉、八哥、鹩哥、白玉鸟、珍珠鸟、沉香鸟、芙蓉鸟等。我们印象中的八旗子弟就是这样一个提笼架鸟的形象，鸟儿是他们悠闲生活的寄托品。

"在满清的末几十年，旗人的生活好像除了吃汉人所供给的米，与花汉人供献的银子而外，整天整年地都消磨在生活艺术中。上自王侯，下至旗兵，他们都会唱二黄、单弦、大鼓与时调。他们会养鱼、养鸟、养狗、种花和斗蟋蟀。他们之中，甚至也有的写一笔顶好的字，或画点山水，或作些诗词——至不济还会诌几套相当幽默的悦耳的鼓儿词。他们的消遣变成了生活的艺术。"入关后锐不可当、铁骑纵横大江南北的满洲骑士们，由弓马骑射发展到走票唱曲，固然能培养出一批文化精英，但同时也会造成人性的萎弱。

到了鸦片战争时期，八旗子弟已经成了彻头彻尾的堕落一群。他们一代不如一代，生命力和人格力量同步衰变。同时，随着清王朝与各国列强签订的一系列的不平等条约，随着不断的割地赔款，白银外流，国库空虚，天朝对于八旗子弟的供养，也已经越来越力不从心了。

他们的生活明显开始走下坡路。据《清稗类钞》记载，有很缺德的一伙宗室子弟，竟然干起了下作的勾当。"道、咸以还，京师风气日偷，宗室子弟往往游博无度，资尽则辄往荒僻，攫农家乳孩以归。次日，故张贴招领，托词途中拾得者。至农家来赎时，则又多方勒索酬金，必取盈而后止"。他们赌输了钱，竟然跑到乡下去偷农家的婴孩，然后从中勒索。八旗子弟沦落到这个地步，清王朝不灭真是天理难容了。

在清朝最后的几十年，八旗子弟退化到完全靠鸦片、古董、赌博、玩鸟，以及躺茶馆和泡澡堂子之类消磨空虚岁月的地步了。有这样一个故事，说启功先生的爷爷，有一个奇怪的爱好，就是为自己办丧事，有几次他宣布自己死了，然后乔装打扮躲起来，看府里的人为自己大张旗鼓，他会详细欣赏，那个纸做的金盘子雕刻什么样的花纹，用了多少质地的金子，等等，都津津乐道地写在文章里。等张罗完了，人再现身，说我没有死。这种事皇帝也不管，只要你按规定体制在自己家的王府里，想干吗都由他去。

"他们没有力气保卫疆土和稳定政权，可是他们会使鸡鸟鱼虫都与文化发生最密切的关系……"他们成了一个有声有色、相当艺术化的群体。"就是从我们现在还能在北平看到的一些小玩艺儿中，像鸽铃、风筝、鼻烟壶儿、蟋蟀罐子、鸟儿笼子、兔儿爷，若是细心地去看，就还能看出一点点旗人怎样在最细小的地方花费了最多的心血"。"二百多年积下的历史尘垢，使一般的旗人既忘了自遣，也忘了自励。我们创造了一种独具风格的生活方式：有钱的真讲究，没钱的穷讲究。生命就这么沉浮在有讲究的一汪死水里"（《四世同堂》）。他们已经丧失了任何进行生存竞争的能力，成了进行自然繁殖的软绵绵的寄生虫，寄生在祖先安排好的社会秩序上。

随着清朝的覆灭，那看似光洁完美的秩序，一下子土崩瓦解了。清末一些笔记野史记有旗人辛亥前后的潦倒困顿，北京城的下层旗人失去了"铁杆庄稼"，又一时难以学到较多的谋生手段，一下子坠入衣食无着落的境地，他们为饥寒逼迫，大批涌入城市贫民的生活行列。为了遮体果腹，他们中稍微有点儿力气的，只能去卖汗拉车。还有其他卖艺的、做工匠的、干小买卖的，以至于沦落为妓女的，日子过得凄凉无比。比起京城下层汉人穷苦的生活命运来，也有过之而无不及。

地位高一些的旗人，他们的情况也好不到哪里去。他们入不敷出，寅吃卯粮，甚至债台高筑。因为形势的变化他们有不少遭受了劫掠之苦，又没有谋生的本领——优异禀赋是要在正常秩序和优裕条件下才能发挥的，如今需凭一双手挣自家"嚼谷"，只能是穷困潦倒。世事是如此的混沌不清，"他们为什么生在那用金子堆起来的家庭，是个谜；他们为什么忽然变成连一块瓦都没有了的人，是个梦"（老舍《四世同堂》）。有的贵胄王孙竟至于有以纸蔽体者，状极凄惨。虽经清末相当一段时间的情势积累，对于优游终日的膏粱子弟，仍像是一朝夕间的事，如同是晴天霹雳。

他们本就很有艺术感觉，如今更是津津有味地讲起养鸟、养蝈蝈与蛐蛐的经验，于是忘了正在遭受的磨难。被讨债的打破门板时，他们也表现得谦和豁达，随遇而安。平心而论，这真是一群不会杀风景的人物。他们懂礼貌、知情理、重风度。久而久之，这个没落的人群普遍养成了夹杂着几分玩世不恭的幽默天性，而这一点尤以京城旗人为甚。

从清末民初一直到二三十年代，在北京城里确实可见这样一些没落贵族。他们普遍受过良好的教育，有较好的修养，他

八旗子弟的颓废美学

们豪爽大方，举止娴雅，事事讲究。虽然一眼可以看出他们事实上的窘境，残酷的命运已经把他们折腾得一败涂地了，但他们仍然尽力维持着旗人曾有的清高与桀骜，以及那份闲适、优雅的风度。

当然，他们已经精神萎缩，提不起精神去做一点有意义的挣扎和上进，甚至也懒得去为稻粱谋了。他们沉醉于所曾扮演的社会角色中，自我意识与自我现实发生了严重的错位，明明已经破落到食不果腹的份上，还以拿手艺换钱为"丢人"。"窝囊废""废物"是他们的自喻和自嘲。他们的确是某种情境中的废物，不过看得出来，他们并不以"窝囊"为耻，这是他们保持内心清高与优雅的一种安慰。清末皇族爱新觉罗·奕赓，是一个有名的大才子，就曾将自己的作品署名"天下第一大废物"。

在历史废墟间，这些精神"阔绰"、经济"贫困"的末世旗人，久久徘徊着，不忍离去。当然他们都是普通人，无力从其中反思历史律动、文明兴颓的意义，他们只能对过往生活的细节变本加厉地摩挲思辨。

八旗子弟的没落，给北京添上了一层伤感与怀旧的情调。这种占了主导与统治位置的文化，在长久的时期里，无疑地成了北京市民的榜样。旗人文化的诸多特质，也被大量沦为贫民的八旗子弟传递到了市井民间。流风所被，北京市民那些玩蛐蛐儿、养鸽子、栽花、喂猫的生活情趣，说书、唱戏、弹弦子、玩八角鼓的艺术品位，大多与旗人曾经的生活方式有关。在相当程度上，北京城独具的那份风雅，正是系于晚清贵族社会的习尚。北京人的闲逸，他们的享乐意识，他们有钱的真讲究、没钱的穷讲究的生活艺术，也间接源自清末以来八旗文化在市井中的传播。

在 20 世纪 20 年代，罗素与杜威依旧会为雕梁画栋的老北京那缓慢节奏与考究的吃穿而吃惊。作为农业文明城市形态顶峰的北京，极富贵族气质的优雅与奢侈，那是一种由太多无所事事之人所造就的"熟透了"的文化氛围，也大抵与精致优雅、体现着尚文风范的京城八旗文化有关。

如今在北京的书画界，还很活跃着为数不少的爱新觉罗氏的书画家，宛然形成了中国近现代书画的一景。当然在他们充满书卷气的生活中，已难觅昔日祖先勇武的神姿，而只能作为对某种历史文化的最后见证了。

晚清旗人除了将儒文化所倡导的艺术式生活发挥到极致，他们自己也越来越像中国传统文化里的汉族士人。金寄水就是一个例子。他本是多尔衮的后裔，但在他身上已经看不到任何多尔衮的蛮勇残暴了。相反，他呈现给我们的形象，完全是一个典型的书卷气很浓的文人，一个在京城八旗文化氛围中成长起来的中国文人。

对于自己的家族和血统，他完全是一种漠然甚至回避的态度。伪满洲国曾拉拢过金寄水，但被他严词拒绝了，并表示自己决不做石敬瑭儿皇帝的臣子。这样的心性与做派，完全是很汉化的。这个八旗旧王孙的所作所为，为汉民族文化的魅力提供了新证。

金寄水在去世前曾自作了一副对联：

人世已无缘，漫云宿业难逃。过眼云烟休再梦；

他生如有约，纵使前因未了，伤心旧地莫重来。

八旗子弟的"堕落"是从头就开始的宿命：他们用了三百年的时间，为自己筑造了一座淫靡虚浮的末世天堂。的确，不论往日的传奇多么绚丽动人，也不过是已经过去的风景，是死掉了的故事，生命是如此嬗递紊乱，照道理说，已经看到生命另一面风景的八旗后裔们，还有什么心情斤斤计较浮世人生？纵使前因未了，伤心旧地莫重来——他们一意孤行地将自己放逐在了时间的逻辑之外，他们的魂魄也随之消散。我仿佛听到了阵阵歌哭之声，从那副对联悲凉的字里行间传来。

京剧：
旧光影里的华美与惆怅

　　想到京剧，我总会想到缓缓转动的木质老唱片。小时候没有觉得京剧的美，年龄渐长才体会出它挥之不去的凝重、精致和清雅，甚至并不缺少诙谐感。那些个妩媚风流的身段，那些个低靡委婉、变化莫测的唱腔，凝结了国人的惆怅和迷惘，以及千秋家国的梦想。从乾隆时期到晚清再到民国，从朝廷专宠到全民普及，京剧野火春风，喧嚣的锣鼓几度敲响了它的鼎盛时期。四百年的风雨艺程中，京戏不拒陈艺，善收新艺，博采众长，自成一家。紫陌红尘扑面来，无人不道看戏回。览其数百余年之箫鼓流韵，阅华夏坊间草民之粉墨春秋，抚今追昔，令人感慨万端。

　　现在说京剧的历史，一般是从乾隆五十五年（1790 年）徽班进京开始算起。那一年，为了给爱新觉罗·弘历，也就是乾隆皇帝庆祝八十岁生日，闽督伍拉纳命其子亲率以高朗亭（名月官）为首的第一个安徽的戏班子——三庆班，进京给乾隆献艺。受到帝王贵胄的好评后，徽班的名号也就此被带进了北京，随后便有不少徽班也陆续进京，迅速占领了京师的娱乐市场。当时著名的除了三庆班，还有四喜、春台、和春，并称四大徽班。

徽班是中国戏剧史上一大奇观。中国的戏曲均来自民间，而能从下里巴人臻达阳春白雪的，仅为京剧、昆曲等少数几种。而京剧更是因缘际会，成了国剧，这其中徽班可谓居功至伟。

当然，徽班进京后带来的并不是地道的京戏，而是传统的徽剧。当时在北京流行的，还有昆曲、汉剧、京腔、秦腔等多种流行戏。但是徽班有着圈外人士难以想象的包容性，它大量吸收了各种地方剧之长，很有点百老汇的意味，同时又受北京的语言、风俗等地方文化潜在的影响。到了道光末年，徽班艺人们所表演的剧目唱腔，和今天我们听到的京戏已经相去不远，皮黄并奏已是司空见惯，可以说京剧业已成为一个独立的剧种。

这个京城的新鲜事物，很快成为北京人热衷的消遣方式。那时戏园子在京城里称作"票房"，京剧称"二黄"，去那里听京剧为"玩票"，玩票的戏迷自然就是"票友"。走进梨园的人看演员唱念做打，跟着戏中人嬉笑怒骂，悲欢离合。关于徽班向京剧的嬗变还有一种说法，认为直到谭鑫培成名后，京剧才算形成。这就要算到光绪年间（十九世纪八九十年代）了，此时京剧上演的戏码之多，名伶出产之盛，更是前所未见。

从宣南走出的一批批梨园子弟，程长庚、谭鑫培、杨小楼、陈德霖、余叔岩、梅兰芳、尚小云、荀慧生、裘盛戎……个个都是中国京剧史上彪炳史册的人物。由于清朝规定不得在内城建造戏园、会馆，地处南方各省进京必经之路的南城，就成为梨园子弟的首选之地。喜连成、富连成、斌庆社这些著名的京剧科班，就在琉璃厂四周的椿树胡同、虎坊桥、西河沿、韩家潭等地安营扎寨。琉璃厂四周的正乙祠戏楼、安徽会馆、湖广会馆，是他们经常献艺的舞台。台上铁板铜琶、声韵铿锵，台下一片咯咯的木屐声，满目皆是布衣短衫；京师城南的梨园成就了一段段的粉墨传奇。

而在此时的朝廷内，不时会有场面浩大恢宏的宫廷演剧活动，可以用来炫耀所谓"同光中兴"歌舞升平的太平景象。京剧对于垂帘听政下心灰意懒的光绪皇帝来说是一种安慰，他打得一手好板鼓。大权掌握的西太后更是旗人中最大的戏迷。事实上，京剧发展过程中非常关键的一步，就是在西太后的鼓励下完成的。

应当说，慈禧是一个很有水准的京剧迷，她精通音律，专业程度超乎寻常。在同治、光绪年间，她在宫里成立了一个戏曲组织，名为"普天同庆"，这个组织归慈禧直接管辖，专门选送有一定天分的年幼太监去学习京剧艺术。如果他们中间有人学成了超群的才艺，就会得到慈禧的赏识，并因此顺利升迁。当时的小太监张兰德（小德张），就是由于卓绝的唱功而得到慈禧的赏识。

慈禧自然不满足于宫里太监的演出，而是大量地将优秀的伶人召进宫来演戏。她最喜欢看谭派创始人谭鑫培（艺名"小叫天"）演的戏，谭鑫培是那时京剧界最拔尖的演员。有一次慈禧在宫中看他演《翠屏山》，一高兴就封了他一个四品官。直到

京剧：旧光影里的华美与惆怅

去世前，她还在听谭鑫培唱戏，谭鑫培的戏几乎成了她片刻不离的精神享受。

其他如陈德霖、杨小楼、孙菊仙、王瑶卿等大量名角，也曾进宫演出、教习。她对进宫的演员要求很是苛刻，要他们必须依照"串贯"（宫内的戏目详细名目，每出戏都有不同串贯，上面用各色笔记载着剧目名称、演出时间、人物扮相、唱词念白、板眼锣鼓、武打套数以及眼神表情、动作指法、四声韵律、尖团字音等），一丝不差地表演。

当然慈禧对这些演员也相当优待。他们进宫供奉，一被品题，身价自然百倍。在这些京剧名角面前，她的确称得上是和蔼可亲的"老佛爷"，并不如传说中的西太后那样寡恩刻薄。所以在那个时候，京剧界几乎所有剧目里的太后都是正面形象，比如在《法门寺》里，不仅连"老佛爷""大慈大悲"，就连太后身边的太监也都形象可亲。

"上有好者，下必甚焉"。西太后带头提倡京戏，王公大臣当然不会落后，在大清帝国，一时间军政民商各界齐来凑趣，戏园子天天爆满，堂会不断。前三鼎甲、后三鼎甲，谭叫天、小叫天、盖叫天，唱到了上海、武汉、长沙，甚至唱出了国门，一直唱到平壤、首尔。就连八国联军入侵北京，北京城里的商家为了跟洋鬼子沟通感情，也叫上最有名的戏班子登场亮相，请联军司令瓦德西赏光看戏。当然洋人们对京剧艺术一般都无缘享受："在这里，演员们的叫喊之声、铜钹与鼓的敲击声以及观众的嘈杂声震耳欲聋。这样的声响足以使西方人的心智变得失常。"（《中国人生活的明与暗》）勉强撑上一个时辰，瓦德西便仓皇离场。

慈禧不仅能听戏，而且还能改戏，当大戏楼排演新剧时，慈禧坐戏楼中，仔细推敲，终日没有倦容。当她见有应当改正之处，即传刻饬太监传知后台改正。实际上，慈禧对于京剧的最大贡献就是对京剧剧本的翻改。清宫廷内的大戏《昭代箫韶》，全剧共 240 出，原来是昆曲本戏，共有 240 出。在慈禧的亲自主持下，于 1898 年开始翻改成京剧剧本，两年后因义和团运动而中断，但此时已翻改了 105 出，是清代宫廷内工程最为浩大的剧本改造翻制工作。

不光是慈禧，世人看戏也都素来喜新厌旧，他们看戏就要看新编的戏码，那些个压箱底的老唱本，尽管堪为传世经典，却难以永久满足人们的视听。他们常常要求艺人改戏、编词、配腔，这也逼迫艺人不断适应和创新京剧。戏班也随之大量改编旧戏、史实、传奇小说、民间故事。由于剧本需求量大，还要聘请文人参与创作，这自然把京剧推向前所未有的水平。

京剧艺人的社会地位也比从前有了很大的改观。谭鑫培被人们称为谭贝勒、谭状元、谭大王、谭教主。他可以自由出入宫廷内苑，和王公大臣们称兄道弟。那时学习京戏，就要在荣春社、富连成一类的科班里，通过师傅带徒弟的方式，经过极其艰苦的训练。

宫内演出有着优越的物质条件，演出排场浩大，同时也使京剧吸收了不少曲牌和锣鼓经，使京剧音乐伴奏更为丰富。而优秀的民间艺人进宫承差，顶尖名角同台演出，更使得京剧的演出质量得到了提高，也使名家之间有了相互促进作用的机遇。

京剧：旧光影里的华美与惆怅

那个时候流传的一句话"国事兴亡谁管得，满城争说叫天儿"，这是对当年全民皆戏之盛景的一种描摹。

京剧的第二个鼎盛期，是20世纪20年代至40年代。1927年，北京《顺天时报》举办评选"首届京剧旦角最佳演员"活动，梅兰芳、尚小云、程砚秋、荀慧生当选，被誉为京剧"四大名旦"。伴随着"四大名旦"的诞生，又诞生了诸多的流派，每个流派又都拥有一批数量可观的剧目，梅尚程荀、余言高马及金郝侯萧等争奇斗艳，又一个京剧时代在幕布前面展开。

有一个有趣的故事。有一次，京剧理论研究者齐如山听过梅兰芳的《廉锦枫》后坐人力车回家。途中月明风静，他边坐车边哼曲，琢磨几句新腔。这时人力车夫插话说："先生，你走了板啦！"齐如山说："我本来不会唱，没有板，也无所谓走，但你这样说想必是一定能唱了。"车夫长叹道："若不因为爱唱，还不至于拉洋车呢？"原来他是位票友，因为学戏把家当都花光了，又不习营生，到头来只好去拉洋车。齐如山听后，大为同情，下车时给了车夫一块大洋，权作安慰。这个例子可以说明京戏曾经受人欢迎的程度。

也是在这一时期，在五四风潮的影响下，当时的文化精英对京剧进行了猛烈的批判，其中有陈独秀、钱玄同、柳亚子、傅斯年等大名鼎鼎的人物。他们认为传统京剧脸谱离奇、舞台设备幼稚，"就技术而论，中国旧戏，实在毫无美学之价值"，他们以《新青年》为阵地，剖析中国戏曲的弊病，甚至从根本上对京剧发难。

对于京剧，鲁迅发自内心的不喜欢。他在《论照相之类》

一文中说："我们中国最伟大最永久的艺术是男人扮女人。……然而也就可见，虽然最难放心但是最可贵的是男人扮女人了，因为从两性看来，都近于异性，男人看见'扮女人'，女人看见'男人扮'，所以这就永远挂在照相馆的玻璃窗里，挂在国民的心中。"他也不承认京剧是艺术，只能算作"玩把戏"的"百衲体"。当然也有另一些对中国戏曲有一定研究的文人在为戏曲辩护。无论正反意见，《新青年》都原样刊载。

公允地讲，京剧剧目都是历史剧，涉及中国历史上许多惊心动魄的大事件，反映社会不公、善恶对抗的戏剧故事也是主流之一。国人在戏剧舞台上才能看到他们所向往的世道，享受着公正带来的无与伦比的快感。在锣鼓丝弦的漫天飞舞中，在纷繁复杂的浓烈幻象中，沉重哀伤的人生都在幽暗的舞台中央呈现出来。所谓"舞台小世界"，即是戏如人生之意。舞台浓缩了社会百态、人生万象，并让已经从人世间消失了的前人旧事，得以用华丽的夸张的形式，纪念式地再现。所以对于普通中国民众而言，京剧能够满足他们怀念先人以及崇尚古贤的心理，它的存在与兴盛都是有道理的。

30 年代前后，在京、津、沪等地的茶园戏馆里，捧角儿的风气风行一时。捧角儿者遍及各阶层，上至总统，下至百姓，而且形式多样，有官捧、民捧，还有捧角集团，当时声势最大的要数专捧梅兰芳的"梅党"。当然除了"捧"也有"砸"的。历来地方上票友多、京剧也发达的，比如在上海、天津和武汉，有些票友的水准竟然不下于名角，都是行家里手，手艺稍微有些懈怠就瞒不过去，撞上了倒彩就太难堪了，不说一般小角色，就连四大名旦里的尚小云、四大须生里的余叔岩，都有过栽跟头的经历。所以角儿们上台时莫不战战兢兢，打起十二分的精神头。

1930 年 2 月 3 日，梅兰芳在美国纽约进行了一次商业演出，作为中国艺术界的代表性人物，梅兰芳顶着巨大的压力，但美国人终于对梅兰芳表现出了强烈的兴趣。有人这样描述梅兰芳在纽约四十九街戏院的初次亮相："在灯光下翩翩走动的他，在台口来一个亮相，他是东方的贵族，腰身的美丽、手指的细柔动人都是博物馆内很少的雕刻，台下观众紧张得忘记了拍手，他们似乎每人都随着马可·波罗到了北京，神魂无主，又似乎做起了《仲夏夜之梦》。"

因为在不断取得成绩的同时，京剧一直保持着经久不衰的鲜活艺术魅力，所以来自文化界的批判，没有对当时处于强势地位的京剧带来太大的影响。真正对京剧产生冲击的，是日本侵华战争。抗战结束后，当年京剧舞台上的三个顶梁柱：梅兰芳、杨小楼和余叔岩，只剩下了一个梅兰芳。京剧犹在，步履却已迟滞蹒跚，再也寻不回她昔日的辉煌。当四大名旦重新出现在人们视野中时，梅兰芳、尚小云、程砚秋、荀慧生都发福了，整整一代名角儿就这样在国难里耗尽了韶华。

而三十年后的另一场文化浩劫，更是把京剧带入了歧途。京剧界喊出了一年要排三百个戏，其中二百个革命现代戏的口号，《芦荡火种》《红灯记》《白毛女》《海瑞罢官》纷纷登台。也在这一时期，京剧界的大师们相继驾鹤西归。1958 年，程砚秋去世。1961 年，梅兰芳去世。1966 年，马连良去世。1968

年，荀慧生因被批斗引发心脏病去世。随着名伶的相继故去，时代的变更给京剧刻下一道看不见的划痕，剧坛从此再也未曾出现过名满天下的角。台上虽然仍是琴箫锣鼓，声音却渐渐凄凉，山河可复而颓风不可挽，这是京剧之悲哀。

"唱不尽兴亡梦幻，弹不尽悲伤感叹，大古里凄凉满眼对江山。我只待拨繁弦传幽怨，翻别调写愁烦，慢慢地把天宝当年遗事弹……"二百年来京剧的起起落落，看不尽的歌台舞榭、宝光丽影，到曲终人散，毕竟都成一梦。在韩剧"昌盛"的今天，那个曾经红极一时却永不会再重现的京剧年代已经一去不返了。现在各派都再没有新的代表人物涌现，没有传承也就没有发展，京剧的内在生命力已然萎缩。

在北京右安门附近有一个松柏庵，那儿曾有一座大半个世纪前的梨园公墓。民国初年庙已残废，庙外有一大块空地。北京最早的所谓"戏子坟"是位于崇文门外四眼井的"安庆义园"，它是乾隆时由安徽进京的"三庆班"购置的，演员病故后皆埋于此。后来荀慧生曾有感于贫困的京剧艺人晚景凄惨，死后无处埋葬，于是与梅兰芳、程砚秋、尚小云等人呼应，每人交三百元大洋，买下庙前十二亩荒地，辟为墓地，专供艺人们死后葬身，被称为梨园公墓。后来一代名优杨小楼、金少山等都先后安葬于此。离此不远，就是北京市戏曲学校。从那里经过，有时会看见一些稚气未脱的学生在围墙里边练武功和吊嗓子，依稀还有丝竹与锣鼓之声，以及韵味淳厚的京剧旋律，从历史与现实的深处传来。

旗袍：

旧光影里的冷艳香凝

　　一位在南方生长的画家，有一年初次到北平，住了几天之后，他说，在上海住了这许多年，画了这许多年，他不喜欢一切蓝颜色的布。但是，这次到了北平，他一下子改变了看法，蓝色的布原来是这么可爱，满街蓝布旗袍的女学生，在北平是一种惊鸿一瞥的风景，纯净、美丽而隽永。

　　没错，在北平，留着齐耳短发的女大学生，通常是这样一副行头：一身蓝色阴丹士林旗袍，雪白的毛线围巾，脚上穿一双轻便的黑布鞋，当然，有的时候是竹布褂儿和黑裙子，也一样的纯静温婉、清雅怡人。

　　在北平城明净高远的天空下，在平和安闲的四合院里，主妇们的寻常装束，也是白色网眼罩衫搭配着的蓝布旗袍。普通人家女子身上的自制旗袍，用的是最普通的棉布，没有繁复的手工和精致的装饰，透出的是温厚、安心、含蓄、矜持。

　　旗袍流行的起始时间和地点较有争议，一般而言，"1925

年的北京"这个说法较为合理。旗袍最初仅仅局限于满族妇女之中，是清朝女子的普通服装。1924 年 11 月，冯玉祥将退位的溥仪赶出了紫禁城。有趣的是，旗人妇女穿的旗袍却从这时在北京市民中流行起来，又从北京流传到了全国，尤其是在上海——当地有文章这样写道："近日旗袍盛行，摩登女士，争效满装，此犹赵武灵王之服胡服。"值得注意的是下面这句："出于自动，非被强迫而然者。"

在清末民初流传下来的一些画片和照片中，很少能看到民间的女性穿着满式旗袍，但在旧体制被推翻后，反倒使上海的妇女钟情起旧旗袍来了，也的确是一种奇怪的现象。

北京的旗袍自从走出了皇宫，也就开始了它千变万化的命运。它不再像过去那样，为彰显地位一味地繁缛华丽，而是温和从容的，有一种洗尽铅华的质朴和从容。张爱玲那种卓尔不群、惊艳别致的旗袍风格，是后来在上海才有的事，在北京，一切都是温和大气、不事张扬的。即使如才女林徽因、名媛陆小曼，她们身着旗袍的美丽倩影自然是风姿绰约，但那种浸染在骨子里不动声色的东方美感，才是最重要的特点。

旗袍的前身是清朝的旗装，最初的造型是宽腰直筒式，袍长及于足面，加上许多镶滚，面料多为绸缎，上面绣满花纹，领、袖、襟、裾等处均有几道花绦或彩芽。最初旗女所着袍、衫都很宽大，后来慢慢变窄，但腰身不明显，形如直筒，且多为圆领口，有时加一条围巾。而汉族女子从唐宋以来，就一直穿对襟上衣，右衽大襟（也有斜襟的）；从清代开始，渐渐改用圆领口、大襟、五副纽扣、宽镶片，这都是模仿旗装服式的结

旗袍：旧光影里的冷艳香凝

果，不过依然保持着上衫（袄）下裙的传统装束。

宫廷里讲究的是等级地位，所以所着旗袍的颜色、纹饰都有不同，皇太后、皇后用明黄色，贵妃、妃用金黄色，到嫔就只能穿秋香色。旗袍的三大经典细节——领、襟、袖，也根据身份、地位的不同，做出了不同程度的修饰。

有时，为了表现身份，旗袍常常被修饰到累赘的地步。同治年间，旗袍领托、袖口、侧摆、下摆的镶滚花边足有十八道之多，人称"十八镶"。袖口内缀接可以拆换的华丽袖头，袖头还要镶滚繁多的花边，乍看上去，似乎穿了好几件考究的衣服。有时因为缀饰过多，以至于连旗袍的本来面目都看不出来了。

穿这样的衣服，看起来花团锦簇，华丽沉稳，精细的手工里沉淀着历史的厚重。当然，衣服里面人的曲线，也被遮了个严严实实。就如张爱玲所说："在满清三百年的统治下，女人竟没什么时装可言！一代又一代的人穿着同样的衣服而不觉得厌烦……削肩、细腰、平胸，薄而小的标准美女，在这一层层衣衫的重压下失踪。"

在清末至辛亥革命期间，旗袍的式样仍然趋于保守，腰身宽松、平直，袖长至腕，衣长至脚踝，而所选用的衣料大都是绣花红缎，在旗袍的领、襟、袖的边沿部位，都采用宽图案花边镶滚。

清朝覆亡，清帝退位，在 1925 年的北京，旗袍的式样开始与清末略有差别了，曲线变得玲珑流畅，面料、做工和搭配上也开始略显差异。中国女性水样的温柔、性感和雅致，不知在身体里隐藏了多少岁月，随着旗袍式样的改变，开始慢慢溢出来了。旗袍的腰身开始收紧，镶滚简单了，色泽也淡雅起来，现代旗袍就此诞生。没用几年时间，从名媛明星到家庭主妇，从女学生到工厂女工，中国的都市女性悉数接纳了它。

什么样的女性穿上旗袍，便有什么样的面貌与精神，在影视作品中我们就经常见到，师范学校的女教师，穿一袭宽松的棉布旗袍，端庄而又不失清雅；女学生穿上阴丹士林旗袍，便显得活泼而又清纯；革命志士穿上旗袍，立即尽显浩然之气，《红岩》中的江姐就是穿一身蓝色棉布旗袍、火红色的毛衣外套，系上一条雪白围巾上刑场的。

旗袍也有海派与京派之分，二者各有其鲜明的个性。京派与海派在艺术上和文化上是截然不同的两种风格。海派风格大量地吸收了西方文化艺术的素养，标新立异且灵活多样，商业气息浓厚；京派风格则带有官派作风，显得矜持凝练。

到20世纪30年代，旗袍的黄金发展时期到来了。在上海，领高、衩的高度、袖口、袖长、滚边、衣长一直在变化之中，还能与各种服饰任意搭配，用料也不拘一格，纱、绉、绸缎、毛呢、棉布均可，夏天穿单，春秋穿夹，冬天穿棉，热时穿无袖，冷时穿长袖。以至于后人只要一提起30年代，就会联想起旗袍和旗袍美女的绰约风姿。

而在这一时期，在老北京的民宅里巷中，仍凝聚着一股肃穆气息。北京不太去追赶海派旗袍的时髦，大多还采用大红织锦、翠绿提花的面料，重色滚边，呈现着一种厚重的世故的美，花色也很少有西方影响的痕迹。因为衣身的宽大，人体的表现力就退居次位，在装饰上就不得不考究起来，所以京派旗袍的

旗袍：旧光影里的冷艳香凝

魅力，更在于美丽繁复的刺绣纹样。那织金绣银、镶滚盘花的华彩，尽显骄傲矜持的皇城气派。

在以后的若干年里，因为缺乏整体更新的内在动力，京派旗袍仍沿袭了旗人服饰的传统式样，不太为流行所动，没有做太大的改进，始终显得有些守旧。1938年，出现在老舍小说里的北京大鼓艺人秀莲，穿着一件短袖口镶一圈白色图案花边的绉纱黑旗袍，这是当年北京女性的流行时装。而在上海，这样的服装早已过时，看起来土里土气，所以，当一位从北京来的豪门太太，穿着大红织锦的滚边旗袍出现在电影明星胡蝶眼前时，她仿佛看见了一件古董，更何况这古董还在努力地学跳狐步舞，这就更让她忍俊不禁了。

旗袍何以大行其道且长盛不衰？实际上，东方女人穿旗袍的独特魅力，反倒是来自自身的缺憾。东方女人腰长，臂位较低，用张爱玲的话说"坐着也像是站着"。而旗袍突出了人体中段腰和臀的曲线美，尤其能掩盖掉中国女人腰长、胸部不够丰满等身材缺陷，反而突出了中国女性特有的风情与魅力。旗袍严严实实的高领，把女人的头颈撑起、固正，显得傲然不可侵犯。加上窄窄的下摆，走动起来步履端正，充满东方女性的含蓄之美。旗袍的衣身连袖，符合中国传统美人手臂下垂时的溜肩。从正面看高雅端庄，符合中国传统的保守观念，从侧面看却另有一番风味，不仅"S"形身材尽显无遗，腿侧若隐若现的开衩，更是一道美丽风景，正因其半遮半掩，让人体会到一些无法言说的感触。不过，这开衩可不是为了勾人魂魄，而是为了方便行走的实用性设计。

丝袜和高跟鞋的出现，使得穿上旗袍的女子更加亭亭玉立，身姿更为挺拔。而此时腿部成为旗袍新的视觉中心，原本为了方便女子行走的高开衩，勾勒出女子美妙的腿部线条，旗袍的美丽开放到了极致。

到了40年代，由于日军的全面入侵，物资奇缺，旗袍也遭了殃，它无可奈何地变得简单和粗糙。但在另一方面，作为贵夫人、影星、交际花和其他特权人士的着装，高级旗袍则更加西洋化，也更加时装化。露胸设计，腰部也更加性感，旗袍受到了西式礼服前所未有的影响。

上世纪50年代末期起，一浪高过一浪的革命和"大跃进"浪潮，荡涤了旗袍悠闲、舒适的生存空间。革命是真实而残酷的，容不得半点风情，自然也容不得旗袍的斯文与优雅，更别提那种若隐若现的诱惑了。因此，女性的身体又缩回到粗糙简陋的工作服或劳动服中，甚至被完全男性化的军服所苑囿。在"文化革命"中，旗袍又沦为"四旧"，被扫进了历史的垃圾堆。

直到新世纪的到来，一部电影的出现，那部电影叫作《花样年华》，电影中张曼玉穿着旗袍的曼妙身姿才把人们的记忆唤醒，旗袍终于回到了人们久违了的视线当中，熬过近半个世纪的波折，旗袍终得重现江湖，有如春梦再生，重新焕发出不可抵挡的诱惑力，兀自成为小小奇观。时代的起落沉浮，原本不过是服装的几进几出？小女人张爱玲的敏锐令人慨叹。

现在可以再说一说所谓的"海派旗袍"了。旗袍在它的发源地北京，是一种本位本土的拙朴，表现得本就不那么张扬，而且在二十世纪三四十年代，它的风头整个都被上海抢了去。

旗袍：旧光影里的冷艳香凝

和北京相比较，上海是整个中国时尚旋涡的中心，它更时髦，更活跃，因此，旗袍一到上海滩，就成为时尚、旖旎、风情的代名词。

海派旗袍将传统样式与西式服装融于一体，兼收并蓄，把西式外套、大衣、绒线衫搭配在旗袍外，洋装中的翻领、荷叶领、荷叶袖等都拿来我用。一时间，经改良的旗袍风靡了十里洋场，旗袍在上海迎来了自己的"花样年华"。

上海女人有一种外地女性无从模拟的世故聪慧，再加上一抹江南的雅致，将女人的风姿和旗袍的剔透完全融于一体。旗袍修长紧身的特点，也更适合上海女性消瘦苗条的身材特征，可以说，是上海女人将旗袍穿出了风情万种。当时有一位叫欧阳莎菲的电影明星，穿着凤翔旗袍，胸口抠了一块三角，露出雪白肌肤，戴着长串珍珠项链，衣袖却把肩膀包裹得严实，尽显当时的时尚风潮。

海派旗袍由于着力显示女性身段，因而服装在于表现人而非衣服本身，所以，海派旗袍一向趋于简洁，色调力求淡雅，注重体现女性的自然之美。20世纪30年代旗袍受西方短裙的影响，衣长缩短，已快近膝，袖口相应缩小，比以前更合身了。

在整个30年代，海派旗袍不断地处在变化之中，某一段时期旗袍流行"透、露、瘦"，在布料上采用了镂空的织物和半透明的化纤或丝绸。有时在盛夏，旗袍索性没有了袖子，旗袍的衩有时开得很高，1934年有几近臀下的，腰身又裁得窄，行走起来双腿隐隐可见，活泼轻捷之余不乏魅惑之感。这是令后世的中国人惊讶的事实：在民国时期的人文观念中，社会对女性的行为约束已经大大放松，与我们臆想中"被礼教束缚"的文化环境是何等的不同。

当然，这样的旗袍是会让那些道学家们连连摇头的。茅盾的小说《子夜》中就写到，封建保守的高老太爷从乡下来到上海，当他乘坐的小汽车从外滩经过，看到一辆和汽车齐驶的黄包车，车上坐着一位时髦的上海小姐，穿着颜色鲜艳的旗袍，衩开得很高。外滩的风撩起旗袍，露出小姐雪白的大腿。高老太爷差点没晕过去，他立刻闭上眼睛，口中恨恨地念："万恶淫为首。"回到家中，高老太爷很快就一病不起了。

穿上旗袍的女人无论心情多么烦躁，只要走出家门，就会慢慢地安静、平稳下来，就会自然而然地收敛起平日的强悍和粗糙而想到自己是一个女人，应该有一个温柔、宁静的心态。由此看来，旗袍还是唤醒女性温婉贤惠美德的一剂良药。

不同年龄段的、形象各异的女人穿起来都各得其所，相得益彰。有一点年纪与经历的女人穿上旗袍，气定神闲，更有一番似水流年的端庄沉静之美；而时尚女子穿上旗袍，则会有一种古曲与现代融合的新意，别具一份娇娆惊艳、柔媚神秘。

日久年深，旗袍的美就慢慢渗入每一个中国女子的血液里，不必托付地、不必交代地世袭承传着，它是每个中国女子心中的一个情结。虽然旗袍距离现代女性的生活已经十分遥远了，就连女人的细腻、沉静与贤淑，也仿佛停留在了古老的梦中。

穿旗袍的女子，永远清艳如一阕花间词。宋美龄、林徽因、胡蝶、阮玲玉、张爱玲、石评梅……她们或婉约或沉静或凄美或忧伤的身影，以一种冷艳香凝的形象，留在了中国人的记忆

旗袍：旧光影里的冷艳香凝

深处。镶边的立领、精致的盘扣、柔软的丝缎，在寻常的日子里穿一袭旗袍，淡紫、桃红、莲青、杏子黄、藕荷色……加上丝滑如水的质感，共同构成了一种渐行渐近的优雅气质。

不妨再回到《花样年华》里看看：张曼玉穿着简约清丽的旗袍，滚边的元宝立领、蝴蝶状的盘扣，显得沉静而又魅惑。在寂寞的弄堂里，在昏暗的街灯下，将一只保温桶拎在修长的手中，沿着古老的台阶悠然走去，在低眉俯首或举手转身之间，那种"含蓄的东方性感"表露无遗。你可能会在不经意间，也像那位房东一样脱口而出：买碗面也穿得这么漂亮——在周璇褪色的音质里，过往的百年历史，杳然而成烟尘里的一帘幽梦。

老北大与新青年

如果你将石子投入平静的水面，涟漪就会从此中心向远处扩展开去，在五朝京都的千年古城北京……维新的浪潮已经消退成为历史。在这平静的古都里，只剩下一些贝壳，作为命运兴衰的见证者。

代理过北大校长的蒋梦麟先生，曾这样比拟那个时代来而又去的文化风潮。在1919年五四运动后，老北京实际上成了整个中国的文化中心，这里有北京大学、清华大学、燕京大学、辅仁大学、北京师范大学、中国政法大学等全国第一流的高等学府，聚集了一大批当时中国杰出的精英文化名流。中国的青年知识分子正在重新认识自己的国家，认识自己所处的时代，他们有滚烫的理想、有青年的热血、有澎湃的民族浪潮、有对普世文明的真诚向往。在近世中国最动荡最尴尬的时代，他们偏偏重演了一出先秦百家争鸣的繁花似锦。

光绪皇帝在 1898 年变法维新，结果有如昙花一现，所留下的唯一痕迹，便是国立北京大学，当时称为京师大学堂或直呼为大学堂。正如蒋梦麟所言，维新运动短暂的潮水已经消退而成为历史陈迹，只留下一些贝壳，星散在这恬静的古都里，供人凭吊，但是在北京大学里，却结集着好些蕴蓄珍珠的活贝。在那样一个"王纲解纽的时代"，天下未重新定于一，正是一个无政府、无组织、无秩序、自由创造的时代。延续了几千年的集权专制解体了，亚洲第一个共和国破土而出，古老社会暂时获得了自我解放，知识分子再也不像清朝知识分子那样如履如临，把一生的精力贯注于考据文章。他们激昂慷慨，发扬踔厉，人格个性得到前所未有的伸张，一个"新文化运动"已经呼之欲出了。

岁月易逝，八十年弹指已过，当年健者，如今俱往矣。然而我们忘不了那些开风气之先者，比如蔡元培，他"把北大从一个官僚养成所变成名副其实的最高学府，把死气沉沉的北大变成一个生动活泼的战斗堡垒"（冯友兰语），其功不可谓不巨。

蔡元培十七岁中秀才，二十三岁中举人，二十六岁中进士，二十八岁成为翰林院编修，用中国过去的一首诗来讲，可说是"春风得意马蹄疾，一日看尽长安花"，功名富贵已是囊中之物。然而当时正值戊戌之际，在他看来，以中国之大，积弊之深，不在根本上从培养人才着手，要想靠几道上谕来从事改革，不可能把腐败的局面转变过来，"康党之所以失败，由于不先培养革新之人才，而欲以少数人弋取政权，排斥顽旧，不能不情现势绌"。在这样的思想基础之下，他告别官场，回到南方，致力于办教育，以后他更进一步在德国柏林、莱比锡等地学习、研究。

在德留学多年，又有在其他欧洲国家学习研究的经历。蔡元培吸收了西方现代大学精神，一种完全开放的、向世界看齐的眼光开始成熟。他最佩服的人是德国柏林大学的创始人威廉·洪堡。洪堡是柏林大学的创始人，奠定了学术自由、教学自由的教育原则，对蔡元培影响很大。

三十六岁以后，蔡元培看到清朝已不可救药，决意参加革命，他在上海一边办学、办报、办刊物，一边以翰林的身份学习造炸弹、参加暗杀团。由于蔡元培在革命党人中的威望，他先后被推为第一任光复会会长、同盟会上海主盟人。辛亥革命之后，他成为中华民国第一任教育总长。

1917 年 1 月 4 日，蔡元培就任北京大学校长，也拉开了他人生最辉煌的序幕。这一项中国几千年政治史上极其普通的任命，同时是中国文化史、中国教育史和中国思想史上最伟大的一个举动，它牵动了中国有史以来最大的社会变革的脚步。蔡元培发表了一篇著名的就职演讲："大学是研究高深学问的地方，学生进入大学不应仍抱科举时代思想，以大学为取得官吏资格之机关。应当以研究学术为天责，不当以大学为升官发财之阶梯。必须抱定为求学而来之正大宗旨，才能步入正轨。诸君为大学生，地位甚高，肩负重任，责无旁贷，故诸君不惟思所以感己，更必有以励人。苟德之不修，学之不讲，同乎流俗，合乎污世，己且为人轻辱，更何足以感人。"

他要把北大办成学术自由的摇篮、百花齐放的园地。他提出了自己的办学方针，就是有名的八个字"兼容并包，思想自由"。蔡元培对北大的整顿是从文科入手的。第一步是请人，他聘请了像陈独秀、李大钊、刘半农、胡适、周作人、王世杰等一大批新学方面的要角（在自然科学方面也请了李四光、翁文灏等科学家）；同时又保留或聘请了一批在学术上有很高造诣，但在政治上非常保守，甚至主张君主制的学者，像辜鸿铭、刘师培、黄侃、钱玄同这些人。

于是，北大校园里有保守派、有维新派亦有激进派，诸子百家、三教九流会聚一堂，"背后拖着长辫，心里眷恋帝制的老先生与思想激进的新人物并坐讨论，同席笑谈，都同样有机会争一日之短长"。在蔡元培看来，这才是真正的大学，是"囊括大典，网罗众家"的学府。

说起北大的学术自由，张竞生应当是个很有说服力的例子。此人早在20世纪20年代就大力倡导节制生育（类似于今日的计划生育），但因"不合国情"而未获重视。不过他在北大讲授西方现代爱情、生育、性育以及有关的社会学说，倒是颇受胡适、鲁迅、周作人等人的称赞。在北大哲学系，他一连任教五年（1921—1926），他的讲义《美的人生观》《美的社会组织法》相继出版，周作人对《美的人生观》评价相当高："张竞生的著作上所最可佩服的是他的大胆，在中国这病理的道学社会里高揭美的衣食住以至娱乐的旗帜，大声叱咤，这是何等痛快的事。……总之，张先生这部书很值得一读，里边含有不少好的意思，文章上又时时看出著者诗人的天分……"可以看出，这与蔡元培倡议以美育替代宗教，提高全民素质的思想颇为暗合。

张竞生将自己的学说统称为"美的学说"，提倡"性格刚毅、志愿宏大、智慧灵敏、心境愉快的人生观"；主张学习美国的经济组织法和日本的军国民组织法，认为这样可以使中国"臻于富裕之境"，"进为强盛之邦"。他还曾在《晨报副刊》上发表著名的"爱情的四项定则"：一、爱情是有条件的；二、爱情是可比较的；三、爱情是可以变迁的；四、夫妻为朋友之一种。观点亦颇为新颖超前。梁启超、鲁迅、许广平、孙伏园等都很有兴趣地参与了这场争论。无论反对还是支持，总归是仁者见仁，智者见智。令人慨叹的是当时风气的开放，与我们头脑中预先的设想实在是相去甚远，也可见那时的大学和社会，学术研究是很少有禁区的。此外，张竞生还曾担任过"北京大学风俗调查委员会"主任委员，并于1926年5月以性育社的名义出版了《性史》(性育丛书第一集)。

北大还有一个特色，就是专有许许多多奇奇怪怪的课，在别的学校绝不会开的，例如梵文，例如佛学。有学生回忆说："北大经常用最重的待遇礼聘这种绝学的学者，一年只开一门课，每星期讲一两点钟，而这种课常常只有一个人听。这在经济的算盘上讲，也许是不划算的，但是我们不要忘记北大是全国最高学府啊，这里再不养这种专家，则中国文化的某一方面也许就绝种了。"(摘自《过去的大学》)

北大在蔡元培任上就有了学生自治，这个传统也是开创性的。蔡元培鼓励学生组建自己的社团，傅斯年和罗家伦组织了新潮社，许德珩和其他学生组织了国民社，还有比如毛泽东在北大参加过的新闻学研究会等。这些社团除开展一些活动之外，还举行其他一些文化活动，比如出书、办各种刊物等，都得到了蔡元培的支持。他鼓励学生们藉其所参加的社团来互相砥砺，让北大校园从此呈现一种争奇斗艳、各抒己见的风气和面貌。

1912 年，蔡元培发表《对于新教育之意见》："政治家是以谋现世幸福为其目的，而教育家则以人类的'终极关怀'为其追求。故而前者常常顾及现实，而后者往往虑及久远。"次年，他又提出："教育事业应当完全交与教育家，保有独立的资格，毫不受各派政党或各派教会的影响。"

蔡元培在大学的领导体制上亦有不凡创新。他在北大推行教授治校，即由教授自己来管理学校，这在当时中国自然是史无前例的。北大在他的授意下成立了评议会，作为学校最高的立法机构，决定学校的大政方针。这个评议会的成员，大多是学校里的教授，这些成员亦是由教授自己选举产生，任期一年，年满可以连选连任。各系的教授会也是这种情况，全部由选举产生，教授之间互选产生一名主任。这样，学校的教学、教务工作，全部是由教授会、评议会来决定，校长说了不算，只起后勤保障作用，为教授们服务。

蔡元培为《教育大辞书》所写"大学教育"词条里这样写道："近代思想自由之公例，既被公认，能完全实现之者，却惟大学。大学教员所发表之思想，不但不受任何宗教或政党之拘束，亦不受任何著名学者之牵制。苟其确有所见，而言之成理，则虽在一校中，两相反对之学说，不妨同时并行，而一任学生之比较选择，此大学之所以为大也。"对思想自由的捍卫之苦心可见一斑。梁漱溟曾说："核论蔡先生一生，没有什么其他成就，既不以某一种学问见长，亦无一桩事功表现"，"只在开出一种风气，酿成一大潮流，影响到全国，收果于后世"。

蔡元培的个人品德亦无可挑剔。1912 年，他和李石曾等人曾经发起过一个"进德会"，定下三条基本戒条：不赌、不嫖、不娶妾；五条可以选认的戒条：不作官吏、不作议员、不饮酒、不食肉、不吸烟。他到北大后，也提倡进德会的这些戒条，吸引了不少老师、学生参加，他自己也身体力行。他把进德会会员分几个等级，自己列名为乙种：除了做到不赌、不嫖、不娶妾，还做到不做官、不做议员两条。戒酒、戒肉、戒烟他不能完全做到。全部八条都能做到的是甲种。追念斯人，总会让我们想起一首令人惘然的小诗：

> 无论岁月的尘埃如何起落飞扬，黯淡了多少偶像的色彩；无论时间的流水如何一去不返，动摇了多少权威的根基；既非权威、亦非偶像的蔡先生却魅力不减，风神依旧；因为自有后来者"以口为碑，以心为碑"。

——林语堂《想念蔡元培先生》

说完了老北大，再说说新青年。位于北京市东城区沙滩附近的北大红楼，是我国著名的五四运动的发祥地。在北面相距不远的地方有一条窄巷，名为"箭杆胡同"，赫赫有名的《新青年》编辑部旧址就在那里。1917 年 1 月，陈独秀应蔡元培聘请担任北京大学文科学长，从上海搬到北京，就是将这里作为他的住所兼编辑部。

陈独秀准备自办杂志的想法，由来已久，1914 年他就曾对老朋友汪孟邹说："让我办十年杂志，全国思想都全改观。"1915年9月，他在上海筹办《青年杂志》，在创刊号发表《敬告青年》的寄语，向青年提出"自主的而非奴隶的""科学的而非想象的"等六项建议。一年后，刊物正式改名为《新青年》。

《新青年》可算得上是20世纪中国历史潮头的伟岸一峰。"独秀"之名即源于其原籍城外的一座独秀峰，是陈独秀先生 1914年始用的笔名。这本杂志足以让今天的读者体会到一百年前中国知识界、思想界的对外开放程度，以及睁眼看世界的水平。第一期杂志共登各类文章十八篇，有时政评论文章，着力于西方文化思想的评介和中西文化之比较，如陈独秀作《法兰西人与近代文明》、高一涵作《共和国家与青年之自觉》、汪叔潜作《新旧问题》等；有阐述西方近代化历史的文章，如《现代文明史》《世界说苑》等；有综述样式的中外大事记；还有屠格涅夫的著名小说《春潮》，搭配得很是合理。

杂志中有的译作采用了中英文对照的方式，既使读者了解西方，又便于学习英文。所有的这些作品或撰或译或编。主编陈独秀兼通日、英、法数国文字，介绍起西方来，可谓游刃有余。这些文章对于国人认识世界、更新观念、奋发图强，大有助益。这一期的《青年杂志》上还刊登了美国钢铁大王卡内基的长篇传记，他的半身像印在封面正中，作为"艰苦力行之成功者"的典范示于中国青年。《青年杂志》对卡内基予以高度

旧时东交民巷

评价，认为"卡氏非独实业界之英雄，抑亦学术界之恩人，思想界之伟人也"，试图用这样的成功人士，来作为中国青年的榜样。

《世界说苑》介绍了当时德皇威廉二世的生活趣事，潜移默化地使国人看到自己在文化方面与先进国家的差距，就算是今天读起来，也依然让人颇生感慨。德皇和皇后皇子到离宫去，都是自驾汽车，无任何特定仪式。离宫所在村子的村民如果知道德皇来了，会有一二十个少女手持国旗、口呼万岁，在道边欢迎一下，但也就仅此而已。皇后一定会和少女们一一相吻表示感谢，德皇也会挥动帽子向大家致意。在离宫周围，威廉二世拥有自己的田产和陶业制造场，离宫周围的村民大多靠为离宫工作谋得生计，但他们只把威廉二世视为离宫的主人，并不把他当作帝王。德皇在别人工作时，喜欢指手画脚，当然往往是外行指挥内行，便有较真的人非要与他理论，辩出个是非曲直来，竟然闹上了法庭，由审判官裁决。最后威廉二世被判败诉，承担了赔偿金。这种事情对于有着两千多年封建专制历史的中国及其民众而言，当然是闻所未闻。

《新青年》复刊后，兴旺依旧，以至新任北大校长的蔡元培力约陈独秀出任北大文科学长时，陈起初竟犹豫着回绝："不干，因为正在办杂志……"蔡元培先生特允将其刊物一块儿迁到北京，这才有 1917 年《新青年》由沪移京的战略转移。

《新青年》社迁到北京箭杆胡同 9 号，每期杂志的发行量激增到了一万五六千份。1917 年 2 月，陈独秀发表《文学革命论》一文，主张文学变革的"三大主义"：推倒雕琢的阿谀的贵族文学，建设平易的抒情的国民文学；推倒陈腐的铺张的古典文学，建设新鲜的立诚的写实文学；推倒迂晦的艰涩的山林文学，建设明了的通俗的社会文学……后又陆续发表《驳康有为致总统总理书》《宪法与孔教》《孔子之道与现代生活》《复辟与尊孔》等一系列文章，尤其是他 1919 年 1 月为《新青年》撰写《本志罪案之答辩书》："拥护那德莫克拉（Democracy）和赛因斯（Science）两位先生……认定只有这两位先生，可以救治中国政治上、道德上、学术上、思想上一切的黑暗。"当时中国社会正面临断裂性与跳跃性的发展，出现了一个宽阔的狭长的空隙，人们在其中茫然无措。当大多数中国同胞仍沉浸在对旧文化的坚定信仰之中时，陈独秀抓住时机，高高张扬起民主、科学的新风尚，新文化运动自此汹涌澎湃，一发不可收。

曾在《读书》杂志上看到陈平原的一篇文章，说他曾在一份几十年前的北大"现任职员录"里，看到北大教授们的年龄登记，发现他们大多都很年轻，比如说章士钊三十七岁，沈尹默三十六岁，刘师培三十五岁，周作人三十五岁，马叙伦三十四岁，黄侃三十三岁，钱稻孙三十三岁，钱玄同三十二岁，陈大齐三十二岁，沈兼士三十二岁，陶孟和三十一岁，胡适二十八岁，刘半农二十八岁，朱家骅二十六岁，梁漱溟二十六岁。在管理层中，校长蔡元培五十岁，文科学长陈独秀四十岁，图书馆主任李大钊三十岁。陈平原慨叹说："以今天的眼光来衡量，这是一个何等年轻的学术队伍！可正是这些'新青年'，开启了政治、思想、学术上的新时代。"

北大转瞬间已过百年又十年，几度风雨几度春秋，就连当年的"新青年"也不可避免地老去了。红楼隔雨相望，新一代的青年学子带着自负的表情，穿梭在未名湖畔的丛树幽林间。昔日风潮已冷，蔡元培的塑像面容谦和，独守着一片净土，看岁月的尘埃飞扬起落。时间的流水一去不返，动摇了多少权威的根基？但老北大与新青年却魅力不减、风神依旧，只因为那是一个成长的故事，是关乎青年的成长和一个古都、一个民族、一个国家、一个文明的成长与复苏。

老北大与新青年

那些人，那些事
——眺望远逝的京华烟云（代后记）

　　每一座城都在寻找精神与之契合的理想的人，但不是任何一座历史悠久富含文化的城都能找到那个人，他们也许彼此寻觅，却交臂失之——赵园在《北京：城与人》中如是说。不过，对于北京这样极有感召力的城市来说，这样的人素来是不缺的。

　　数百年来，北京一直是帝王将相熙来攘往，才子佳人趋之若鹜的所在。所以，北京固然有许多风景绝佳的去处，北京的地理气候之美，北京悠久的历史文化，北京博大深厚的胸襟，北京自由快乐和从容不迫的生活方式，北京的田园景象，北京的梦幻色彩，都是适合人类精神的丰富饱满的养料；但其殊胜之处，尤在人事而非风物。当然使我们挥之不去的，不是那些功利场中的匆匆过客，而是那曾经风华绝代的历史亡灵。是他们构成了北京的旧梦、光影和流年。

　　湮灭掉的，是曾经辉煌的身影，历史却记录下了一个个意味深长的细节；不一定全是兴亡沧桑，亦有平凡岁月的美丽与苍凉。遥想当年，最远甚至可推至辽金元，即有高蹈远翥的天之骄子，在这舞台上纵横捭阖；而自明而清再到民国，多少精英涌入北京，在这里做官，应试，教书，游行，研究，革命……这些个为官为宦为学为商的南人北人，他们与北京这方水土血肉相连，同时又是属于中国这个大舞台的。

所以台湾学者王德威就曾有过这样的感慨："在这里，广东来的康有为曾号召上千士子公车上书，揭起中国政治改革的又一新页；留德的蔡元培、留美的胡适打造了现代大学的基础；李大钊、陈独秀等人则点燃政治与文化革命的烽火。北京也成为铸造中国现代'有情'主体的舞台。徐志摩、林徽因，鲁迅、朱安、许广平……多少恩怨，留待后人评价，而张恨水更在这里谱下了他的啼笑因缘，梅兰芳台上台下演出动人风情——古城可以是浪漫的。也许正因如此，在一代中国文人的内心深处，北京总有着神秘的牵引。"

有人说，北京是一座古老的剧院，剧院越恒久，台上戏码转换不迭，就越令人歆歔，有华丽的出场，也少不了沧桑与飘零，当一个时代终场落幕，登台演出者四散而去，又有新一拨人粉墨登场；有人说北京从来就有各种各样的小气候，有各种各样的小地理，没有真正的主旋律；还有人说北京是混沌的，好像是一座原始森林，各种各样的物种似乎漫无目的地发芽、生长、开花、结果、凋落。总之，这样一个新旧融合、古今碰撞、中西会通的北京城，一定会留下很多灵魂的碎片，供我们重温和解读。

没有人能够以全知角度综览过去，即使历史重演；但我们

那些人，那些事——眺望远逝的京华烟云（代后记）

还是希望通过我们对北京往事的检索，让尤其是近百年前那个旧的时代和人群，渐渐地在我们面前铺陈开来。因为承接着老北京文化精神的遗泽，所以那些文人丛中的旧闻逸事、政界学界里的陈迹残影，平和之中带有诗意，雍容之中包含智慧，温和之中积蓄着狂放与炽热——这些无一不是我们先辈的人性历练、社会写照，而那个时代更有着令我们着迷的一份精致和清雅，可说是再也不会有的好时光。

写作不是为了颠覆记忆，而是为了更直接更精妙地保存并审视记忆。我们希望这部书是文学的，更是历史的。读者可以从中一窥彼时的世态人心，同时让北京城的风貌情状也在我们心中鲜活起来。我们在历史的观照与寻找中感悟人生，感悟现实，读得解颐一笑或若有所悟。

"姑妄言之姑听之，豆棚花架雨如丝"。星移斗转，岁月嬗替，在这座有着近千年历史的城市，我们触及的永远是历经岁月冲刷的那一部分。更多的已成了一笔糊涂账，消散为传说与记忆之外的烟云。林语堂曾经饱含沧桑地说道："一个城市绝不是某个人的创造。多少代人通过自己的生活方式和创造成就给这个城市留下宝贵遗产，并把自己的性格融于整个城市。……城市永在，而他们的人生岁月转瞬即逝。"不过当我们穿越云烟雾锁的历史长空，凝望他们的故事时会发现，虽然很多的人与事，都已经沉落在历史的深处，但他们依旧鲜活，并未失掉固有的光泽；甚至能在百年甚至数百年之后，仍给我们以更为本真和更为理性的观感。我们也从中体验着一些未曾有过的生活，在不同的时代与不同的人相遇。每个人与北京的因缘，都是一部个人化的北京史；而整个北京史的本身，则是所有人集体记忆的总和。

也罢，既然时代在滚动前行，把许多野草闲花碾为泥尘，然而各人都有自己的心事和梦境，更有人始终无法忘怀旧时的岁月和情愫，那些关于时光倒转、似水流年的老故事，实在难以一言尽之。且让记忆的一叶轻舟无声滑过吧，闲云野鹤，沧浪浮萍，只载游兴，不载功名。

北京在你眼中，你在谁的眼中？

那些人，那些事——眺望远逝的京华烟云（代后记）